回味青涩往事，
解密成长密码

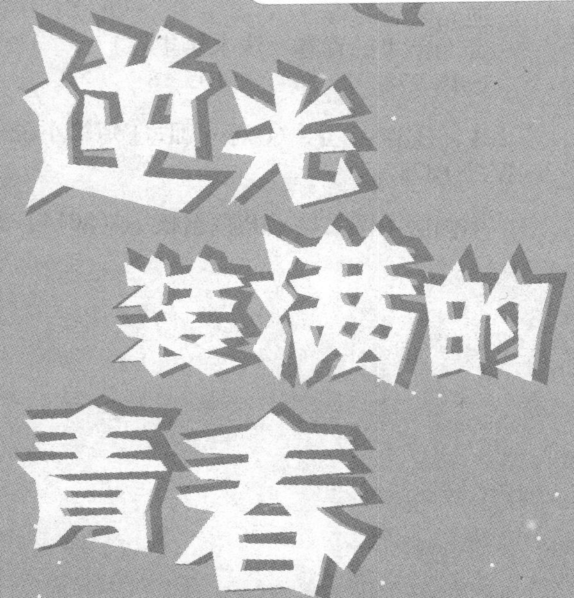

逆光装满的青春

主编/刘　勇

图书在版编目（CIP）数据

逆光装满的青春/刘勇主编．—北京：中国财富出版社，2014.3
（角落里的青春·浅末年华卷）
ISBN 978－7－5047－5105－8

Ⅰ．①逆… Ⅱ．①刘… Ⅲ．①短篇小说—小说集—中国—当代
Ⅳ．①I247.7

中国版本图书馆 CIP 数据核字（2014）第 007408 号

策划编辑 王秋萍 **责任印制** 方朋远
责任编辑 白 昕 白 柠 **责任校对** 梁 凡

出版发行 中国财富出版社
社　　址 北京市丰台区南四环西路 188 号 5 区 20 楼 **邮政编码** 100070
电　　话 010－52227568（发行部） 010－52227588 转 307（总编室）
010－68589540（读者服务部） 010－52227588 转 305（质检部）
网　　址 http：//www. cfpress. com. cn
经　　销 新华书店
印　　刷 北京兴星伟业印刷有限公司
书　　号 ISBN 978－7－5047－5105－8/Ⅰ·0122
开　　本 710mm×1000mm 1/16 **版　　次** 2014 年 3 月第 1 版
印　　张 15 **印　　次** 2014 年 3 月第 1 次印刷
字　　数 261 千字 **定　　价** 29.80 元

目录

若是当初

心音回荡

前梦已消

朗若晴空

笔下春秋

若是当初

豆蔻的坏小孩

■ 冰水琉璃

1. 喂，同桌

文彬和林一洛并不熟悉，他们初中时在同一楼，尽管连任课老师都一样，却从没有见过。

“喂，同学，你好！”

这是文彬对林一洛说的第一句话。

“以后我就是你的后桌了，请多多关照！握爪！”他爽朗地笑着，一对小酒窝露了出来，林一洛一直记得，那天下午，这个少年在阳光下十分耀眼。

“后面的，我想看会儿书，你懂得！”

他莞尔一笑，林一洛并没有和他“握爪”成功。他已经趴回课桌上，从课桌里拿出一本小说津津有味地看了起来。

林一洛无奈地努努嘴，她知道自己的午睡又要泡汤了。

“噔噔。”林一洛用脚踢了踢文彬的桌脚，见状，文彬连忙会意地将书收好，做睡觉状。

傍晚放学，文彬冲着林一洛一阵傻笑。

“今天多亏你了，不然老师看到了，又要叫家长了！”

“那，你要怎么谢我？”林一洛调侃道。

“那我请你吃沙冰！”说完，文彬拉着林一洛就往校门走去。

傍晚的校园，因为少了白天的喧闹而显得格外静谧和美好，两个少年的影子，稀稀拉拉，渐渐消散在拐角处……

2. 我喜欢韩肖雪

“林一洛!”

林一洛正在走廊擦瓷砖，便听到有人在叫她。

“是你，韩肖雪?”

林一洛是在初三模拟考时认识韩肖雪的，她还记得，当时韩肖雪借给了自己一支笔芯。

“没想到会在这儿遇到你!”韩肖雪难以掩饰内心的欣喜，毕竟初中毕业了，还能在陌生的学校看见以前的熟悉面孔，是件多么令人高兴的事情。

“我在你隔壁班，常联系啊!”

韩肖雪给了林一洛一个拥抱，朝自己班走去。

“不至于拥抱吧！我们又不是很熟。”望着她的背影，林一洛一脸的淡然。

“前面的，你擦瓷砖怎么擦了这么久啊!”

“我遇到校友了!”林一洛边说边蹲在座位旁，将抹布系在桌脚上。

“谁啊?”文彬饶有兴趣地追问道。

“说了你也不认识，韩肖雪。”

“韩——肖——雪?”文彬的表情有些不自然。

“怎么，你认识？还是，你追求过人家?”

“我喜欢她!”文彬顿了顿。

林一洛本想和文彬开个玩笑，却没想到自己会一语言中。

“呵呵，我随便讲的，没想到竟然说中了。”林一洛僵硬地挤出一个难看的笑容。

“可是，她不喜欢我!”文彬将声音压得很低，甚至有些嘶哑。

林一洛顿时慌了，自己的无心碰到了他未愈的旧伤。

“天涯何处无芳草，何必吊死在一棵树上呢?”林一洛不知道该怎么安慰眼前受伤的文彬，她能做的只有在一旁默不作声的陪着他。

“你不会懂的!”

是啊，我又怎么会懂呢？你一句话不讲就离开，而我却被你丢在了原地。

“文彬，你上黑板来解下这道题！”数学老师那尖细的声音从几米远的讲台传来。

林一洛见后面半天没动静，便回过头去，文彬正托着下巴在发呆。

“文彬，老师叫你上黑板做题！”林一洛小声地提醒。

文彬“噌”的从座位上跳了起来，其他人都诧异地看着他，与此同时，数学老师也似乎明白了一切。

“你下课后来我办公室一趟！”

文彬被老师叫去了，林一洛无意间看到了文彬草稿上那熟悉的三个字，那一刻，林一洛的心“咯噔”了一下，仿佛被什么东西给刺到了。

同样的场景，只是掺杂了许多的现实，林一洛望着文彬的背影，牵强地笑着。

“文彬，你只看得到韩肖雪，却不回头看看，我就在你身后。你知道吗？”林一洛只觉得眼眶一阵干涩。

从什么时候起，你在我心里变得如此弥足珍贵了……

早晨的阳光洒在课桌上，洋洋洒洒，文彬打开课本，里面夹着一张小纸条——“我帮你追韩肖雪！”

“前面的！为什么这么做？”文彬用笔头戳了戳她的后背。

“什么这么做？”林一洛把玩着手中的笔，一脸的无所谓。

“我不想再看到你因为她而颓废！”林一洛像突然想起了什么。

“我的事你别管了！”文彬背起书包，走到林一洛旁边。

“我回去了，明天见！”

“死文彬，我要不在乎你，我才不会管呢！”林一洛哽咽着，空旷的教室，只剩下了自己。

3. 是不敢面对，所以才逃避的吗

“肖雪，有人找你！”韩肖雪顺着同桌手指的方向望去，一眼便看到了站在门口的林一洛。

“你找我有事吗？”韩肖雪半倚着门框。

“我们去操场转转，怎么样？”

“嗯，反正也没事，那走吧！”林一洛没想到韩肖雪会答应得这么爽快。

午后的操场总会聚着许多的人，男生们会选择在这里踢球，而女生们则会三三两两地坐在树荫下聊天，或看书。

“韩肖雪，我想问你句话！”林一洛用脚踢着掉落在地上的香樟树果。

“嗯。”

“你喜欢文彬吗？”

“你怎么会突然这么问？”韩肖雪有些不知所措。

“我不喜欢他，对他没感觉。”韩肖雪将额前的一缕头发别到耳后。

“可他喜欢你，最近他上课老走神……”

“没别的事，我就回去了，再见。”韩肖雪突然有点不悦，她向篮球场瞥了瞥，便转身离开了。

那一刻，林一洛未说完的话，都随着她的离开而中断了。

林一洛漫无目的地四处张望，看到了篮球场上那个熟悉的身影。

是文彬——是因为不敢面对，所以才逃避的吗？是吗，韩肖雪？

远处在篮球场上运动着的少年，充满着朝气，在人群中，也那么耀眼……

4. 我的悲伤，你看不到

“谁让你去找她的？”一回到教室，文彬便把书本狠狠地摔到地上。

林一洛从来没见过他发这么大的火，被吓了一跳。

“我说了，我的事你别管！”文彬全身在颤抖着，林一洛被熊了一顿，十分委屈地跑出教室。

夏天的闷热让每个人都变得像一颗定时炸弹，仿佛随时都会有爆炸的危险。而文彬这颗炸弹，就被引爆了。

林一洛不知道自己绕着学校跑了多久，只知道自己像个疯子一样的跑着，一边跑着，一边还在嘴里咒骂着文彬。

你这个白痴，我的悲伤，你看不到。

直到她实在跑不动了……

等到林一洛醒来时，发现自己不在学校，而在医院，那股刺鼻的消毒水味道，令她直恶心。“白痴，你知不知道，你中暑了！”

“这么热的天，你还没命地往外跑，你有病啊！”

一睁开眼，便听到文彬在喋喋不休，尽管自己很讨厌他，对于他的关心却也不能熟视无睹。

看到眼前一脸焦急的文彬，林一洛“扑哧”一声笑了，毕竟心里还是很温暖。

“我讨厌医院的消毒水味道，作为惩罚，你得背我回家!”

文彬小心地背着林一洛，路灯下，拉起两道长长的身影。

“林一洛，今天对不起，我不该对你发火!”

“以后我一定不会这样了!”

文彬也不知道自己说了多少遍对不起，只知道，背上的人没有反应。

可能睡着了，隐约可以感觉到她的呼吸……

你就这么相信我？不怕我把你扔了？

文彬有些哭笑不得。

5. 你生病时，像只病猫

夏天的天，娃娃的脸，刚才还是一阵闷热，现在已经是瓢泼大雨。

“林一洛，你有带伞吗?”

“呐，我的伞借你!”说完将自己手中的伞递给了文彬。

“那你呢?”

“你别管我，我家近，你先走。”

看着文彬走远，她才离开教室，一路小跑着回家，只是回到家全身已经湿透了。

“但愿不要感冒!”林一洛在心里祈祷着。

“阿嚏!”林一洛起了一身的鸡皮疙瘩，或许有些事总是事与愿违。

“你怎么了？前面的?”从早上起，文彬就觉得林一洛不对劲，平时老爱踢他桌脚的她，今天却总趴在桌子上。

“是不是生病了?”文彬走到林一洛的座位上，将手贴在她的额前。

“一洛，你在发烧啊，我送你去医务室。”说完，背起林一洛便小跑着去医务室。

林一洛烧得迷迷糊糊的，文彬有些放心不下，便请了一下午的假陪她。

“都是我不好，把你一个人扔在学校。”

看着在输液的林一洛，文彬很是悔恨，不是自己林一洛也不会发烧。

“和你没关系。”林一洛喃喃道。

“你这个傻丫头！”文彬轻轻抱着林一洛。

这么对我，值得吗？

6. 施舍的爱，我不要

“一洛，你要吃冰激凌吗？”

“一洛，你要喝饮料吗？”

从上次淋雨发烧后，文彬对林一洛分外殷勤，这反倒让林一洛觉得怪怪的。

“文彬，你可不可以不要这样！”林一洛甚至有些恼火。

“我淋雨发烧是我的事，你不用自责来弥补，施舍的爱，我不要！”

7. 原来这里，住着你

“各位同学，学校决定，组织一批学生去外地参观学习，为期一学年，有意参加者可以来和我说！”班主任在讲台上大声地宣布着。

“一洛，你一定不会去的，是吧！”文彬将身子向后仰了仰。

林一洛并没有回答，无视的离开座位，留下一脸茫然的文彬。

“我又怎么惹到您了？”

放学后，文彬等不到林一洛，他找遍了整个校园都没有找到。顿时觉得心里空落落的。文彬掏出手机，上面有一条未读短信：

“文彬，生日快乐，礼物在我课桌里别忘了拿，我要去外地一段时间，暂时再见吧，我会想你的。”

读完林一洛的短信，文彬红着眼眶。

“林一洛，原来这里住着你。”

学校广播站还在放着那熟悉的音乐。

你带走我的思恋
却没说抱歉
一起走过的黑夜
变一地白雪

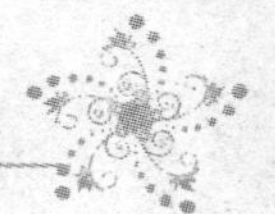

我把记忆都翻遍

却没有发现

……

8. 你是我最重要的人

火车站里来来往往的人，文彬一个人靠着大理石柱，远远就看到了那个再熟悉不过的身影。

“为什么在我 17 岁这天离开？”

“因为我要你知道，我是你 17 岁时，最重要的人！”

“就因为这个原因你傻到在 17 岁还玩离家出走？”

“就因为这个原因我傻到在 17 岁还玩离家出走！”

林一洛撅着嘴，倔犟的回答。

文彬愣了一下，随即走到林一洛身边抱住了她：“傻瓜，你也是我一辈子，最重要的人。”

林一洛幸福地笑了笑，“但愿喽！”

“林一洛，我喜欢你，我们在一起吧！”

“嗯。”

两个人，喜欢就在一起；不喜欢，就不要靠近，没那么复杂，仅此而已。

厌食症小姐与暴食症先生

■ 范尔

一

韩七七觉得难受得不得了，胃不停地胀气，像吃撑了一样。可实际上她的面前只有一碗喝了三分之一都不到的红豆粥。

这已经不是第一次了，自从减肥成功后，这种厌食症所带来的并发症就不停地伴随着她，压迫着她的神经，她觉得自己快要疯了，可对这种状况她却束手无策。

她控制不了自己刻意关注体重的心理，哪怕身体只长了0.1公斤的分量她也不允许，因为她害怕失去夏翌扬的宠爱。韩七七曾经是个体重达180斤的胖女孩儿，可夏翌扬只喜欢骨感女孩儿，她只好卑微地隐藏了自己的感情，暗恋了他整整四年。

不过现在好了，他终于属于她了，就像电影《丑女大翻身》的桥段，汉娜瘦身整容成功，从幕后歌手转为真正的歌手，也赢得了经纪人尚俊的好感。而自己，也名正言顺地站在了夏翌扬的身边，成为了他的女朋友。

韩七七想到这里不由莞尔一笑，但扭曲的心理却像个气球般不受控制地膨胀起来，越胀越大，逐渐占据了她整个心。

怎么能去喝这碗粥？万一变胖怎么办？变胖的话夏翌扬可能就不爱你了啊。

这么想着，似乎连近在眼前的比赛都变得不值一提可有可无了。韩七七干脆站起身，义无反顾地朝卫生间走去。她就着水龙头喝了几口水，弯下腰，熟练地施行着每天一次的催吐行为，大致觉得清得差不多了，韩七七这才按了下抽水按钮，“哗”的一声整个马桶变得一干二净。

韩七七洗了把脸，她只觉得胃里一阵抽搐，她明显感到如今她的厌食症状越发严重，看来必须听从医生的建议，马上住院治疗，她的病已经没有时间再拖了。

二

韩七七认识顾寒食完全纯属偶然。

彼时他穿着白色的病号服，摇晃着身体，旁若无人地在医院走廊即兴舞动着，而口中像是念念有词似的，嘟囔着什么。韩七七凑近仔细一听，是范晓萱的《失控的胖子》。

我总觉得自己是个胖子
很想变瘦的死胖子
每天还是一直都在吃

他一边唱一边跟随着节奏舞动着，身体也跟随着晃晃悠悠。他的体型倒是和他的身材极为相衬，又高又壮，在韩七七眼里俨如一头白色大熊，可他一开始跳动，韩七七却又忍不住掩嘴大笑。

你能想象一只又高又壮的白色大熊笨拙地尝试跳着马戏团小丑杂耍这样的灵巧舞步吗?

反正韩七七被彻底地逗笑了，从此她给顾寒食起了个外号叫“大白熊”。

今天韩七七心情甚是烦躁，已经克制许久吃东西的欲望一发不可收拾地涌了上来，她也不受控制地大开了吃戒。

可是胃里刚刚吞了一点东西韩七七又觉得撑得难受，惯性使然让她不由自主地又戴上了手套冲进了卫生间。

韩七七呕吐了一番，把胃里刚吃进去的食物清得干净，直至随着马桶的抽水声消失干不见。她这才站起身洗了把脸，淡定从容地从卫生间走了出去。

耳际却突然传来“呃”这样音节的巨大声响，韩七七明白是催吐的声音。内心不由好奇起来，她偷偷地往声音的来源地——男厕所偷窥了一眼，大吃一惊。

那个催吐的男生正是上次在走廊跳舞韩七七口中的“大白熊”，他表情痛苦，嘴角依旧残余着催吐过后还没来得及擦除的物体，大概是听到了脚步声，他抬起了头，与韩七七四目相对。

韩七七竟然鬼使神差地抬起手臂，朝他挥了挥，“大白熊先生你好，我是韩七七，七月初七生，讨厌吃东西的厌食症小姐。你呢?”

“顾寒食，不仅喜欢吃寒食也喜欢吃热食的奇怪生物。暴食症先生，谢谢。”

从此厌食症小姐韩七七的生活开始出现一个叫顾寒食的暴食症先生。

三

顾寒食正如自己的名字一样，出生于寒食节。只是他并不像他的名字一样只能吃冷的食物，他什么都爱吃，所以十分悲剧——他得了暴食症。

当然得暴食症并不是顾寒食的本意，和韩七七一样，他背后也有个悲伤的故事。只是每次聊到这个话题顾寒食总是轻描淡写地一句带过，韩七七也只从他仅有的只言片语中得知失恋是促使他患病的直接原因，他的一切暴食症状都是因为一个女孩。

不过正因为如此，韩七七对他有一种惺惺相惜的感觉，因为他们都是为了改变自己，只不过一个结局欢喜，一个结局悲伤罢了。

为期两个月的暑假一转眼就已经过去，在彼此的相互监督下，两人的病情得到了极大的控制。暑假过后，韩七七重新回到学校，但她却明显感到夏翌扬的不对劲。

夏翌扬总是背着他偷偷摸摸地拿出手机干着什么，韩七七嘴上虽然没有问，但内心却已泛酸。她想通过忽视来欺骗自己，夏翌扬依旧爱她，可偏偏就让她撞到了惊慌失措的她和一脸淡定的他。

夏翌扬搂着身边的美丽女子，口气淡淡：“七七，我觉得我们不适合，还是分手吧。”

“为什么?”韩七七睁大眼睛，“是我哪里不够好?还是我惹你生气了?只要你说，我都会改的。”

“七七，对不起。”夏翌扬抱歉地看着她，“我当初不该作这样的决定答应你的表白，现在想来真是伤害了你。你为我拼命地瘦下来我真的很感动，可能你以为我只喜欢骨感女子所以这么做。其实并不尽然。”他望向身边的女子，眼神温柔：“只是因为我后来找的任何女孩子都有苏若的影子，与其说我喜欢骨感女孩，不如说我更喜欢和苏若相似的女孩。”

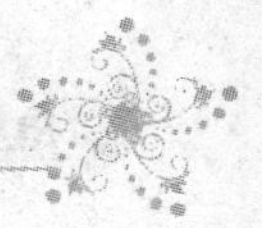

韩七七看到夏翌扬望向身边女孩的眼神心里就已经明白，自己已经输得彻底，这段感情不可能再被挽回。

原来这就是夏翌扬接受自己的理由，自己只不过是另一个人的影子。

韩七七脸上挤出一个比哭还难看的笑容："夏翌扬，祝你和苏若幸福。"她像离开犯罪现场似的，飞奔离去，她一点都不想看到夏翌扬和苏若一脸甜蜜的模样。

终于跑到了一个僻静的地方，韩七七不顾一切地号啕大哭起来。现在的她只想找一个臂膀倾诉依靠，刚刚她实在忍了太久太久。

鬼使神差地，她拨通了顾寒食的电话。

四

顾寒食赶来的时候，韩七七已经哭得差不多了。听到耳边有脚步声传来，她抬起头，这才发现顾寒食已经走到了自己的跟前。

顾寒食拍着她的背，关切地问道："怎么了？哭得这么惨？不会是被抛弃了吧。"

"被你猜中了。"韩七七低下头，原本已经褪去的泪水又再次涌现上来，"我今天才知道了所谓的真相。原来他并不是真的爱我，他选择我只是被我的努力而感动，最重要的是我纤瘦的身形有他前女友的影子。你说我傻不傻，要死要活地瘦了下来，甚至还得了厌食症，满心满意地以为他会接纳我，会宠我一辈子，原来只是别人的替身。"

韩七七自然而然地把头靠在顾寒食的肩上："大白熊，拿你的肩膀借我靠一靠，只要一会儿，一会儿就足够了。"

顾寒食把韩七七整个抱进怀里，低声安慰着："厌食症小姐，这个世界不是只有这么一个男人能给你幸福的，总有个人在背后默默关心你，在等你回来。错过了只能说明他不是那个人。而我亲爱的厌食症小姐韩七七，我相信那个人你一定会找到的。"

韩七七沉默了一会，闷闷地说道："我们去吃东西吧。今天我们就忘了所有放不下的一切，管你是什么暴食症先生我又是什么厌食症小姐，我们放开芥蒂，开怀畅吃，享受一下我们隐忍了这么久早已毫无感觉的肆意人生，开心就好。"

"好。"

五

那一晚，韩七七和顾寒食放下了心里的所有芥蒂，他们不再控制自己的食欲，任由食物一遍遍进入肚子，膨胀的饱腹感和满足感填满了内心的空虚、伤心。而这般不顾肠胃的承载能力的后果是他们再一次住进了医院。

韩七七对坐在身旁一张病床的顾寒食耸了耸肩，龇牙咧嘴地一笑："你看命运就是这样，我们兜兜转转了这么久，现在竟然又重新回到了医院。"

"是啊，放纵也放纵过了。我们该想想今后的人生该怎么走了。"顾寒食看着韩七七，语气认真，"我们总不能一直作践自己的身体，最终受伤的只能是自己。"

"所以，我们更应该好好活着。"韩七七握了握拳，眼神明亮，"我们一起戒掉这个坏习惯，以后不再这样践踏自己，就只为自己而活。"

"嗯，就只为自己而活。"顾寒食笑了，露出的牙齿在阳光的映衬下显得洁白明亮。

阳光悄无声息地溜进病房，衬得整个屋子整洁亮堂。而这句话仿佛掷地有声似的，"咚" 的一声，在两个人心中起了巨大的波澜。

这是只属于厌食症小姐和暴食症先生的人生宣言。

六

如果让韩七七现在来回答这一生谁能忍耐她的坏脾气，无论她表现出什么样子，或者说她变成什么样子他都能接纳这个问题，韩七七绝对会毫不犹豫地说：顾寒食。

和顾寒食在一起的日子全是韩七七最丑最不堪的时候，可顾寒食并没有因此嫌弃她，一次次地鼓励安慰她重新来过，严格地监督她的饮食，她觉得她的人生渐渐好转了起来，只因为有他的存在。

对于韩七七来说顾寒食不仅仅是难友，也不仅仅是闺蜜，是比难友更重要，比闺蜜更亲密的感情，那到底是什么？

韩七七发现自己的心像是被厚重的浓雾层层笼罩着，她开始看不清了。但她却清楚地明白自己最近收到女生让她转交给顾寒食情书的心理，气愤难过，甚至有一丝丝的……嫉妒。

自己是怎么了？怎么会变成这样？

韩七七的心告诉她不能让顾寒食知道这些情书的存在，于是她像是被施了魔法似的，头脑一阵发热，开始撕起一封封情书来。

一封一封又一封，看着这些情书被粉碎成雪白的残渣纸片，韩七七心里感到十分舒坦，不知道从什么时候起，潜意识里，她已经把他当做了自己的所有物，不容许任何人共享。

今天是农历七月初七，人们口中的七夕节，也是女孩托她转交情书的第七天。

就连我的生日这一天都不放过。韩七七气愤地想。

客气地收了女孩儿的情书，等她一转身离开病房，韩七七正准备毁尸灭迹，只见一个熟悉的高大身影出现在她的面前，口气严肃："韩七七，你在干什么？"

韩七七撕毁情书的计划最终还是被顾寒食发现了。

七

韩七七把信悄悄塞进口袋，摊了摊手："看你严肃的样子，我只不过和那个暗恋你的女孩子交流一下感情而已。"

"是吗？"顾寒食一把从韩七七的口袋中掏出情书，在她面前扬了扬，"那么这里藏的是什么？"

"一人做事一人当。反正也被你发现了，索性我今天就把话给你说明了。"

韩七七故意装出严肃的神色，一脸正色地看着顾寒食，"顾寒食，无论你对我什么感情，反正我这辈子跟定你了。你是这辈子见过我丑态最多的人，为了防止以后我的这些丑事被你泄露，所以我现在郑重地告诉你，暴食症先生顾寒食，你愿意接受来自于厌食症小姐韩七七的表白吗？不，应该说你必须接受，过生日的人今天最有权利，你必须满足她的愿望，绝对不能拒绝她。况且你连礼物都还没送给我呢。"

"弄得跟求婚现场似的。"顾寒食嘴角上扬，声音听上去很愉悦，"不过这种事一般不都是该男生做的吗？"

"哎？"

顾寒食看着韩七七，眼神温柔："你撕了那么多的情书就不打算看看我费心了那么久写的内容吗?”

“什么意思?”韩七七指着顾寒食手中的情书，表情惊讶，“你写给我的情书?”

顾寒食点了点头：“害那个帮我的女生天天来病房送一样的东西，真是辛苦她了。我以为以你的好奇心一定会撕开来看看里面的内容，没想到你还真是全部销毁，一点情面都不给呢。”

把信递给韩七七，顾寒食眼里尽是温暖期待的笑意：“现在愿意拆开来看看了吗?”

“嗯。”韩七七颤抖地接过顾寒食手中的情书，强行按捺着激动的心情拆开了它。

八

七七：

第一次这么郑重地给你写信还是情书，让我好不适应。

我还记得第一次见到你的场景，那是一次区级的大学生运动会，你我都没有参加运动项目，看来都是悲催地被拉来充数的。

午间休息的时候女孩子围坐在一起，话题无非是瘦身化妆恋爱系里的帅哥之类，而你竟然毫不关心，当邻边的女孩苦恼自己的腿部赘肉，另一边的女孩抱怨 VERO MODA 的衣服价格多么昂贵，你只是皱了皱眉，继续埋首在手里的《玫瑰的故事》这本书里。

这本书我知道，作者是亦舒，一个眼光犀利洞穿人性的女人。我突然对你心生兴趣。

之后你们谈到了恋爱的话题，大多数的女孩总觉得应该趁年轻谈一场轰轰烈烈的恋爱，或者在二十五六岁这样的适龄年纪把自己嫁出去，成家生子。

可你偏偏语出惊人。你嫌谈恋爱实在太费时间，即使要这么做，也应当头脑保持清醒，有自己的独立生活空间。你说女孩儿不应该依赖男人，女孩儿当自强。

我不由对你刮目相看。

我身边一直不乏有女孩儿追求，可那都不是我心中的那个人。我心中的那个人，应当自主坚强独立，即使没有我也大可以活得潇洒。而绝不是没有我，整个世界就像没有了重心，轰然崩溃。

而你，实在太像这本书里的女主角黄玫瑰，虽没有字里行间描绘出的倾国倾城的容貌，却令我过目难忘。

别人都笑我口味重，送上门的女孩儿不要，竟然喜欢这样的胖女孩儿，我只是一笑了之。因为他们不懂。

从此每周五下午没课后我都会打着运动的幌子去你们学校打球，只为了多打探一些你的消息。

我终于知道你叫韩七七，信用管理系的学生。

打探来的关于你的信息都会一字不落地记在脑海里，也包括那条你心目中的男友标准：你喜欢的男人，身材挺拔，体格健硕，开朗阳光，热爱运动。最重要的是绝对不能瘦得像竹竿，这会让你没有安全感。

这就是我不顾一切增肥的原因。

可我从未想过，你会提出如此详细的要求其实是因为心里住了个人，你所有的标准都是为他而设，而你那一番不谈恋爱的言论也只是在等他回心转意。可我还傻呵呵地一厢情愿地以为，只要努力成为你心中的标准模样总有一天你就能接纳我。怎么可能？我和他一开始就不在一条起跑线上。

所以我输得彻底，我不可救药地得了暴食症，暴饮暴食的后果让我住进了医院，也让我再次遇见了你。

亲爱的七七，当我听到你说你和夏翌扬分手的那一刻你知道我是多么高兴吗？我感觉兜兜转转了那么久，上天又把你送回到我面前。

我的暴食症其实那次治疗后差不多好了，不过为了你我愿意再得一次暴食症，我等了你那么久，再多忍受一次痛苦又何妨？

最后的最后，厌食症小姐韩七七你愿意接受这样一份生日礼物吗？

从此以后被一个叫顾寒食的暴食症先生监督饮食，关心照顾一辈子。

亲爱的，让我来爱你，可以吗？

韩七七放下信，故作生气地嘟囔道：“是谁说要监督饮食，关心照顾我一辈子的啊？竟然连我饿了都不知道。”

“早就准备好了。”顾寒食端起碗，眉目间尽是笑意，“来喝点热粥。”他一勺一勺慢慢地送进韩七七的嘴里，看着她一口口吞下。

热粥温暖的气息在胃里蔓延，满满的都是幸福的味道。韩七七突然觉得自己的厌食症全好了，因为这是她收到的最好的治病处方。

白色爱情

■ 雒沫

一

“丁零”，下课铃响了。这是这个学期的最后一节课！之海懒懒地从教室走出来，伸了个懒腰。

懒腰还没伸完，他双手突然举住不动了。恋海此时刚好过来，恋海是之海的妹妹：白皙的皮肤，水汪汪的大眼睛，高挺的鼻梁和温润的双唇，漂亮极了！

恋海见哥哥双眼发直，直盯前方。她向那边瞧去。哇！美女啊！高高的个子，怎么也有一米七五的样子。白皙的脸庞配上一头蓬蓬的卷发，头发直达腰际，一身粉色套装，简直就是个模特嘛。

“哥，哥！别看啦，人家走啦！”

此时之海的口水已经流到下巴上了。他回过神来，迫不及待地对恋海说：“海妹妹，帮哥哥一个忙，限你三天之内找到她所有的资料。”

“哥，喏，给你纸先把口水擦干吧，花痴！哼！亏你长这么帅啦！见到美女就流口水。唉，我真替你担心啊。”

之海转过头来看着恋海，帅气的一笑：“我改，以后改。现在就拜托你了，快去吧。”

的确，之海很帅，他可是打入男生人气榜前五名的优质偶像，可是要和接下来这位比可就……

“快看！雒逸出来了！”

哗！一帮女生围了上去，雒逸是学校出名的“冷酷王子”，对什么都漠不关心。

他有着最符合这个时代审美的修长脸型和细长的丹凤眼，端正挺直的鼻梁和色泽温暖的嘴唇，再加上他与生俱来的冷酷，不少女生被他迷得神魂颠

倒。这当然也包括雪蝶。

雪蝶，高三（一）班班花，被称为“惊人的可爱”的优质卡哇伊型美女。这时雪蝶正在一旁看着雒逸。只见他很不耐烦地走出包围，向校外走去。书包单肩挎在肩膀上，更给他增添了几分帅气。

雪蝶一直暗恋着他，这件事只有雪蝶的好友海瑶知道。

“真讨厌！干吗让我收集资料嘛！哎哟！谁呀？走路不长眼睛！”

“对不起，我叫天泪，没撞坏你吧，若有一定要说哦。”恋海将目光转移到那个叫天泪的发声体上，一个高大帅气的男生站在面前。不过恋海可不是花痴，她可是出了名的“小霸王”。

“嘿！（注意！是四声哦！）你以为你长得帅就了不起啊！”

“我没那个意思啊。”

“哼，你给我记住了！下次别让我恋海再看见你！不然当心我扁你！”自恋的丫头还把自己名字带上啦。

天泪看着扬长而去的恋海，笑了，心里想：呵，好有趣的女孩儿。

雒逸走出重围，来到天泪身边，一把将背包丢到他怀里：“走啦，在看什么呢？”

雒逸朝着天泪看的方向望去，天泪赶紧推着他往反方向走。

二

“给，这是你要的资料。”

之海抬起头看着妹妹，嘴上叼着根面条，含糊不清地问：“什么资料啊？”

“不是你让我找美女资料的吗？忘啦！”

“哦！这么快就找到啦！”

“哼！为了给你找这资料，这一天我可滴水未进呢！”恋海说着把哥哥的面抢了过来，呼噜呼噜就吃上了。

“你这样当心嫁不出去！”

“要你管！”之海拿起资料看了起来，上面写着：紫香：女，19 岁，身高 175 厘米……

“哇，和我们一个学校的耶！我一定要让你成为我的朋友。”之海已经开始畅想和美女成为好朋友的生活了。

看到之海幻想满满的样子，恋海残忍地打断了他：“哥，你这个假期不是说要打工吗?”

“工作都找好了，快递员。”被打断幻想，之海满脸不高兴。

“哦，这么有前途的工作啊!”

“要你管!”

“雪蝶，你这个假期打算做些什么啊?”雪蝶嚼着吸管，却没有在喝奶茶，她的注意力全都在前方十来米处的雒逸身上，她完全没有听到身旁的海瑶问她的这句话。

“雪蝶！暑假你什么打算啦?”海瑶捏了她一下，雪蝶才回过神来，结果一不小心吸了口奶茶，呛了气管。

“咳咳咳……复习功课，锻炼身体还有……”

“还有什么?”

雪蝶没回应，一边咳嗽着，一边双眼发亮直盯前方。海瑶顺着雪蝶的视线望去，噢，怪不得雪蝶……

“花痴！喜欢人家就去打个招呼嘛。”

“谁喜欢谁啊!”

“别装啦，别以为我不知道你喜欢那个‘冷酷王子’?”

“哪有，哼！打招呼就打招呼，有什么嘛!”

雒逸刚好朝这边走来，雪蝶立马站了起来，捏着裙角就自我介绍，结果成了……

“咳咳咳咳……我叫咳咳咳……你叫什么？咳咳咳咳……”

“我叫雒逸，你叫什么？咳咳咳？你怎么了?”

“咳咳咳……”雪蝶满脸通红，气鼓鼓地瞪了海瑶一眼，眼神传达出了恨死你了的意思。

“没事的话我先走了。”雒逸摇了摇头，转身就走了。

海瑶笑了起来：“冷酷王子果然名不虚传，美女在他面前咳成这样，都没一点怜香惜玉的意思。”

“咳咳，都是你!”

“不怪我，要怪就怪你自己花痴!”

“哼！这次没聊上，但我一定会让他和我成为好朋友的，嗯，每天送我放学的那种!”

“你得了吧，咳咳咳姑娘。”

雪蝶的眼神看起来要杀人：“谁和你开玩笑啊，我很认真的!”

海瑶没作声了，眼里闪过一丝兴奋。

“紫香姐，我叫恋海。”

“你比我小一年级吧，恋海妹妹。”

在一间欧洲风格的咖啡厅中。两个女孩愉快地交谈着。

“你是怎么知道我的。”紫香歪着头问恋海。飘逸的长发倾泻而下，给她增添了几分妩媚。

“秘密。不过今天我约你出来，其实有个事情要和你说。”恋海眯起眼睛对她笑。

“什么事?”

“喏，给，有个英明神武，气质不凡的伟男子，要我把这个转交给你。”

“什么东西啊？这么厚啊!”紫香脑海里闪过一词：“情书”。

恋海这时发话了，“你可别以为是情书哦，里面是什么我也不知道，反正就不是情书啦!”

紫香莞尔一笑。

“紫香姐，我先走了，里面有那位伟男子的联系方式。如果什么时候想见他就联系他吧。拜拜!”

紫香打开信封，原来是照片啊！蛮帅的嘛！不过，干吗给我这些啊？还是第一次见到有男生主动把自己照片给别人的，而且这些照片都很好玩呢，哈哈，不过这算是什么意思嘛。

紫香歪着头笑了，至少有一点没错，这个伟男子，一定相当的自恋啊。

“小姐，不需要开车送您吗?”一个声音从身后传来。

“不用了，我自己回去就可以了，你忙吧!”

“是!”

在这里要说明一下，紫香的家境很富裕，这个城市最大的西餐厅连锁门店都是她家的，包括这间咖啡厅。她的父母一直想给她找个门当户对的人家，所以一直告诫女儿不准在外面谈恋爱。

咖啡厅外面，恋海边走边吃着冰激凌。

“什么嘛。也不告诉我里面装的什么，幸好我自己拆开来看了。对我这么可爱的妹妹这样隐瞒，真是太见外了。”恋海边走边吃。她把冰块当成之海的骨头来吃！

“就知道让我跑腿！等我回去看我不扁飞你！”

“嗨，这不是传说中的‘小霸王剃须刀’吗？怎么有空在街上闲逛啊！”

恋海顺着声音望向那个发声体：“怎么又是你！发声体！”

“发声体？”

“你就是个发声体！还有，你说谁剃须刀啊，当心我扁你！”

“好啊，好啊。耶稣说，世人若要扁我左脸，我把右脸送上去。”

“神经病！”

天泪的脚面上挨了一脚，他登时抱着脚就跳了起来。

“你干吗踩人脚！这鞋子是三叶草的！”

“切，猪笼草我都照踩，给你脸不要脸。神经病。”

“我、不、是、神经病，我说过我叫天泪。心情不好啊？”天泪放下脚，望向冰激凌，露出狐狸给你拜年似的关心。

“我心情好得很呢，今夜阳光灿烂！”

（你学小品呐，还今夜阳光灿烂，我还今夜多云转晴呐！）

天泪心里寻思，但脸上那马屁精的样子可是一点没变。那样子看得恋海直皱眉头。

“真的吗？真的没事吗？你的眉头皱得都能夹死一只蚂蚁啦！”天泪心想：小妮子，君子报仇十年不晚，今天我这么谄媚，那是为了将来。

“没事，就是肚子饿，附近没什么吃的啊。”恋海心怀鬼胎地想：哼，还想报仇，等我先吃穷你这个猪笼草！

于是，两人逛了几家店，恋海打包了一堆吃的，看得天泪眼珠子都差点掉下来，直呼姑娘真是好胃口。

恋海哼了声。

天泪对恋海说：“什么时候想我记得给我打电话，随叫随到！”

二人交换了号码后，恋海说：“当心我找你麻烦！”

“等着你来找我的麻烦，拜拜！”

说完天泪一溜烟不见了，恋海笑了起来，心想麻烦才刚刚开始呢。

三

“瑶瑶，你说雒逸喜欢什么?”

“我想想啊，不如你送他本名著吧!”海瑶信口开河，哪有帅哥爱看名著的。

“好!”雪蝶居然觉得这个建议好。

更令海瑶大跌眼镜的是，第二天雪蝶果真买了一本名著叫人送给了雒逸，那是英文版的《飘》。

雪蝶焦急的等待了五天，逸的回信还真来了，信上淡淡的写道：谢谢你的书，的确是好书，印刷很漂亮……

雪蝶为了让雒逸回信把地址夹在了书里。

看到雒逸的回信，海瑶确信，这两个人还真是天生一对啊。

“别高兴得睡不着觉啊，还有，今晚紫香约了我们，别忘了。”

“好啊。”雪蝶抱着回信乐开了花，也没管人家夸的是印刷……

半小时后紫香来了：“瑶、蝶我们出去玩儿吧!”

“好!”二人齐声说。

“瑶、蝶，昨天有人送了我一包照片，喏，看。”

海瑶拿起照片就笑了出来：“不错嘛，钓了个大帅哥。”

“不是啦，是别人转交的，我都没见过的。”

雪蝶说：“不过和你挺般配的!”

“再胡说看我打你。你们说他该不会是喜欢我吧。”

海瑶抖抖手中的照片，说：“还用说，笨!”

雪蝶附和：“是啊。”

“可是我爸妈不允许我现在谈恋爱。”

海瑶出主意：“不如你约他出来就说和他谈谈！打消他这个念头，省得他一直纠缠你。”

“这倒不失为一个办法。”雪蝶继续附和着说，现在她的心思全在那封回信上了。

“嗯，可我没他电话。”紫香点头道，心里想着，这位伟男子还说夹了电话号码，结果她翻遍了照片都没找到。

“恋海吗？还记得上次让你送照片的那位伟男子吗？你有他联系方式吗？让他半个小时后去我们上次见面的咖啡厅等我吧。”

“好，遵命！咦，照片里不是有他电话号码吗？紫香姐为什么打给我呢？”

“他大概落了，反正我没找到电话号码。”

“知道了，我马上传达！”

恋海的马上，那是非常的马上啊，只见她三步并作两步跑进了之海卧室。

“哥！紫香姐姐约你哦，她说半小时后在‘昨日重现’咖啡厅见！”

之海张大嘴巴，大的可以把拳头塞进去，他惊愕地问：“丫头，真的吗，不会是骗我吧。”说着他掐了自己一把，“啊！会疼，是真的，她约我哎！”

“当然是真的……”

“丫头，你说我要穿什么去见她啊。”平时怎么都叫不起来的之海，此时已经跳下床在挑衣服了。

“哥，你说你也太马虎了，说了在照片里夹电话号码的，怎么会忘了呢，幸好我和紫香姐交换了手机号码。”

之海对着镜子穿着衣服：“你说什么照片呢，我给的明明是情书嘛。”

“情书……”恋海摇头，明明是照片。

“不是情书？是照片？”之海反应过来，随后发出惨绝人寰的叫声，“你个笨蛋！你把我那套照片给了紫香吗？”

半小时后，“昨日重现”咖啡厅内，之海一直紧抓着手里的信封说不出话来。

“你好，你叫之海对吧，我是紫香。”紫香从容地说道。

“嗯，我就是之海。”之海两眼直盯紫香。

“你很特别……”

一直出神的之海叫了起来：“什么特别？”

“你给的照片啊……”

“那些照片……我，其实我……真丢人……”之海一直在犹豫着该怎么解释那些照片才好呢，因为照片里全是自己对着镜子扮鬼脸的照片……

“其实我很喜欢呢。很可爱。”

很可爱！之海眼睛亮了。

“是啊。我第一次看到这么可爱的男生，而且很帅呢。”

看到之海沉默，紫香笑了，继续说。

“听恋海说，你这个暑假要打工?”

“是啊，工作都找好了……快递员。”之海再次气短……

“呵呵，你怎么想到打工啊?”紫香醉翁之意不在酒。

“我不想拖累父母，我想靠自己的力量活下去!”

其实之海的家庭也很富裕，家中有几个大公司，都是做外贸生意的。只是之海不想有女孩子因为这些而巴结自己。眼前这个笑起来能泻一地阳光的之海，总是笑嘻嘻没个正经样的之海，其实他有着同龄少年所少有的敏感和固执。他的心里有个黑暗潮湿的小房间，很少有人注意。因为他不想再次受伤。

“想什么呢?”

“哦，没什么。”之海侧着身看紫香。他一半的脸被阳光晒的通透明亮，一半的脸隐在阴影里，神情复杂。

紫香的心突然软了一下。她清楚地知道她有点喜欢这个特别的男孩子了，她打消了约之海出来最终的目的了。

“之海，我还有点事，先走啦！有空联系。”

“可以留下电话号码吗?”一副痞痞的样子又回到他脸上。紫香回头递给他一张纸条。

“有空打给我哦。”

“瑶瑶，雒逸哎，看，他朝这边走来啦!”

“花痴，来就来了呗，大惊小怪干什么！不对哎，他怎么来了，你约了他?”

“嗯，上次他回完信，我就又回过去约他见面，没想到他真的来了!”

“哦，我说呢，今天穿这么漂亮原来是为了迎接白马王子啊，那我就闪人喽!”海瑶识时务地离开了。

“哼！就你贼。”

海瑶出来了，看到雒逸笑了一下：“雪蝶正在屋里等你呢。”

“是吗——瑶瑶你干什么去啊?”

“给你们腾空间呗，笨，难道你想让她知道我和你的关系啊！哥，你们没正式交往之前，我是不会公开身份的。”

雒逸走进了图书馆，这个约会地点居然是图书馆，当然这是雪蝶定的。

“嗯。你好。”一看到雒逸进来，雪蝶脸红得像苹果似的。

“你约我什么事啊？”

“其实我约你是……是……”

“是什么？”雒逸饶有兴致地看着雪蝶。其实雒逸也不像他们说的那样冷酷，只不过学校有太多女生缠着他，所以才不得已装成很冷酷的样子。

“哦！是我有一本书的内容不太明白想请教你。”

晕！这个雪蝶就是关键时刻掉链子。你个猪啊！雒逸一愣笑道：“好。”

雒逸心中却想：丫头你装吧，看你装到什么时候。

两个小时后，海瑶回来了。她看到只有雪蝶一个人，便问道：“你的王子呢，走啦？”

“我还没明说呢，你别胡说好不好。”

“啊！什么？你没明说啊！你这个棒槌，不是说了今天要说的吗？你啊！”海瑶激动地把桌子都震晃了。

“没机会……”

“什么没机会？这多好的机会啊？这样的日子，图书馆半个人都没有。”

“是我自己傻，我说有本书看不明白要问他。”

“那他坐你旁边，给你讲解了吗？”

“没，他带着管理员，和我在图书馆找了两个小时的图书资料……”

海瑶目瞪口呆，这两个活宝：“那一点收获都没了？”

海瑶无奈：哼，看来得我出马了。这样想着，海瑶计由心生。

周末，海瑶约雪蝶出来逛街，从商场里出来后，两人决定去超市买一些日用品，因为从商场到超市途经雒逸家，所以二人步行。

从雒逸家附近经过时——

“雒逸你喜欢我么？”

“当然，我很喜欢你啊，傻瓜。”

雪蝶顺着声音望去，那不正是雒逸么，他旁边还有个女孩，雒逸见到雪蝶和海瑶，还冲她们俩打招呼。

“你们怎么在这啊。”

海瑶说：“哦，我们路过的。”说着海瑶对雒逸和他旁边的女孩狡黠地一笑。

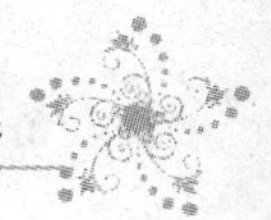

雒逸冲着雪蝶微笑："你见到我不高兴吗？怎么板着脸啊？"

雪蝶都快哭出来了："你和她什么关系？"

说着雪蝶的眼泪像断了线的珠子似地流下来。

"没关系啊，你问这个做什么？"

"那你刚才说喜欢她？"

"我说喜欢她怎么了？"

"你个坏蛋，你明明知道，你明明知道……"雪蝶总算鼓足勇气，"我明明那么喜欢你！"

海瑶大笑道："雪蝶，你终于说喜欢他啦，呵呵，我的苦心没白费。"

雪蝶擦擦泪看看眼前三个人，对海瑶说："你发什么神经啊，什么苦心？"

"其实我是雒逸的妹妹，他早就喜欢你了，你这个木头就没感觉，但是这件事如果由我哥说会有一大帮女生自杀的。而我呢，我这个做妹妹的当然要帮哥哥啦。而她是我们的堂姐，他当然也喜欢她啦，不过我的辛苦没白费……"

雒逸对雪蝶说："对不起，你会原谅我们吗？雪蝶，其实我一直都很喜欢你。"

雪蝶笑了："你们说的是真的？原来……当然原谅！不过我可没那么脆弱哦！"说着从包里拿出一瓶眼药水，"今天多亏了它呢！不然瑶瑶你怎么能告诉我这一切呢？"

剩下海瑶和雒逸在那目瞪口呆。

四

海瑶说："好啊你，可是你怎么知道的呢？"

雪蝶说："你傻啦，我看过你档案你忘啦？"

海瑶恍然大悟："你装得可真像啊！不过彼此彼此啊！话说回来，你们能在一起就好啦，堂姐我们走。"

雒逸看着雪蝶骄傲自满的样子，就笑了起来："咳咳咳姑娘，这样你满意了吧。"

雪蝶终于得偿所愿的和雒逸在一起了，没有火红的玫瑰花也没有甜蜜的告白，他只是在她抱着一大堆东西从超市里出来的时候，很自然地接过她手里的东西握住了她的手。

然后她便脸红得像只熟透了的龙虾，在他身后幸福得晕头转向。

她是那么笨的姑娘，让雒逸不得不喜欢。

紫香回家和母亲说了她和之海的事。母亲竟出乎意料地答应了。

“真的吗？你不反对？”

“你这么大了，交个男朋友也很正常啊，想当年……哈哈哈，总之你爸爸那里我会去说的。”

“谢谢妈！”

“别高兴得太早，你要继续观察他！还有，不能影响学习！”

“嗯，知道了。”

紫香一回到自己房间，马上给之海打电话。

“之海，我和我妈说了我们的事，她同意我们交往哦。”

“是吗！太好啦！”

紫香和之海也成了幸福的一对，紫香常常去之海那里帮他们做一些家务，恋海常打趣道：“这是伟男子和奇女子的幸福生活。”

至于天泪和恋海更有意思哦。

天泪目前还没有成为恋海的朋友呢，因为这两个人见了面就掐，大概他们就是人们所说的“欢喜冤家”吧！

但天泪还在坚持，因为君子报仇，十年不晚嘛。

柚子的味道已被氧化

■ 榛生

一

时至今日，依然会做化学只考了56分的梦。

老师站在讲台上，抑扬顿挫地念出每个学生的名字和分数。念到我时，“56”被同桌的男生听成了“96”。“哇，你进步了！”他大声地说，带着些因不可置信而凝结成的讽刺。老师从深度眼镜片里抬起眼睛更正道：“是56分！”于是全班冷场。

二

这一次我梦到我的同桌。他个子很高，长相平平，处在变声期的嗓音有些沙哑。他唯一的优点是骑单车的样子比较帅，理科学得比我好，但是他根本没把心思用在学习上。

我不得不承认，那所学校的很多人都比我聪明。他们似乎也不听讲，上课和自习总是在玩。比如我的同桌，他总带一些新奇的玩意儿，有一次他带了一只微型防狼器，可以发射催泪弹。老师喊到他的名字时，他不小心按动了催泪弹的机关。

可想而知后来那堂课变成了什么样子。全班都在催泪弹的射程内，无一人幸免。在我以为我快要死掉的时候，有一个声音在我耳畔说：“屏住呼吸。”

他把我拉起来，迅速跑出教室。我的手因惊吓和受袭而变得僵硬冰凉，他的也是，像两块玉石碰触在一起。

从那以后，同学和我提到他的时候，不会再说他的名字，而是用“你同桌”来代替。我会用不屑的口气提到他，我知道，这其实是欲盖弥彰。

冬天有半数同学患了感冒，他在自习课的时候硬要给我讲一个笑话。我说："你不要和我讲话哦，你感冒了，会传染我的。"他忽然受伤地说："天啊，你就这样对待一个病人！"我用书挡在我和他之间，制止他继续说下去。

其实只是开玩笑的，真的，我们之前开过很多次类似"你给我去死"之类的玩笑，都不会认真和生气。可是这次不知道怎么了，他没再说话，这使我很尴尬。

少年时代的我们总是把握不好一些事情的分寸，情商也没有发育到可以把一些小事化了的程度。他在当天逃课，似乎在跟我赌气。我在晚辅导之前的休息时间看到他骑着单车远远地向我而来，我身边的女同学说："喂，你同桌骑车的样子真的好帅。"

他骑到我面前，单足立地，刹住车子，然后从口袋里掏出一盒药。"喂，给你的，防止被我传染。"说完就骄傲地扬长而去。

晚辅导的时候照例是考化学。答不出最后一道大题的我坐在座位上发傻，他则聚精会神地演算。以往他都会对我挤眉弄眼，说是气我，倒可以理解为一种安慰。如果我愿意的话他一定会让我抄袭他的答案，只是固执的我从来不肯。

他真的生我的气了，他不和我讲话了。再后来，我也生他的气了，我也不理他了。我们就那样开始冷战，到后来竟然成了真正的敌对。每次化学考试的成绩一公布，他必然会嘲笑我一番。他也许渐渐觉得这很有趣，所以有时候会说出诸如"有人笨得猪都要笑了"那种伤人的话。

说我的衣服像变形金刚，说我的偶像长得像头驴，把我的书藏在教室后面男生放球鞋的地方……还有更多更多。

我看《飞行的鸟》或者《人体内旅行》都会流泪，只因一句简单的解说。有人说，科学往往比文艺更能煽情。人体内旅行，讲我们的身体从出生到死亡所经历的各种代谢、各种变化，从幼年到成年繁殖了后代，然后慢慢衰老。解说里有一句：人类是所有动物中，拥有最长青春期的动物，这个时期的很多记忆，会让我们永生铭记。

我记得那些快乐，也记得那些不快乐。

三

教室走廊很长，洁净如洗的大理石地面在大扫除后更加光滑。男生最喜欢从走廊的一头疯狂地跑到另一头，像发疯的野驴。做完值日的我，收拾好书包准备回家，远远地看到一个身影正在走廊那头发力，时速大概一百码，野性十足。不知那时我是怎么了，也许是我骨子里也是一个喜欢恶作剧的人，就在他经过我的一瞬间，我伸出了左腿。

他被绊倒后像企鹅那样以腹部着地滑向远处，直到被尽头的墙壁拦住，闷响一声，才停下来。

事后我害怕极了，我没有勇气承认那是我干的，虽然我很想去跟他说对不起。

他头缠纱布，膝盖上也有伤，夸张得像个米其林轮胎人，但他似乎并不想追查是谁干的，只欣喜于自己的新形象，因为有好多女生见了会尖叫，他成了众人的焦点。

很多天以后他的纱布拆掉了，没有留下伤疤，除了头发剃短了一点。看到他没事，我甚至比他还高兴。

暖春的黄昏，天黑得比较晚了，放学的时候我看到他去车棚取车，我走过去，站在他后面，想着如何措辞。

“上车吗？我载你一段。”他没有看我，一边弯腰开车锁一边说。

“不用了……再见。”我转过身，“我先走了。”

隔了一会儿，在马路上，他的车风驰电掣般地超过了我，留下一串不雅的口哨。“我原谅你了，笨蛋!”

四

一个男生总是捉弄一个女生，一定是因为他喜欢她。到很久以后我才知道这句话。其实不一定是多么有道理的一句话，但是在我的身上应验了。

他在高考后约我去动物园走走。为了看一头生了红斑病的大象头顶的心形图案，我们爬到了一棵大银杏树上，我爬上去就不敢下来了，他在树下接着我，让我落在他的手臂里。

那是我们第二次接触，与催泪弹那次相比，他的手变大了许多，他的臂膀有力，我闻到他身上清香的洗衣香皂的气味，他的手……我从不知道男生可以有那样柔软的手掌。

我们的脸都羞红了，从动物园出来，每人各持一根雪糕压惊。

然后，17 岁的夏末，一个去往南方的海边，一个去往北方的海边，各自的大学都在海的尽头，海水依然把我和他相连。他对我说，每一次涨潮就是我对你笑一次，每一次落潮就是我想你一次。“我不会改变。”他说。

少年不懂得誓言的脆弱，以为那会永生永世。少年也不懂得记忆的永恒，以为它只是虚无的东西。其实，反而是无形的记忆胜过有形的誓言。

从那时起我们没有再见过面，时至今日已经完全没了联系。这是时间的恩赐，让一些美好得只能用水晶瓶封存起来才好观赏的记忆，静默不被惊动。比考古的珍贵文物更值得小心对待的，是那些柚子一样酸而甜的、青涩的回忆，是应该永远保护它们，不要被时间的呼吸氧化。

氧化？嗯，氧化。我又想起那一年的化学课。

你邪恶时的样子真欠揍

■ 草根情感

老马。

你像其他青少年一样，过于叛逆与张扬，顶撞老师、打架逃课无所不做。而你却让我真正地感受到童年是快乐的。

我也永远忘不了那个晚上我们背对背走的背影，随着行走渐渐隐没在黑暗中，我想叫你的名字，却开不了口。直到那一瞬间，我才明白，原来你有时候的笑容，是让我们笑，而你却不是真的快乐。

老马，长得不好看。苍白的脸，刘海从额头上垂下来，一双眸子静默如潭，皮肤很黑，两排不整齐又泛黄的牙齿，很多人的眼里，老马长得真的不好看。

一

四年级春游。

老师带着我们去城皇岭，那里有革命烈士的丰碑，高高的屹立在山的最顶上。我感慨万千再感叹千万地对老马说："远远看去，这白色的丰碑顿时是在迷茫的视线里闪闪夺目的一个光点。"

老马的贼眼看了我一下后，又把头甩向一边说："石块就是石块，死人堆就是死人堆，就算比喻得再动人也不能说是闪闪夺目的光点，顶多只能说是熊熊燃烧的鬼火。鬼火啊！"

听到他这么说，一阵阴风飒飒地拂过我胸前的红领巾，我顿时觉得老马可怜，因为他简直就是一个文盲，那么伟大光荣的烈士丰碑居然被他说成是鬼火。

到了城皇岭后，老师说自由活动。老师的话音还没落，老马就开心地从队伍里溜了出去，快得像兔子一样。

老马跑起来真难看，有点像鸵鸟跑的样子，看起来整个人像被什么东西拖着跑似的，上身微微向前冲的姿势，屁股却往后凸起，整个身体看起来就像一个圆弧。现在想起他跑的样子我都想笑。

后来，我冲着老马喊："老马，你跑的样子真是好看得不像样，我要是女的，早就被你坚定又迷人的步伐给迷死了。"说完后就往他的方向甩了一个重重的飞吻。

我以为老马听到我讽刺他会狠狠地回过头破口大骂"死小宝""混蛋小宝"。而老马却只是回过头，然后又露出他那两排泛黄缺钙质的牙齿对我笑……我想他一定误解了我的意思。我想他真的是以为他跑得特别的好看，跑出了李宁的样子。

过了十分钟。

我正在凉亭上面吹风，就听到有同学在不远处说老马捡人骨玩。

我听到了也跑了过去。

我看到老马手里一块长长的关节骨头，我不敢断定是脚的还是手的，因为我之前没见过人骨，但我想一定不是头颅，如果是头颅的骨的话我想第一眼看到的时候已经在流鼻血了。

我们都叫老马不要靠近我们，因为他们说拿过人骨头的人会倒霉，会很衰。听到他们说，我们一大群孩子的鸡皮疙瘩都起来了，我们都在害怕。

听到我们在排斥他，老马一脸无辜又可怜的样子看着我们，那种别人指来指去的感觉不好受，老马哭也不是笑也不是，我想那旁边若是有空洞装死人的话老马早就连眼也不闭就冲进去了。后来老马说他也不知道自己为什么要捡骨头，当我们说他的时候他也慌得不知怎么是好。

就这样他愣在那里不知所措地站了好久。后来老师来了，他才把那人骨头丢了。

回到了学校后，我们都用异样的眼神看老马，谁也不敢和他说话。老马被我们"嫌弃"了。

吃饭的时候，我们都围在一起吃饭，只有老马一个人孤零零地坐在自己的床上吃，时不时地看看我们，我们都无视他的存在，我们叫他离我们远一点。

不知什么时候，有个同学说，老马捡过人骨头，吃饭又不洗手……那时候不管是真的还是谣言，这让大家都对嘲讽老马又有了一个理由。

我们后来问他是不是真的没洗手就吃饭？

老马低着头支支吾吾地说："刚……洗了！"

别人说的我不信，我信老马说的，老马不敢骗人，老马也不会骗我，他说洗了我就信。

到了晚上的时候，十一点多了，看宿舍的值班老师走了。

那时我们宿舍在三楼，我们班有两个宿舍，一个在四楼一个在三楼。我们对老马说，只要他扮成鬼上四楼吓他们，我们就不会不理他了。

老马答应了。

到了十一点半的时候，老马用皮带扎在自己的脖子上，双手向前伸直，再加上已经是黑夜，模糊不清，所以远远看去给人很有那种电影里古代僵尸的感觉。

老马学着僵尸跳的样子跳上四楼，两脚合并，同时跃起同时落下。

老马刚要跳出宿舍门口的时候，我就冲着他喊："老马，像你这么黑，都不用扮成僵尸，你走上四楼都可以吓死一半人了"。

然后，整个宿舍人都笑了，老马也跟着笑了。我不能理解他的笑，是和我们一起开心的笑还是甘苦的笑。

我们悄悄地跟在老马的后面，老马一级楼梯一级楼梯地跳跃上去。

他到四楼我们班那个宿舍门口的时候，我们怕老师来所以就都跑回了三楼。

刚回到宿舍的时候，就听到四楼上面的地板震了起来，这种声音是上架床同学跳下来发出的，然后就是各种各样的声音，一片混乱。

过了两分钟，老马就从四楼跑了下来，气喘吁吁地溜回了床。

我们问老马怎么了。老马一边喘气一边说，上面那群天杀的，他刚跳进去，还没来得及说："还我命来"，就不知道哪个家伙说鬼来了！然后全部同学都向他冲去，举手划拳带脚踢的打他，有的拿着枕头打，更混蛋的有个拿了他们宿舍的扫把打，好不容易才溜了回来。

我说，"你是猪吗？看到他们冲来你不跑，非要等到他们打得没力气了你才跑？"

老马声音放大了，像个胜利者非常有理由地对我们说："跑不了，一进去就被他们用被子盖住了头"。

后来我们听到老马说打得周身痛。我们就安慰他说："不用怕，留着一口气在，不怕吓不死他们。到明天，我们帮你找出用扫把打你的混蛋，你再同他决斗！”

那晚，我们两点才睡。

后来，我们都觉得特对不起老马，老马是无辜的，他给了我们欢笑，我们却不懂得他的笑。

那晚，是清明节。

二

那天，上数学课，我和老马、卡七，还有一个同学，四个人旷课。

我们跑到操场上到处溜达，在风中奔跑，像被禁锢多年的野马终于得到了自由似的。

后来，老马尿急了，实在是憋不住了。

他就拉着我们三个陪他去厕所。

到了厕所门口才知道上天是对他不公平的！门口挂着一块大牌子，上面写着：“厕所正在打扫中”。

老马不信，所以就朝着厕所里面瞄了一下。这时一个50多岁的穿着工作服的阿姨从厕所里面伸出个头说：“拉尿的，等一下。”

站在老马后面的我们笑得肚子疼！

后来，在千钧一发，尿快要憋出来的时候，卡七灵机一动就顺手在旁边拿了一个别人刷牙的杯子说：“马哥，将就着点，我们帮你看着，你就舒舒服服地尿吧”，说完后就把杯子递给了老马。

为什么知道是刷牙的杯子？厕所门口有几个水池，同学们早上都是在那里刷牙的！如果你说那是尿壶，打死我也不信，你想想，会有人把牙刷放在尿壶里？

后来，老马看了一眼周围，然后拿着杯子溜到一个角落。三下五除二的工夫，他就把他的事情给解决了。

当老马拿着他那杯尿，振振有词的把牙刷放回去再放回原地的时候，我在想，这杯子的主人也够凄凉的，会不会把它当王老吉喝了？

后来，我们四个头也不回地往操场边走，这时正吹着风，如此有型的背影像电视剧《流星花园》里面的F4一样风度翩翩地走着……

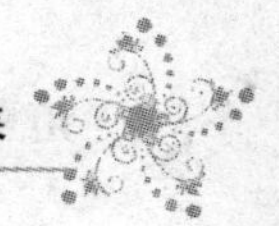

三

有一次，自习课。

教室很安静。

安静得整个教室里只听到老马在啃面包的声音。很显然各位同学都在认真学习。

老马，这人长得不好看也就算了，他吃东西的样子更恐怖！基本上就是吃一半掉一半在地上，有时候吃饭的时候还会有饭粘在脸上。所以，你看他吃饭的时候你就饱了。

老马一边吃他的面包，一边看着我笑。老马也很爱笑，只要不难过他就会笑。

不知什么时候，居然有一小块的面包屑掉了下来，落在他前面的裤兜里。

正在我笑他吃相失魂落魄的时候，老马却从容地从裤兜里捡起了那块面包屑从容得不能再从容地捏了几下后，看也不看就往他前面30度方向一丢。

正当老马看着面包屑在空中飞时，那块面包屑就那么一不小心地自然降落到他前面的女生的衣服里面，说得准确一点：就是面包屑准确无误地飞到了那个女同学的内衣里。

顿时，场面依然如当初一般安静，因为除了我和另外两个当事人外，没人知道这事的发生。

那个女同学很淡定，虽然当时只有11岁，但这个女同学却做出了最成熟的做法！

只见这个女同学偷偷地看了几眼四周，发现没有什么动静的时候，她悄悄地把手从衣服的下面伸进去来回不停的掏，没用20秒的时间，这块该死的面包屑被这个女同学捏在了手里。然后这个女同学松了一口气就悄悄地把面包屑丢到了地上。最后，又开始低着头看书，一切似乎没发生过。老马也长长地叹了一口气。现在想想，老马是幸运的，是这个女孩平定了一场面包的风暴。

四

六年级了，一眼望去，童年已经过得差不多了。

当我和老马还有落落在操场边坐着感叹时光的流逝时，看到有一对小情侣从我们面前大大方方地走过。

老马折了一把树叶说："谈恋爱有什么了不起的，赶明儿哥也牵个给你们看看。"

他说完捡起了一块石头，使尽全力向操场篮球架的球圈扔去，石头准确无误地从球圈里掉落，落到了地上就粉碎了。

我们取笑他，说，你别吓坏了人家女孩子就谢天谢地了。老马见我们笑话他，在扔完第三颗石头后不服气地说，哥们，别小瞧我，就算是野百合也会有春天的嘛。

我们都在笑他癞蛤蟆想吃天鹅肉。

后来，他突然放下手中的石头，拍拍我的肩膀，两眼放光地说，哥们，我喜欢一个女孩儿好久了，就是以前被我扔面包屑到身上的那个女孩儿，以前看她不怎么样，现在越看越喜欢。你说我该怎么跟她说好呢?

我说："你若不敢当面表白的话，就给她写封情书。"

老马想了想，说，写情书会不会太老土啦?我想也没想就回答说不会啊，写情书会显得你有诚意。

随后几天里，我们几个都会坐在操场边的石阶上，因为那个女孩每天晚上都会去操场跑步，所以我们都陪着老马看她跑步，远远地看着。这似乎成了我们空闲时候的消遣。

看得出老马是认真的，因为当老马听说那个女孩还是单身的时候，竟偷偷笑了一下午。也从那以后，老马晚上偶尔会失眠。然后第二天整个人像吸了鸦片一样憔悴。我觉得他可能是病了，我们对老马说这主要是心病，只要心静就好了，不要总想着那女孩，该放松的时候就放松，老马尴尬地点点头。

落落说，八成是真的喜欢上人家了。

后来，老马终于憋不住了，有一天当我和落落亲眼看着他把一封写得满满的情书交到那个女孩儿的手上时，我们都愣住了。女孩儿当即就把情书撕

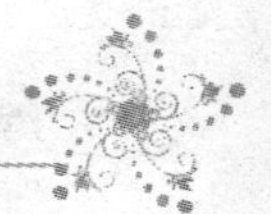

得粉碎。我想那时老马的心都碎了吧。我只听到女孩儿说了一句话：从你丢面包屑在我身上那天开始，我就讨厌你了。然后转身就走。

我在背后看不到老马的表情，只是等我反应过来的时候，老马冲着那个女孩儿喊了句：从我丢面包屑到你身上那天开始，我就喜欢你了。

后来老马拍拍我的肩说走吧，我才知道事情已经结束了，还没开始就已经结束了。

那一晚，我看见老马疯了似的在操场上狂奔，硬是把校道两旁的垃圾桶全部踢了个底朝天，后来，他停下来了，蹲在路边的石阶上。那晚的月亮很亮很亮，风声夹杂着虫鸣声一齐灌进我们的耳朵。我们就这样蹲在路旁，直到天亮。

本来以为这事儿已经结束了。

但第二天，老马对我们说，还没有结束，还需要彻底一点，我要让她讨厌我，这样就好了。她也能记住我。

到了中午吃饭的时候，老马硬着脸皮去到那个女孩儿的面前，当着那么多同学的面对那个女孩儿说："你吃饭的样子很像一头母猪，特别煽情！"

说完后老马干脆利落地转身离开。远远地对着站在后面的我们笑……

这才是真的结束，老马对我们说。

五

新学期，来了一位新老师，教我们数学。

第一天，他来到教室自我介绍说，他叫：李日天。

这人怎么说呢？长得挺奇怪的，肥肥的。说他老实，又有点滑稽，说他古灵精怪，又有一种严肃的感觉。那时候，电视剧《小兵张嘎》正在热播，所以，当老马看到这个老师的时候，就给这老师起了个绰号——"龟田"。

每一次上数学课，老马就会说：龟田来了，大家快安静。

有一次，当老师拿着课本在讲台上说得很认真的时候，同学们都在认真听课，而老马却突然笑了。

这时全班人都在安静地听他笑，要是不知道他笑什么的还以为他是从精神病院逃出来的。

后来，龟田老师生气了，一手把书本丢到桌子上，很大声。然后叫老马站起来。龟田老师说，如果老马说不出笑的理由，那就站一节课。

站了起来的老马想笑也不敢笑，脸都憋红了。

当全班人都看着老马的时候，老马不急不忙地说：“老师，你的大门没关!”

这时，一大部分的同学都知道笑什么了，个个都朝着老师的裤子看去……

而老师好像不知道，又追着老马问：“什么大门没关?”

不知是哪个同学很小声地说：“是裤子的拉链没拉上。”

这时，全班爆笑。

老师这才意识到发生了什么，只见老师淡定的转过身，面朝墙壁，拉上拉链……

最后，老师转过身来，重新拿起书本，轻声地叫老马坐下后又开始讲课了。

下午的时候班主任找老马出去做了半天的思想教育。

老马对我们说，年少无知，谁无过错。

六

年少无知，谁无过错。

我们都在时光里，慢慢地长大，慢慢地失去，慢慢地改变。

终于，老马成了我们整个年级的风云人物，只要站在六年级的一排教室门口随便的捉住几个同学，你问认识老马吗，一定会有一个说认识。那时候老马成了老师眼里的坏学生，老师都拿他没办法，每次排座位都把他放到最后面。

老马违反纪律，打架，不听课，和老师顶嘴。被学校记过大过……

老马疯狂了……再也不是那个我们叫他装开水他就装开水，叫他打饭他就帮打饭，想欺负就欺负的老马了。

老马说，以后闯出了一片天，然后带我们去周游世界。

老马太叛逆了，结果就在过了半个学期的时候被学校开除了。

那天，老马听说隔壁班有个男生喜欢他以前喜欢过的那个女孩儿，而那个女孩儿不喜欢那个男生，而那个男生又死缠烂打地缠着她，而且那个男生还把她气哭了。

老马知道后很生气，中午连饭也不吃就跑去找那个男生了。

我们知道，虽然过了那么久，那个女孩儿在老马的心里还是存在着的。

老马找到那个男生后，就吵了起来，然后又动起了手。

开始的时候老马打不过，衣服都被撕烂了，后来老马就脱鞋子，狠狠地往那个男生身上敲。

第二天，那个男生住院了，老马被学校开除了。

老马收拾行李的时候，我愣了半天，低下头，眼泪掉了出来。然后慌忙地擦干，给了他一个全世界最明媚的笑，“老马，你永远是好样的！”

说完，拉过他的手重重咬了一口。

看着老马一个手拖着一个背包，一个手拉着他老爸的手渐渐地走出校门口，阳光撒在他的头发上，那一刻，我才发现，老马长得真好看。

七

年少时，我曾祈求上苍，赐我一顶皇冠，一个强大的帝国，一个美丽的王妃。

而老马说：“皇冠，我会去争取；帝国，我会去建造。皇妃……像我这样不爱好学习的人，也许不会被谁记得。”

其实老马不知道，当那个女孩儿知道他为了自己去打架而被开除的那晚，那个女孩儿靠在她最好的朋友的肩膀上哭了很久，声音都沙哑了。

只是老马永远也不会知道，在这个世界的某一个不起眼的地方，有一个人，这些年来，一直都在关注他，想念他。

一眼望去，童年早已离去很多年，现在想起有开心，也难免会有失落。但一切就像梧桐树叶间的纹络清晰可见，如同你浅浅的酒窝般。他们说，世界上找不到两片相同的树叶。所以。即使老马笑起来不好看，但这个世界上不会出现第二个一样的笑容，还有你的睫毛。

一晃又是好多年！

优诺儿是爱哭鬼

■ 婉茹华

有人说，一个人出生时，天空就会多出一颗星星，无论你在何方，它都会跟随你的左右。当属于自己的守护星变成红色，便表示爱情即将来临；如果变成灰色，那就表示你即将会变成一颗流星，消失在人间。

我从来都没有找到过那颗属于自己的守护星，所以我不知道我的爱情何时会来临，何时会离开。

我只能默默等待。

有人说，只要和相爱的人手牵手一起坐在草地上，慢慢地数着星星，只要找到属于自己和恋人的星星，这段感情就可以天长地久。

我试过了，我借口和你一起数星星，悄悄寻找属于你我的守护星。可是后来我才知道，爱情已经迷失方向了。无论我离你有多近，你始终看不到我的存在，以爱的名义。

你不懂。

有人说，只要你想哭的时候，面对着天空对着星星申冤，它会为你做主，让你安心地淡忘不愉快的事。

为什么，当我这么做的时候，心里的难过不但没有一点点消退的迹象，且愈演愈烈？就像眼角泪水的滑落，映照出天空一般的伤。

你遇见了她。

有人说，和恋人相隔两地的时候，只要在窗边看着星星，思念着恋人，默默地许愿，一切都会平安。

每天晚上站在窗前看星星已经成为了我的一种习惯，每一颗璀璨闪耀里都倒映出你的脸庞。温柔时的，忧伤时的，快乐时的……我每天每天这样思念着你，每天每天祈求。可为什么，我的爱情一点都不平安？

你要订婚了。

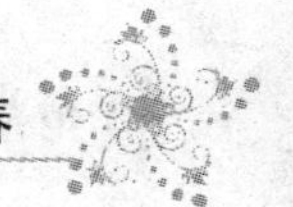

有人说，死去的人会变成一颗星星，在天空守护着还在世上的亲人，无论你幸福，还是不幸福，它都可以看到。

如果，现实中的优诺儿不能这样一直陪在你的身边，那么，如果我变成了星星，是不是就可以永远地守护着你？如果答案确实如此，那么我愿意。

你不爱我。

于是，那么那么多的人说，在见证我的爱情时，就变成了一个“传说”。

——摘自优诺儿的日记《如果星星可以传说》

一

优诺儿，十七岁，芷圣高中二年级学生。半个月前，因为一场交通事故进了医院。她再次醒来时，丢失了所有的记忆。

言澈在说这些的时候，优诺儿正坐在病床上，埋头与一个大苹果作战。有十分钟了吧，她一直抓着那把水果刀，却连个苹果屑都没能削下来。

“那我的爸爸妈妈呢?”在第 N 次苹果又从她手上滑落之后，优诺儿终于抬头看了言澈一眼。

“他们去了一个很远很远的地方旅行，临走之前把你交给了我。”言澈的声音很轻，像湛蓝天空里的白云一样柔软。他走过来，拿起她手中的苹果，开始慢慢地削起来。

“我们是什么关系？为什么他们都不担心你会把我拐跑。”

“我是你的男朋友。”他的表情很认真，认真到让优诺儿觉得他好像在向她承诺什么?

她就那样愣愣地望着他，一时间忘了言语。

阳光洒进室内，照在他洁白的衬衫上面，映衬出他干净俊美的脸。

那个时候，优诺儿并不知道，曾经自己是多么多么地喜欢眼前这个自称是她男朋友的男生。更不知道，曾经她为了能够见到他，经历了怎样的一段人生起伏。

一个月后，优诺儿回到了学校，刚在自己的座位上坐下，她就发现有一对靓丽的眼睛一直盯着自己，嗯，还是一位美女呢。

优诺儿甜滋滋地想，是不是自己长得太过漂亮了，所以才引得眼前这个美女足足观望了她五分钟……哦，不，是四分三十九秒。

优诺儿忍不住就看了一眼手表。

那女孩的胸前挂着学生证，照片上面同样是一对明亮的大眼睛，这女孩笑起来真迷人啊。

莫蓝蓝？嗯，好名字！

五十八秒、五十九秒……

实在忍不住了，就算她长得再好看，也不能给她这么瞅啊。那表情，好像要跟她玩命似的。

“这位大姐，请问，你研究了这么久，到底在我脸上发现了什么？是比你多两颗痘痘，还是比你少两颗黑头？”一开口就没个正经，这样的她，反常的令莫蓝蓝有一瞬间的怀疑。

“你……你真的是优诺儿？”

“需要验身吗？”优诺儿猛地从座位上站起来，把脸凑过去，“悄悄告诉你喔，其实啊，我是一只九尾狐狸，脸上带的只不过是优诺儿的人皮面具而已。”话落，她还神秘地冲她眨眨眼睛，“一定要保密喔！”

“我知道。”莫蓝蓝撇撇嘴，“应该说，在芷圣高中，有哪个人不知道你是狐狸精啊。”

“呃？”优诺儿愣了愣。不是吧，这只是她随口胡诌的一句玩笑话，哪儿那么快就传遍全校了？

“是啊，都已经把别人的男朋友勾引走了，还装什么清高啊。”不知是哪个女生多嘴，说出来的话酸溜溜的。

“是说我吗？”优诺儿指了指自己，随后明白过来，“莫蓝蓝，你可能不知道吧，我是有男朋友的，干吗要去勾引你男朋友啊？”

“不是的。”莫蓝蓝忽然尖叫一声，那双直直望着她的明亮眸子就这么莫名其妙的漾起了一层朦胧的水气。

至少，在优诺儿看来，她的眼泪是莫名其妙的。

“不要跟我提言澈，他可以是任何人的男朋友，唯独你不行。”莫蓝蓝似乎真的生气了，说这话的时候，眼睛里充满了……恨？

“为什么？”

“因为……”

“因为言澈是你的哥哥啊。”又是刚才那个女生，不说话没人把你当哑巴。

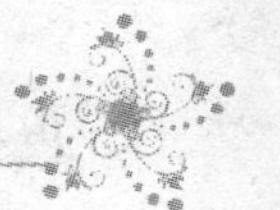

“哥哥?”优诺儿低喃，然后大大地松了一口气，“莫蓝蓝，你也是喜欢言澈的吧？难怪要这么用心良苦编出这样的谎言，就连托儿都事先找好了。”

“什么意思?”

“莫蓝蓝，别说了，我明白。喜欢一个人是件很辛苦的事情，特别是像你这样的暗恋。”优诺儿一副“我了解”的表情，“这样吧，咱俩公平竞争，让输的一方心服口服。”

还记得，当优诺儿说这句话的时候，活脱脱一副观世音恩典信徒的模样。那个大度啊，连她都开始佩服自己了……在她的身后，莫蓝蓝不断地跺脚，冲着她越走越远的背影大喊：“我没有找托儿，优诺儿，你回来……”

【莫蓝蓝·语】

优诺儿失忆了，因为吞食了大量的安眠药。或许你会奇怪，为什么安眠药能让人失去记忆？我也这样认为，所以我找到了优诺儿。

医生说，失忆是优诺儿的心理原因造成的，也许是因为现实中有太多令她伤心和难过的事情存在，让她想要逃避。而这次的过量食用安眠药，竟让她有机会为自己编织了一个虚无的幻境，沉浸其中，再也不愿清醒过来。

这么牵强的理由，在遇到后来的优诺儿时，竟变成了现实。而我，竟在她失忆的同时体会到了失去的味道。

其实，自从优诺儿在医院里醒过来的那一刻，我就已经知道她失忆了。当时我躲在门外，透过那条细细的门缝，看到了言澈因为激动而湿润的眼睛，他轻轻地抚摸着优诺儿的脸，温柔地把她纳入怀里。说实话，我嫉妒优诺儿，特别是这样的拥抱，是身为言澈女朋友的我从来都没有得到过的。

可是，看着言澈的眼睛，那么心疼，那么迷离，我仿佛明白了。这一刻的言澈，眼睛里停留的并不只是优诺儿，还有，那个名唤“爱哭鬼”的小女孩儿。现在的他，已经分不清她们到底谁是谁，他本能地透过优诺儿的五官，思念着另一个女孩儿。

就连我也已经分不清，自己到底是在嫉妒优诺儿？还是在嫉妒那个一直停留在言澈心底，不肯离去的“爱哭鬼”？

十二年前，爱哭鬼。十二年后，优诺儿。

那么我，莫蓝蓝，算什么？

【优诺儿 · 语】

不知道为什么，忽然就那么冲动地说出要和莫蓝蓝公平竞争的话。我想，或许她是真的喜欢言澈，她情绪失控的时候，那种受伤的神情，是任何人都无法假装的。

心里有点难过，虽然没有记忆，却很清楚那种暗恋一个人的感觉。仿佛曾经的我，一直生活在这样的世界里。

我想象着，若要让莫蓝蓝觉得这场比赛公平，就必须以一个全新的身份重新认识言澈。于是，我找来了N套的奇异服装，把自己打扮成丑丑的模样，鸭舌帽压得低低地，然后从某一个角落跳出来拦住言澈，用很酷的声音对他说，帅哥，和我恋爱吧。

我喜欢这样的变装游戏，从洋娃娃到丑女，从学生到大婶，一个个的角色都被我玩了个遍。有几次，我甚至还装扮过美少年和卡通人偶，可每一次的结局都是在不超过一秒钟的时间里，言澈就准确无误地叫出了我的名字。这让我很郁闷，却想不出来到底是哪里出了错。

所以，莫蓝蓝，对不起，我好像做不到“公平”了。

二

芷圣高中。

“安菲，你会喜欢上自己的哥哥吗？”

“干吗问这么奇怪的问题啊，我又不是疯子。”

“可是你知道吗？在我们班里真的有这样一个神经病，竟然喜欢上了自己的哥哥，而且还为了她哥哥吞安眠药了。”

“真的假的？喂，是谁啊？”

……

又是这样，她们每当谈论一些奇怪话题的时候，目光都会看向优诺儿这边。就像现在，在她们嘀嘀咕咕一阵之后，又开始对她指手画脚起来。

嘲讽的语气，尖锐的指责，终于使优诺儿成功爆发。

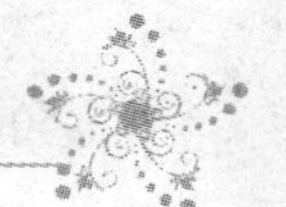

“如果你们有证据，就对着我说，不要总是这样偷偷摸摸的。”

她愤怒地朝她们大吼，下一秒，那些女生开始慢慢向她靠拢，而优诺儿，则像个皮球一样开始在人群中被来回传递。慌乱中，她感觉到自己的头发被扯了，衣服被拽了，手臂被掐了……

可是却一点都感觉不到疼痛，她不明白，为什么这些被称呼为“同学”的伙伴，要对她说出这样的话？

言澈明明说过，他们是恋人关系，不是她们所讲的那样，他不是她的哥哥，不是的。

到底，是谁在说谎？是谁在骗她？

校园外的小道上，优诺儿安静地走着，夕阳倾泻，洒在她的身上，在青色的石板路上画下单薄的身影。她的身后，某个拐角处，一双剔透的眸子若有所思地凝视着她……

和第一次一样，莫蓝蓝的眼睛不曾眨动一下，就那么直直地望着夕阳下那抹身影，落寞中有着淡淡的伤。

很熟悉的一幅画面，像失忆前的优诺儿，那整日环绕在她身侧的，正是这难喻的疼痛。

如果，把视线里的她缩小，再缩小。想象一下她四五岁的样子，那时的她，又像极了另外一个人……那个，在她童年的记忆里，第一个令她羡慕的女孩儿。

那么，那么像的两个人。

那时候，言澈是佑安孤儿院里的孤儿，经常和他在一起的是一个刚来孤儿院不久的小女孩，他叫她“爱哭鬼”。他不知道她的真名叫什么，只知道，自从她来到孤儿院以后，大部分的时间都在哭。

六岁的言澈拍着胸脯信誓旦旦地向她承诺，以后我来保护你。

那个时候，他们总是形影不离，两个小小的身影躲在某一个角落，两张小脸，一个挂着泪珠，一个紧张无措。

大概过了一个星期吧，莫蓝蓝来了，美丽的她一到孤儿院就引起了一场小小的骚动，整日里都可见一群小朋友追逐在她身后。可她的目光，却从来没有离开过那个总是躲在角落里，笨拙地安慰着别人的小男孩，尽管他的目光从来不曾正视过她。

半个月后，言澈被一对有钱的夫妇领养了，莫蓝蓝把他送到车旁，坚定

地对他说："言澈，你等着，我以后会去找你的。"

那时候的言澈，并没有把莫蓝蓝的话当真，他习惯性地开始在人群中搜索那个熟悉的身影。他想知道，为什么他的爱哭鬼不来送他？

直到，车子走了好远，远到在视线里再也看不到，那个唤作爱哭鬼的小女孩才从角落里走出来。小小的肩膀一下一下地颤抖着，两颊的泪水像小溪一样，一直流一直流……

爱哭鬼是莫蓝蓝心里的一个伤疤，而现在，优诺儿代替了她的角色。但是莫蓝蓝知道，犯过的错误绝不能重复第二次，所以，她向别人讲述了那天晚上优诺儿吞安眠药的情况。并说她爱上的那个人，是她的哥哥。

她从不担心谎言会被拆穿，因为，自出事那一刻起，言澈就已经对外做了封锁消息的措施。尤其是当言澈得知优诺儿自杀是因为喜欢上了自己，他更加不愿意她恢复记忆，他曾答应过爸爸妈妈要保护优诺儿。而她莫蓝蓝，就是要把这些话传到优诺儿的耳朵里，让她去寻找事情的真相。因为莫蓝蓝知道，以前的那个优诺儿，那个善良懦弱的优诺儿，在得知真相以后，一定，一定会离开言澈的世界。

因为她很善良，善良到不愿意做出任何伤害别人的事情，善良到不接受任何的同情。

是夜。

皎洁的月光，透过窗帘洒进室内，轻风涌进，与流苏舞作一团。

黑夜里，优诺儿静静地伫立在窗前，急促的呼吸在宁静的夜里显得格外诡异。额头上，还残留着因恐惧而渗出的颗颗细小汗珠。

她做梦了，一个很奇怪很奇怪的梦。

那是一个让她觉得有些熟悉的场景，青色的草地被墨色的夜覆盖，一个单薄的身影伫立在冷冽的风中。身后的大厅，灯火辉煌，那个如同王子一般高贵优雅的男生，正微笑着牵起另一个美丽女生的手……

是心痛吧。

她凝望他的眼神有着浓浓的爱恋，可嘴角的浅笑，却又透着无尽的心伤。那么决然。

那个女生很难过。这是梦中的优诺儿的感觉，仿佛亲身体会一般，撕裂的痛楚深深地纠缠着她。然后，她看到，那个身影不知从哪里拿出了一个白色瓶子。打开，送至嘴边，仰头吞咽……

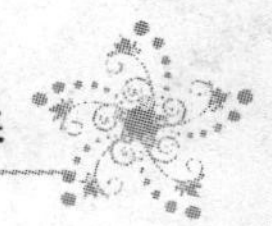

这么连贯的动作，却让优诺儿看得心惊。

那个女生，她倒进嘴巴里的，是一粒粒的白色药片。她甚至能感觉到那股刺鼻的药味，混合着泪水进入嘴里，是绝望般的凄凉……

然后，她看到她缓缓地倒向地面，白色的瓶子掉在地上，散落一地的疼痛。

就像此刻，夜空中出现的那张异常俊美的脸，慢慢地，那张脸在她的眼睛里开始变得模糊，从她的眼角滑落，碎成片片心伤……

三

阳台上，优诺儿伏在栏杆上，遥望远处软软的白云游动在蓝色的天空中。言澈站在她的身侧，微微拢起的眉宇，似是若有所思。

“澈，能问你一个问题吗？”

“嗯。”

“你和我在一起，是因为爱我吗？”

“我……”

“真的，爱我吗？”

心底，某根脆弱的神经不明所以地颤动了一下，言澈转过头望向她。不知为什么，此刻的优诺儿竟给他一种熟悉的感觉。有那么一瞬间，他还以为她恢复了记忆，那时的她就像现在这样平静，有什么心事从来不让他知道。

正因为如此，所以他不知道她一直喜欢他，更不知道，他与莫蓝蓝在一起会狠狠地伤害到她。

如果她问他爱不爱莫蓝蓝，他可以很干脆地回答说不。可是，她却问他爱不爱优诺儿，爱不爱优诺儿……他不知道。

自从三年前，爸爸妈妈把她带回家，他就一直把她当作妹妹一般照顾，那么小心翼翼地呵护着。

莫蓝蓝说，他之所以这么小心这个妹妹，是因为自己在她的身上看到了“爱哭鬼”的影子，他只是想借由保护小诺来减少自己对她的思念。她还说，其实在潜意识里，他已经把小诺当作了“爱哭鬼”。

他不知道，他什么都不知道。

十二年前的那场大火来得太突然，让所有人都措手不及，以至于，让他还来不及学会爱，就已经失去了爱的权利。

还记得，那是他被领养后的半个月左右，爸爸妈妈带着他们的朋友去了佑安孤儿院，当他放学回到家时，莫蓝蓝就已经在等他了。

妈妈说，她是唐阿姨新领养的女儿。

“为什么不是‘爱哭鬼’？”因为知道唐阿姨要领养孩子，所以他极力推荐她。

“院长说，她有精神病史，不适合被领养。唉，很可爱的一个小女孩呢，可惜了……”当时，妈妈是这样告诉他的。

“爱哭鬼”有精神病史？到底是怎么回事？自从她来到孤儿院以后，他们几乎形影不离，如果她有精神病，他怎么会不知道？

他把这些话说给了妈妈听，她也觉得事有蹊跷，答应他第二天带他回一趟孤儿院。

那一晚，他兴奋到整晚没睡着……那个他思念了半个月之久的爱哭鬼，他终于可以再见到她了……

然而，第二天当他来到佑安孤儿院时，迎接他的不是爱哭鬼的笑容，更不是爱哭鬼的眼泪。而是，一具具被烧到焦臭的尸体……

这是意外。孤儿院附近的居民是这样说的。

当人们察觉到大火烧起来的时候，孤儿院已经面目全非了。那么安静的夜晚，只有耀眼的火光肆意舞动，甚至没有一个呼救的声音，佑安孤儿院就这样消失在大火里。

院长、生活教师、孩子们……一共三十六条生命。

包括，爱哭鬼……

这么久的沉默。

在优诺儿看来，言澈的沉默已经代表了他的回答。原来真的如她所想，他是爱着莫蓝蓝的。

莫蓝蓝没说错，在她知道真相以后，一定会离开言澈的世界的。只是，这次的她不是因为善良，不是因为懦弱，而是因为他爱的是莫蓝蓝。

结束了，她那还没开始就已经凋谢的爱情。十二年的光阴，弹指之间，那个曾经向她承诺要保护她的小男孩，你一定要幸福！

要从何说起呢？她、言澈、还有莫蓝蓝之间的故事……

优诺儿童年的记忆里，有一个温馨幸福的家。

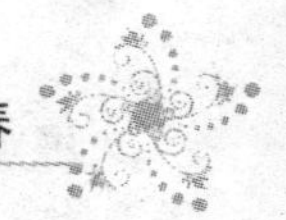

那一天，不知是怎么了，家里的气氛忽然就那么沉重。客厅的地板上，摆放着两具被白布覆盖的“东西”，哥哥跪在旁边，放声大哭。就连管家伯伯他们也都站在旁边，难过地掉着眼泪。

五岁的她，不知道这样的景象意味着什么，因为找不到妈妈，所以她也跟着一直哭一直哭。她来到大街上，川流不息的人群在她眼前不断涌动，她更加害怕了，妈妈，她要妈妈……

她迷路了。

当院长伯伯在一个角落里发现她时，她已经哭得不剩一点力气。她坐在地上，眼巴巴地望着眼前这个陌生人，眼泪呼啦一下又拉开了闸……

院长把她带回了佑安孤儿院，刚到这里，她一句话都不说，只是不停地哭。当所有人都不理睬她的时候，只有那个叫做言澈的小男孩一直陪着她。

他来到她跟前，轻轻推她的肩膀，用一条旧旧的手帕帮她擦眼泪。那个时候，在有关于她在孤儿院的记忆里，满满的，都是那个像天使一样的小男孩。

他说，不要哭，以后我会保护你的。

现在想来，她好像从来没有对他说过一句话，所有的画面，都是她在哭泣，他在安慰。甚至，她都没有告诉过他自己叫什么名字。

后来，孤儿院里又来了一个小女孩，她叫莫蓝蓝。如果不是因为那件事情，或许自己到最后都没能注意到她。

那是言澈被领养半个月后的一天，孤儿院里来了两对夫妇，其中一对就是当初领养言澈的叔叔阿姨。他们对院长说，他们的朋友要领养一个女儿，还半开玩笑地说，以后要给他们家的澈澈做媳妇。

她们看到了优诺儿，很喜欢的样子，开始向院长咨询。院长也很开心，连连点头。

可是，为什么，当他们从屋里出来的时候，那对夫妻会露出失望的神情呢？就连院长也抱歉地垂下头。

莫蓝蓝被领养了。

优诺儿像个弃婴一样躲在角落里，明亮的眼睛一直注视着那辆载着莫蓝蓝的轿车离开。

也是在同一天的夜里，孤儿院失火了。所有人都沉浸在美好的梦中，只有优诺儿，她因为白天的事情一直在偷偷流泪，所以当大火蔓延起来以后，只有她看到了。

她爬下床，开始叫同寝室的小朋友，可他们似乎睡的都很熟，没有一个因她的叫声而醒过来。

结果呢?

幸好，她所在的房间是一楼，在她使劲拍打房门也没能叫醒院长，最后，她敲碎了玻璃，从窗户逃了出去。然后，她看到，漫天的火光就那么肆无忌惮地照亮了夜空，吞噬着整个佑安孤儿院……

当时的她不知道，院长的房间是最先着火的。内心愧疚的院长，越想越觉得莫蓝蓝在说谎，虽然小诺是自闭了点，却没有像她说的那样有精神病史。他忽然觉得自已错了，不该那么轻易否决了小诺。然后他开始不停地抽烟，不停地抽。抽着抽着就睡着了，而指尖还闪着星星火光的香烟，就那样毫无忌惮地点燃了床单。

而当优诺儿察觉到火光时，院长已经昏迷在火海中毫无知觉了。

四

就连莫蓝蓝都不知道，当她告诉院长那些话的时候，优诺儿正好从旁边经过。所以，那些中伤她的谎言，全部被她听了去。

只是……

只是，那时的优诺儿，她太胆小、太懦弱。她没有莫蓝蓝那般聪明，更没有莫蓝蓝的勇气，所以，她只能眼睁睁地看着莫蓝蓝离开，去那个有言澈存在的世界……

然而，她不得不承认，有时候，命运真的是个很玄的东西。在和言澈分别后的第九年，她再一次遇到了那对领养言澈的夫妇。

他们已经不记得她了，所以，当她来到他们面前恳求他们雇她当保姆的时候，他们的表情才会显得那么震惊。这么小的孩子……保姆?

最后，如她所愿，他们把她带回了家，不是保姆，而是以养女的身份。

她再一次见到了言澈。他变了，变得更俊美，更温柔了，再也不是记忆里那个总是手足无措的小男孩儿。他对她很好，像个溺爱妹妹的哥哥。

是的，哥哥，没有一丝“爱情”掺杂的兄妹之情。每次当他看她时，她总能感觉到他不是在看自己，那眼中满满的思念每当接触到她的目光时，都被他狼狈收回。

每当这个时候，她的眼睛都会涩涩地，却仍然装作若无其事。直到转身，才发觉，泪水早已汹涌而出……

后来，妈妈说，蓝蓝已经长成一个美丽的大女孩儿了，再过几年，澈澈就可以把她娶回来当老婆了。

再后来，爸爸妈妈开始了他们的长途旅行。只有优诺儿知道，那是因为他们发现了自己的秘密，他们知道了优诺儿就是当年言澈经常提到的那个小女孩儿，他们也知道她来到这个家正是因为言澈。但是，莫蓝蓝是他们朋友的女儿，在这样的关系之下，他们选择置身事外。

再再后来，言澈和莫蓝蓝在一起了。而她，却继续选择保持缄默，去相信那些关于星星的传说……

传说，死去的人会变成一颗星星，在天空守护着还在世界的亲人，无论你幸福，不幸福，他（她）都可以看到。

她想守护他，却没能如愿。吞食那么多的安眠药之后，她还是被救活了。

终于，还是要离开了。

坐在计程车里，优诺儿就那样注视着车窗外一闪而过的风景，眼前浮现着莫蓝蓝哭泣的脸。

"小诺，求求你，放过言澈吧。为了你，他已经辛苦了那么多年，难道连他最后的幸福你也要剥夺吗？他爱的是我啊，为什么你要这样伤害我们？"

是啊，她忘恩负义了呢。他那么小心翼翼地呵护着自己，她却还不能感到满足。莫蓝蓝说，她剥夺了他的幸福，说她剥夺了言澈的幸福呢。

原来，她竟是这么残忍的女生。

言澈，是不是，只要我退出，你的幸福就会回来？是不是，只要莫蓝蓝在你的身边，幸福就不会再离开？

如果是这样，那么，我离开。

只是，莫蓝蓝，为什么我做不到像你这般理直气壮？我也想问一问你，曾经的曾经，你是否也剥夺了另一个人的幸福？因为你，佑安孤儿院在一夜之间消失在大火里。如果当初你没说谎，如果当初被领养的是我，是不是，这一切都会变得不一样？

既然，在你们的世界里，爱哭鬼已经死了。那么，我的离开，就可以让她的存在永远地成为秘密……

言澈、莫蓝蓝，你们永远也不会知道。爱哭鬼，曾再一次来到过你们的世界……而你们，却非常默契地，选择尘封那些有关于她的记忆。

知道吗？优诺儿找到自己的家了，那个有真正亲人存在的家。呵呵，迷路的孩子，绕了一大圈，最终还是要回家的。就像我们，爱过、哭过、欺骗过。最后，还是要回到原点一样。

只是，那个曾经说要保护我的天使。无论如何，你一定要幸福，要很幸福很幸福……

心音回荡

两公分的恋爱距离

■ 疯子

一

【如果我早点说出那句话，我们是不是也就不会分散在人海中了。】

盛夏七月的尾际，夏恋出现在了我的世界里。

对于烦躁的学业，我也开始习以为常，因为高二任务极其繁重。

那个七月的尾巴，我伸手触碰在指尖，像是骄阳下有漫天的泡泡，不断破裂消失。

我遇到了他，对于文科生的我来说，矫情是我的家常便饭。

也许，夏天里的夏恋，真的是让人放不下的牵挂。

躲在偏僻的花树下，逃离着七月炎热的刺痛。

……

在那样宁静却焦躁的午后，他轻轻地走进，然后振动了炎热感，幸福开始冒泡。

我捧着本叫《青春盛满夏》的书。封面很干净，没有多余的修饰，一棵极其茂盛的花树，树下是一位穿着白裙子的瘦小女生的背影。

微风抚过她的发丝，白纱裙摆动，很宁静的画面感，幽幽的小伤感。

作者叫安之。我不知道他是男是女，他的文字很恬静很细腻，轻柔地讲述着青春这个忧伤词。我想他应该是个宁静、温柔的小女生吧。

在每天反复相同的学习中，也只有这本书让我安宁，让我放松。即使看过无数遍，还是爱得不行。

我再一次安静地捧着书，坐在花树下，准备观看第 287 遍时，身边坐下了一个人。

当我转过头去看，我立即怔住了。

是夏恋。

对，是他。

咖啡色的碎发，素色的服装。这个酷爱运动的阳光男孩，理科第一高材生夏恋。

他微微地笑着，直视我的瞳孔是那么清澈。透过他的眼神，我看到深处那个呆呆的我，愣愣地还处在惊讶中。

“喂，同学。”

他的声音好好听。干净的像七月里的风儿。

“啊……”

他居然……居然打我头。

好疼……

“你干吗打我啊。”

“谁叫你看我半天，我叫你你也不回应我。”

“……”

这不就是看呆了一下嘛，不过他真的很好看。

“爱上我了?”他调侃地笑着。

“谁……谁爱上你了，臭屁咧。”应该是天气太热，所以我才会心跳加速，脸才这么烫。

他惊讶地看着我。怪不自在的，我怎么了吗?

“你看什么，你那什么表情啊。”

“哈哈，小虎妞，你居然说出臭屁这种词啊!”

啊……完了，形象完了……

“不过，你脸红的样子挺可爱的。”

他……他说我挺可爱，真的吗?

怀里的书突然被人拿去了。

“青春盛满夏?”

他质疑地看着我。

“你喜欢看这书?”

他再一次质疑地看着我。

“怎么，不行吗?”

“行啊，不过，书里的杜炎和白少生，你觉得谁更适合欧阳倩?”

“啊?”他……他也看这种小说吗?这种青春忧伤的书，他这么阳光明媚

的大男孩也会看?

“小虎妞，问你话呢！书里的杜炎和白少生，你觉得谁更适合和欧阳倩在一起?”

他无奈地再重复了一次。

“我觉得啊，白少生。”谈起这本书，我就激动了。

“为什么?”他明显地惊讶了一下。

“杜炎很阳光，对欧阳很好，但我总觉得他并不是爱欧阳。他只是依赖于欧阳对他的照顾，他想法也幼稚，以为仅仅是保护了欧阳的安全就是爱她，对于爱情，他并没有深刻的理解。他不知道欧阳其实很脆弱，很敏感，她的感情极其细腻，而杜炎却从未发觉。而白少生总是很安静，安静地陪伴，安静地爱着，像骑士，守在欧阳身边。”

“是吗?”夏恋若有所思地低下头。

“怎么了?”他的突然沉默，开始让我不安。

“没事。”他抬起头，露出一个清爽的笑容，带些许忧伤，这不像阳光般的他该有的，他把手里的《青春盛满夏》还给我，起身欲离去。

忽然他转过来，低头俯视我。

午后的阳光，刺眼的疼。我只能勉强眯着眼看他。逆光的他，有种迷离的感觉，像脆弱的肥皂泡，似是随时会消失在空气中。

他那样看着我，很久后说：“你志愿准备报哪?”

“武汉。”我毫不犹豫地回答。

他没有再说什么，便远离在七月炎夏中。我开始看不清他的背影，渐行渐远。

二

【也许，他不会知道，七月花树下的那个干净少年，像天使一样，触碰到了我的心湖。】

其实，我多想在很久很久前跟他说我的喜欢。可是，等到即将分散天涯各边的倒计时里，我还是没说出那句：我喜欢你！

与夏恋的邂逅，就这样刻印在了七月的热度里。在那之后，我依旧是午后晴朗的时候捧着《青春盛满夏》，在那棵花树下，等着盛夏的温凉。

每一次坐下后，身边都会有夏恋的出现，他一样安静地坐下，没有搭话，只是靠着树，然后闭上眼。也不知道他有没有睡着。

最开始我会局促不安，后来渐渐习惯了他的存在，甚至开始产生了期待，只要他在旁边，心里就会安心许多。

当我再一次看着书，天越来越热，开始冒出了汗。没有微风。夏恋的鼻翼也开始渗汗。

我拿出随身准备的湿纸巾轻轻地擦拭掉汗水。然后起身，准备去买点水。

当我拿着两瓶绿茶跑回树下时，夏恋已经不在了。

我有点失望了。

放下绿茶，准备继续看书。

“你去哪儿了?”头顶上方，夏恋的声音。

我仰头看着他。汗水打湿的碎发，气喘吁吁的。他跑哪儿了。

逆着光的他，让我开始炫目。多么干净的似是天使的男孩子。

他坐下来，我才看到他手里的两瓶绿茶还在滴水，冰的。

他拿着水看着我。

汗水从脸颊边滑落。我拿出纸巾，不由自主地为他擦拭着，像刚才他睡着时一样，小心翼翼地。

他怔怔地看着我，我看到他瞳孔中温柔的自己，才意识到自己在干吗。

尴尬得收回手，低头扭捏着手里的纸巾，有他的味道。

他轻柔地说了句：谢谢。然后沉默着。

如果时光能停留，花树下羞红脸的他和她，是青春的绚烂。

他递过来一瓶绿茶，我也递过去一瓶，然后各自饮用。四瓶一样的绿茶，却有不同的味道。也许是恋爱的味道，有甜有酸，涩涩地刺激着人。

三

【有没有人发现，那时我和你之间，距离着2公分的空气隔离。夏日里偶然送来的热风，温柔地抚摸着我们悸动的心事。】

七月，一直甜甜的有夏恋的味道。我开始习惯着有夏恋在身边的感觉。

开始接近高三，学业紧逼得快让人窒息，漫天的压力。

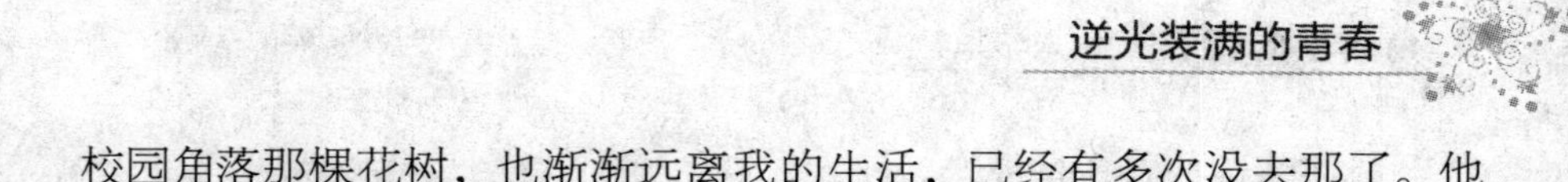

校园角落那棵花树，也渐渐远离我的生活，已经有多次没去那了。他呢，他有再去吗？他没见到我，会失望吗？

什么时候，开始心里放不下他。

时间像拖着尾巴的流星，快速地滑落着。我想留住他，却拉不住那根尾巴，就那样静静地消失在眼前。

放假了。我心里想着那棵花树，怀念那里的味道。

放假的第一天，我拿着《青春盛满夏》然后去了那棵花树。

如我预期的，他没在。

天空阴霾着，四周暗沉沉的光线，闷热着闹心，但也不下雨。想知道此刻的夏恋是否有想到我，是否知道有个叫花小知的女生在思念着他。

忽然看到树上隐隐约约地刻了行字，走近看清了，泪水便控制不住……

“青春盛满夏，她的白纱裙，她的长发。”

他，夏恋，是他刻的吗？

我喜欢白纱裙，每个季节都穿着白裙子。

那年，小学的我，有那么完美的生活。妈妈是个模特，总让我穿白裙子，她说这样看着像天使，妈妈最喜欢看到我穿白裙子的样子。后来，一次出演，她便永远地离开了我，再也看不到我穿白裙子的样子了。那以后，我便只穿白裙子。

夏恋曾说，他喜欢我穿白裙子的样子。

不知何时，泪已湿了整张脸，滴在了树根，然后消失。

他来过，他一直来过。我知道，我感受得到。

也许是树上的那句咒语，让我愈发地思念着那个天使样的男孩儿。

自从妈出事后，爸一蹶不振，终于在我初中那年，他再婚了。我很高兴他振作了。但是后妈很讨厌我，在爸不在家的时候，她总针对我。他们再婚后一年，就生了个儿子。

我不想待在家里，便努力考上了这所重点高中。我成功远离了家。只是偶尔放假会回家，看看爸，看看那个家。

等车的时间很无聊。

七月里难得的阴天，车也没有，灰暗的天色下，穿着及踝的白裙子。暴风雨前的狂风，肆意地吹动着发丝和裙摆，头发乱乱地不断扰乱视线。

“喂，花小知。”

我往旁边一看，是夏恋。

夏恋拉着我坐上了姗姗来迟的公交车，我们找了个两个挨在一起的座位坐下。

车里很舒服，有淡淡的柠檬香。看着车窗外飞速即逝的景物，我把车窗打开，车速加上狂风，放肆地吹动着车内。

我害怕这样会打扰到他，便转过去问："你介意吗?"

"不介意，你喜欢就好。"莫名的，脸一红。他的笑容，似是消除了所有疲乏和这漫天的阴霾。

风胡乱地挑弄着，长长的头发乱糟糟地在车内飞扬。我想一定很难看，但是好舒服。就这样吧，放任自己吧。

我静静地望向左边，却突然发现今天的他没有了平时的微笑。他如此安静地看着前方，那么深沉，与往日不一样。

几绺儿头发猛地扎进了我的嘴里，好狼狈，我偷偷地转过去看他。他在笑，笑得那么真实，笑得那么发自内心。那么开心吗？不过，他笑得很好看，我喜欢看到他笑，不需要理由，他开心就好。

"花小知，如果我离开了，你会不会忘记我。"夏恋突然问道。

脑子开始空白，他的意思是他会离开吗?

不知道离开了他的世界里，生活会是怎样。

各自沉默，彼此不知心事。

车里，一切都很安静着，暧昧着两个人之间的微妙距离。

我独自一个人痴痴地想着。

也不清楚他是何时抱着我的。

那么宁静、安心的温暖拥抱。

我想，一辈子都会记得，两个人跳动的心跳声，烙在了闷热的七月。我安静地沉浸在幸福中，直到他的怀抱惴惴不安的离开。

家里还是没有太大的变化，爸每天要在公司里工作，后妈在家里扮演着一个好太太角色。

不得不说，她是个很好的妻子和母亲，但后妈这个角色，她永远也不会吧。

爸每个月还是把生活费打到我的卡上。

我在家如坐针毡地待了两天，便迫不及待地想要回到学校。

临走的时候，爸爸叮嘱了我很多。我的眼泪在亲人面前，总是忍不住的刷刷的流。眼泪对亲人永远没有防备。

我的暑假其实就这么结束了，因为我没有家。我突然很想回到学校，很想见到夏恋。

天气不错，虽然太阳很耀眼，但温度不是很高，太阳伴随着风的温柔，真是赏心悦目。

感觉一切的幸福都轻轻地包围着整个城市。

迈进校门的一刹那，我突然意识到，接下来我将好想念、好想念那个夏恋。

我都不知道，什么时候他开始住进了我心里，我什么时候喜欢上了那个天使。

我马不停蹄地跑进宿舍楼撕开封条，走进寝室，收拾好所有事情后，我就直奔那棵花树。大大的花树，树叶在风中战栗着，远远看去那般萧索让人想哭。

越走近花树，这种悲凉感触便越加浓厚。

树上刻着的那句话还在，没有任何变化。我找到以前夏恋习惯躺的角度躺下，感受着他留下的温柔。白裙子宽宽地铺在草地上，偶尔有一缕清风吹过，拂动着我的发丝，裙角也随着摆动。

我突然感觉到背后的树有点不对劲，仔细查看，原来有个树洞，被一块树皮遮盖住。洞里似乎有东西，伸手拿出来，是个礼物盒，包裹得很精致。

好奇心促使我打开它，不过，是谁的？可以打开吗？

但心里总有着感觉告诉我，这是我的。最后我还是忍不住打开了它。

随着礼物盒的盖子被揭开，泪，无声地落在盒子里，落在了一件纯白色的长裙上。我的心也似乎停止一般，空气仿佛被彻底抽离了。

我的大脑一片空白，只有眼泪静静地坠落。

我打开放在裙子上的一封信。信封是淡蓝色的，“to 花小知”这一行字告诉我，这确确实实是给我的。

花小知：

请原谅我的不辞而别。

我离开了，也许高考后我们会再见面的。

这条裙子送给你，世界上仅有的一条。

喜欢你穿白裙子的样子。

夏恋

此刻，我的心快停止跳动了，唯有不断涌出的泪水告诉我，我还活着。

不哭，不闹，安安静静任泪水肆虐。

四

【如果不是我的无意发现，我会不会像失了魂的洋娃娃一样，毫不知路地茫然地寻找你，然后独自守着一个崩塌的世界。】

夏恋离开后，我每天都臣服在无尽的作业中。复习、复习、还是复习，忙碌的学业充斥着我，冲淡了我的想念，只是偶尔空闲的时候，我才会悠悠地想起他。

有时候这种想念会突然抑制不住地喷发，感觉自己快被逼得窒息了。每到这时，我便会到花树下看看《青春盛满夏》，感受着他还躺在我左边时那种夏天的味道，安静地躺着。故事里的杜炎很阳光，白少生很沉稳，欧阳倩很害羞。三个人的故事，曾经在校园轰轰烈烈的纠缠，最后还是在分离之后，各不联系。

该说这是命运吗？再深刻的感情，也会被时光遗忘。

我开始害怕，害怕未来夏恋彻彻底底地离开我的世界。而我，我是否也会遗忘他，不留痕迹地遗忘。

我感觉得到，他一定在等着再见面，就像我期待再见到他一样。

而那条裙子，我没有穿过，一次都没有。

时间飞快流逝，无声无息地、毫不察觉地，便到了高考时刻。

高考那天，我穿上了他送的那条裙子走入了考场。

这个六月，炎热、繁忙、紧张，但随着一声钟响，一切就这样过去了。完全没有感觉，唯一的感觉是这三年居然没有体现出日历的厚度应该有的价值。

高考后的假期，因不想待在家里，我便在外租了房子打暑假工。

我在一个糕点店做服务员，当初无意间在街上看到招工便去试了下，没想到一下子就过了面试。后来我还被一家杂志社的人看到，被请去做了平面模特，拍一个新出版的小说封面。

摄影师是个26岁的年轻人，很温和。

他对我说："这次这个封面作者有要求限制，必须是十七八岁的学生，要穿出白裙子的气质，还要长发的，还要在花树下拍。"

我的心猛地一怔。

"那请问，作者是谁?"我忐忑的心猛烈地跳动着。

他回答说是安之。

安之，那个安之。我呆愣着。

后来图书出版后，我去主编那拿了刚出版的那本书，书名是《七月花树下的白裙子》。

捧着刚出版的书，我再一次无声地落泪，那个忧伤的安之，那个并不是很快乐的夏恋。

我知道，安之就是夏恋。

这本《青春盛满夏》的续集，欧阳和白少生牵手了。杜炎在他们的婚礼上送上了最真诚的祝福。当杜炎把欧阳的手交到白少生手里时，欧阳哭了，白少生笑语：兄弟!

婚礼上，白少生对欧阳说："那年盛夏，你身穿白裙子闯入了我的世界，我多想守在你身边，一直陪着你，每天看着你出家门，看着你回家，看着你写作业、吃饭。偶尔假装意外跟你相遇，给你匿名送资料。其实不怕告诉你，我也很胆小。后来杜炎出现了，看着你们那么开心，我就胆小的告诉自己，我不该介入，然后我胆小地离开了。直到后来无意间知道你们从未在一起，而你过得也不好，于是我回来了。"

欧阳却跟他说：其实，在你遇上我之前，我早就喜欢你了。

三人之间，友情和爱情，经过了那些岁月，依然还在。

有些感情，在不知不觉的时候就滋生了出来。在白少生不知道的时候，欧阳已经喜欢了他。

那么夏恋呢，在我喜欢他的时候，他是否有过一刹那也喜欢着我呢。

突然想，喜欢夏恋是从何时开始的呢?

是高一时他帮助路边扭脚的我时开始的吧，还是第一次看他打篮球赛拿第一时开始的呢，或者是那次花树下，他调侃的语气，或后来经常的陪伴时不知不觉中开始的呢？

我回忆着跟他之间仅有的那些记忆碎片，那短暂的岁月里，我曾遇到过的夏恋。

他是不是也在想念着我。那年花树下，我也曾穿着白裙子。

而现在，我穿着他送我的白裙子，束起了长发，站成了花树下的一个侧影。满树的花，在盛夏里四处飞舞着浪漫。他的书，我的影。如果他看到，会不会认出来？

那条白裙子，裙摆缝了“花之恋”三个白色的字，虽然那不明显，但我感受到了，一种叫爱情的东西。

五

【如果那时你说了，我便不会悄然离去。我喜欢你，是很久前的事，你是否也曾听说过。】

因为不想忤逆爸爸的想法，我填大学志愿时便把最初预定的武汉改成了上海。

母亲出事的地方就是武汉，当时有个十分重要的演出，对于一个模特来说，那个演出机会非常重要。也就是那次，她离开了我，她再也看不到我穿白裙子的样子了。

大学四年的时间，我还是没变，唯一的变化应该是我不再穿裙子了，特别是白纱裙。还有就是，安之这个名字开始融入了夏恋的回忆之中。

四年像流云般轻飘飘地过去了，我结束了大学生活。

我的第一份工作是一个公司的小文职，那是一家刚创立不久的公司。这份工作很好，虽然薪水不高，但对于我这种刚大学毕业的新人算是很好了。虽然平平淡淡，但是我已经很满足了。因为工作的关系，那两本书也渐渐地不再经常翻了，偶尔翻阅一下，还是会掀起心里的暗流。

安之也一直未再出书了。其实这四年来，我也一直等着关于他的任何消息，只不过一直没有任何消息。

这天，我照常去上班，公司却突然有了一种很不一样的气氛。主任也不如往常一样嬉笑了。

“喂，赵姐，今天公司有什么事吗？”我偷偷地侧过头问旁边的同事。

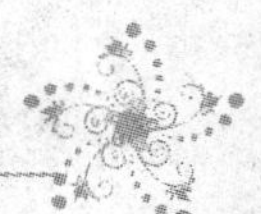

“你不知道吗？听说今天公司的老板要来了，是从美国留学回来的，很年轻呢，而且啊，听说人还特别帅气。”看着赵姐满脸花痴的叙述，我只能沉默对之。

“告诉你哦，他还没有女朋友。唉，如果我还没有结婚的话，我就会加油了。”满脸失望的赵姐，让我顿时无语。话说，女人犯花痴是很恐怖的事呢！

我不由自主地又想起了夏恋，他现在过得如何，会不会已经有人陪伴了。

我突然发觉这些年，想念他已经成为了我的一种习惯。

下午，主任让我送文件。看着怀里叠过头的文件夹，我无奈地进入电梯。因为是新手，又是底层人员，其他工作人员总是丢一大堆的工作给我。

我刚艰难的走进电梯，手臂就已经麻了。

我一不小心，文件夹落了一地，幸好电梯里没人，我慌乱地蹲下拾起文件。

“小姐，没事吧。”清风一样的声线在头顶处响起，我未抬头，只是忙说：“没事的，没事的。”

我继续捡文件夹。

一双手出现在面前，白皙的皮肤，很显然是双男人的手。那双手麻利地拿起了一沓沓文件夹递给我。出于礼貌，我连忙站起来抬头道谢。

视线触碰到了对方时停滞了，这……眼前平整西装的男人，是夏恋？

手中拾起的文件夹又全数落于地面。

他，怎么会在这公司？

“花小知？”他显然也很惊讶。

突然，我心中有一种释然的感觉。我没有穿白裙子，没有在那棵花树下靠着，但他跟我想象的一样认出了我。

“是。”此刻，我除了微笑，也不知道该怎么表达了。心跳得好快，电梯的空气太稀薄。

我们没有说话，他颇为自然地帮我抱起那堆文件夹，我没多言，一切都似乎很自然。

五年的时间，真的改变很多，现在温文尔雅的夏恋，早已不是当初的安之。

他穿上了黑色西装很绅士，他的微笑很迷人，他的谈吐很有内涵，但他已经不是夏恋了，也不是安之了。

终于把文件都放到总裁办公室了。夏恋说去吃饭，我拒绝了。

他也没多语，只是微笑着，然后极其绅士地转身离去。

我还爱着夏恋，但不代表此刻在我面前的他，就是我的爱，我就这么站着，看着他微笑大方地转身离开。

我们的爱，淡在了那些时光里，那些流年里，那些青春里，那些早早悸动的心里。

爱情像阳光映射在了花小知的白纱裙上，映射在夏恋那年稚嫩的脸庞上，也映射在了花小知珍藏的《青春盛满夏》《七月花树下的白纱裙》，还有那封淡蓝色的信纸上。

或许你也曾是白少生，我也曾是欧阳倩，但最终，我们还是做了彼此间的杜炎。也许我们曾经的距离只差两公分，但两公分的恋爱所面临的困难，不仅在于那触目惊心的距离，更在于连接心与心的天桥所能承受的重量。

青春年少时的恋情真的难得，请珍惜你们现在有的，也许以后，等到你牵着你心爱的人散步时，请双手合十，许誓对方的幸福永永久久。

而那些也许当初年少时期让你心动的人，会是你珍贵无比的记忆。

毕竟年少无知，毕竟风华正茂，毕竟都曾有过悸动的感受。

爱情，是个美好的词。

只是我偶尔会想，如果当初他说他会到武汉找我，我会不会不离不弃等着他……

三月小米

■ 三米阳光

跑去上网，竟然不知道自己可以在这个被信息时代神化的互联网面前可以做些什么。看着桌面的小企鹅发呆，耳机里满是被反复播送几十遍的声音。

高三的时间充满了单调乏味的空虚，特别是临近高考的那两个月。知道直线上升已无可能，便放下了，放任自由。

身边的自由泛滥到用不完的时候，想着找一个人一件事尽可能地打发时间，即所谓用来填补空洞的填充物。

曾想写一篇小说，不长，就十万字左右吧！里面的世界由自己天马行空，任意想象……呵，出来了一定是一部惊世之作吧！

开始动笔的时候才发现那原来是痴心妄想。长时间生活在一个单调的环境里，每天面对那些不变的事物，你的想象也会像水一样被蒸发。连开头都不知道如何是好。

一

三月说他在网上认识了一个女生叫小米，长得煞是可爱。

我们对三月嗤之以鼻，说有本事把她照片拿给我们瞧瞧，经过专家委员会鉴定才有效。毕竟，曹操他老人家现在不也得经过中科院的权威盖章，才能确定是曹操么。

结果三月真的弄来了几张小米的照片。猛地一看，还真以为那是网络下载的美女图片。虎子说三月是极度空虚，现在在找精神寄托。

三月的表情有点失望，也许他那是真的，但在我们的不信任中，成了假的。我知道的三月，偶尔像个幼儿园的小朋友，喜欢吃棒棒糖，还指定品牌生产商；偶尔像个成熟的大人，在那一本正经地教你怎么面对生活的刁难。

三月长得一副女生的面孔，属清秀型，我们更乐意叫“娘们儿”“人妖”。最要命的是三月不长胡子，不像我们，现在颓废的时候胡茬就很嚣张。我问三月，他和小米那么远的距离，他想干吗？三月笑笑，很恬淡，不语。

我的左边是三月，右边是梦人。三月有花不完的热情和他的小米道天说地，梦人有耗不完的睡眠享受躁动下的不闻不问。我，习惯坐在那个位置，一天不出教室，却不是在艰苦奋斗，只是无所事事。

失去了方向无疑是一件很可怜的事情，像被世界抛弃。

三月说，中国有那么多的大学，却找不到一所自己可以去的。有种英雄无用武之地，良驹没有伯乐的悲哀。

于是，我们由浅及深，从现象看本质，开始对中国的考试制度和教育制度大加批判，把那些教育官员的祖宗十几代都扯了进去。批完了，骂完了，好一阵痛快！

阳光没了，我们就得面对阴雨；痛快完了，我们又得面对现实。

但正如“猴子”常说的：“前途是光明的，道路是曲折的。我们还是得充满欢喜的去迎接明天，即使那是坏天气。”

梦人每次醒来，脸上便留下了诸多压痕，还有要断又舍不得断的口水。这些经典的形象都被三月用他那像素不高的手机给拍了下来，他说这是历史的见证。我想，梦人如果知道了会把三月掐个半死。三月充分发挥了他的“历史见证”的作用，勒索了梦人好几顿饭。搞得我都有点想把记者这行当作为自己的梦想。可是我坚信，梦想的出发点不能如此肮脏。

二

体检的时候，我们都好一阵紧张。眼睁睁地看见自己身体被抽去那么一大管鲜血，好一阵心痛。

现在虽然长大了，但已没有少年时的那份勇敢。身体虽然成了大人，心理却成了婴儿。

梦人那个体形彪悍的家伙，竟然在抽完血之后晕倒了。我和三月陪他在休息室呆坐了一个多小时。

三月那家伙真是幸福啊。一边手机里有小米甜蜜的关心，一边还有女生送他牛奶。梦人大叫不公，我给梦人的建议是去一趟韩国，换张女人的脸，

加上他现在的身材，一定比三月回头率高。

去中心医院体检的时候，刚好同城的另一所高中也在体检。我和梦人知趣的离三月一段距离，也许是习惯了，三月在那些指指点点，叽叽哇哇中淡定的走过。

真的很佩服三月，要知道，在那些女生花痴的同时，还有那群男生不屑甚至是鄙视的眼神，他都视而不见！足够强大！

梦人说三月可以得最佳演员了。平时我们拿他和同班女生开涮，他的脸都会红得跟什么似的！

现在这种情况也许只能分情况讨论来解释了。

果然，三月见到我和梦人的时候，一下子跑到我们中间，咬牙切齿地问我们刚才去哪儿了！

感觉生活挺像一部连续剧，一天一集，剧终在生命终止的那一集。

每个人，是主角，是配角，还是群众演员。我们演技都很好，没有优劣。

三月说他想找到导演，问他为什么把我们的部分安排得这么烂。

我们都一样，找了好久，导演还是没找到！

三

三月整天哼那个“说好要一起旅行，是你如今，唯一坚持的任性……”着了魔一样。梦人问三月能不能换一首，长时间听同一首歌影响睡眠，睡觉的时候那调还在脑袋里绕！三月直摇头，还说什么那是他和小米的“蒲公英的约定”，梦人忍无可忍，一个鄙视眼神加一句神经病！

我现在真的有点怀疑三月的情商了。身边那么多的花痴他不待见，偏偏迷上千里之外还不知道真不真实的一个人。我说三月，醒醒吧，梦人口水都快流到你脸上了！

三月摇摇头，带着傻气的认真。

三月说：“我和小米说好的，将来一起去旅行！”

“得了吧！就你，不怕被拐卖拿去当鸭王？”梦人竟然装睡偷听三月的机密，露馅了还不忘打击三月一把，趁机转移注意力。

“我不是那块料，没你有那天赋啊，”三月当即反击，“哥的浪漫你不懂，流你的口水去！”

梦人听到口水二字，立即乖乖沉默，继续睡觉。毕竟，哥们儿都很爱面子，口水说出来多不雅！

我和三月继续。

我说，还是现实点好，你们遇见的概率是六点五亿分之一，所以……

“所以我们还有可能遇见，我们的约定还是可能实现！”

我只能说三月很可爱。对未来的预期充满了积极信赖，没有我这么浓的怀疑。

因为昨天与今天走的路都是荆棘丛生、凹凸不平，我对明天的路况并无多高期待。

三月不同，仿佛他穿越去过未来，对未来的美好深信不疑。

我看着三月，比我小两岁的男孩子，原来比我多了这么多珍贵的东西。

我想也许三月是对的。也希望三月是对的。

四

模拟考的成绩在考完的第二天都出来了。传说，这次模拟考的成绩基本与高考差不多，我们的心都被提到喉咙了！

三月这次考得还可以，我和梦人却惨不忍睹。

正如前辈们总结的，模拟考就是让有信心的人信心百倍，让没信心的人彻底绝望。

我和梦人算是绝望了，三月和我们在一起，并没有表现出多大的高兴。用他的话说他很淡定。

三月陪着我和梦人，三个人在山上大醉一场。

梦人几乎是要哭出来的号叫，像一只处境凄惨的狼，面对前面的悬崖和后面的猎枪，绝望的声音响彻山谷。

我也想哭，我也想叫，但我的喉咙却发不出任何声音，面部早已僵硬作不出任何表情。像一具僵尸，倒在山顶冰冷的石头上。

三月说，后来下雨了，是他把我和梦人拖到大石头洞里躲雨的，还说他为此差点虚脱！

梦人反过来骂三月，太不注意了，梦人的耐克裤子被牺牲了，划了一道长长的口子。

三月说，以后就算老师来了，他也不提醒梦人了。梦人听此，立马给三月赔不是，最后以两个真知棒才化解情报危机。

三月说，我们原来都很在乎那数字呐！一直以来的无所谓都是好面子装出来的。

我表示赞同。也许我们在乎的不是那数字，但那数字对我们在乎的东西起着至关重要的影响。

五

三月告诉我们，说他现在要去南方找小米。梦人直接摇摇头，沉默地点了一根香烟。那次醉酒后，他便又重新抽起了烟，成了“寂寞党”。

我摸摸三月的额头，一切正常。我说：“马上就要高考，你们不是一千米两千米的距离，时间不会等你。”

三月长长叹了一口气，像极了梦人吐烟的样子。“我想我会不会是喜欢上小米了，自从她出现后，思念大部分被她占去了。”

我觉得有点好笑，有些荒唐。两个人，没见过面，没说过话，凭什么说喜欢？就那些谁都可以敲打出来的文字么？

三月仿佛也觉得自己可笑至极：“小米突然说她不相信我们有未来。我问她为什么这么说，结果她罗列了一大堆有力理由，我问她万一我现在出现在她面前，她还相信我们的未来么。她说相信。所以……”

“所以你就想要去见她，去让她相信你们的未来！”

“那你去就是喽！没钱我借给你！”梦人说得很直接，那根烟已经只剩烟头了。

“真的？”三月的眼睛有点放光，“Star，你呢？”

“如果想好了就去呗！”我翻遍了所有的口袋，把三百元的生活费递给三月说：“小心点，哥就这么点了！”说完便走了！

听梦人说，他把卡里的八百元全都给了三月，这几天只能靠抽烟为生了！我说，有哥一口就有你一份儿！

三月发来信息说他已经到南宁了，还得转去玉林，他的小米就在玉林的某一个小县城。

梦人问我，广西是个出美女的地方吧？

我摇摇头：“我不知道，我只晓得那是个出少数民族的地方。”

“哦”说着说着，梦人又睡着了。

我跟笨蛋说，我们要是那牛郎织女多好。笨蛋直接说，她才不要，两个人隔那么远的距离。我说现在不是只要真心相爱，距离不是问题的吗。结果她说我偶像剧看多了，傻得可以。

三月呢，他是不是傻得可以？

三月不知道看见他的小米没有，已经一天没有他的信息来过了，那小子不会是有了女人忘了弟兄吧？想到这，梦人也醒了，要了张手帕纸，边擦边自语地说：“三月那小子信息也不来一个，一天了。”呵，原来梦人强悍的身体里藏了一颗这么细腻的心！

老师开始询问三月的病情是不是很严重，怎么三天了还没来。临走的时候还不忘对我和梦人念叨一句离高考还有四十天了。

我们赶紧发信息催三月回来，别在那度蜜日了，结果他没回，气得梦人一天没睡觉，眼对黑板，神情凝重。

“Star。”

“梦人。”

我们几乎是在同一时刻想问对方一个问题！

“什么事？”我让梦人先说。

“你先说！我那是不好的念头。”梦人推辞。

“还是你先说，我那也不是什么好念头！”我那的确不是什么好念头！

“怎么这么娘们儿！先说就先说，”梦人有点急了：“你说，三月会不会在那边出了什么事？毕竟有五天了，他都没给我们信息！”

我想问梦人的也是这个，三月那孩子离十八岁成年还有一个月的时间，涉世不深，这次一个人跑这么远……我不敢再继续往下想了。

梦人的脚边扔了很多的烟头，是刚刚扔下的。“如果三月万一出了什么事，我们两个……”

“够了，闭上你的乌鸦嘴，就像三月说的，这世界还是好人占多数，应该相信他。”

“但愿如此。”

窗外的空气显得很压抑，黑云压城。天气预报说明天有暴雨，今晚我们

呼吸似乎都困难。

梦人待在床上，黑夜里透着一双明亮的眼睛。他竟然睡不着，我也睡不着。

温度慢慢变得冷起来，梦人摇摆着烟火，说这会不会就是冷锋过境呢。还没降临你身上，就已经让你痛苦不堪。

我突然发觉梦人身上有一点寂寞诗人的潜质，竟然会淡淡地说出这么富有诗意的句子。

“啊！三月来信息了。Star！三月来信息了！”梦人突然从床上跳了起来：“谢天谢地，那小子还活着。”

呵，三月信息里说：“备好酒菜，明天给哥接风！”

六

三月回来了。

我和梦人去车站接他的时候，他冻得直哆嗦！整个人，显得十分憔悴。长发已不再以前那么飘扬，凌乱的像一堆杂草。嘴边还长出了刺眼的胡茬。

梦人之前打算对他的一大堆好奇追问在见到他之后变得木有了！

我们直奔寝室，一句话也没说！雨声显得特别清晰！

按三月说的，我和梦人一大早就跑出去买了啤酒和菜，等他回来庆祝。现在这情形，已与预想截然相反，想寻找淡定已经很难，更别奢求快乐。

三月拿瓶啤酒就灌，没有了以前那优雅的姿态，像一个被狠狠伤过的伤者。

一口气下来他喝了一大瓶，梦人想要夺过来，这次却没有他劲儿大。

“怎么了？”我俨然看到三月略带醉意的眼神里努力压抑的泪水：“你倒是放个屁啊！这样算什么。”

梦人显然是按捺不住，急性子上火了：“靠，来，给你都给你，灌死你！”他把所有的啤酒瓶都开了，三月也没有停止的意思。

“你倒是说话啊！”梦人终于爆发了他的大嗓门：“娘的，那边是不是有人欺负你了？你只要说个是字，哥立马过去把他们砍啰！”喊完，梦人也拿了一瓶一饮而尽。

“她还是不相信我，不相信我们的未来。”三月终于说话了，带着几丝哽咽，让人心疼："可是我明明已经遵守约定准时出现，可是她却说那不是真的。我给不了她想要的！"

"Star，这一切到底是怎么了？"

我不知道，这一切是我都猜测到的，原谅我没有告诉三月，我只是希望他按自己的方式快乐！我宁愿他相信世界一切美好！

梦人骂道："这世界就这么贱，你越是对它认真，把它当回事，它越是对你不屑一顾，视而不见！索性，我也懒得认真了！"

"我们之间说的话越来越少，之前的谈天说地，无话不聊到现在冗长的沉默。我和小米一夜之间陌生好多！"

"你们其实原本都是陌生的，因为彼此的神秘与热情掩盖了这些陌生。然而时间终会让一切本质暴露，你们的陌生自然逃不过。"

"可是时间也会让我们慢慢熟悉啊……可她……她为什么一点机会都不给？"三月已经哭出声来了。

"生命没有熟悉，只有陌生。那些所谓的归人，其实是别有用心的刺客！"梦人如是说。

三月已经睡着了，旅途的疲劳和感情的倦怠已经让他不堪重负！

三月的睡容带着淡淡的笑意，也许在梦里，他已经释怀，他和小米有一场阳光的道别！

世界还在往前，生命还得继续，不管过去是好是坏，对未来，我们都应心存美好的希冀。

七

高考如期而至，三月也实现了他的梦想，去了北方的一所大学！

他按照当初的约定，发了一条信息给小米，告诉他要去的方向。

臭丫头有点香

■ 失你不如毁我

一

野猫的女人很任性，她倔强不失可爱，野蛮不失温柔，她认定的东西，就算不要，也不能让别人拥有，她是贪心的，因为她害怕寂寞。

我生活在S市一个很普通很普通的家庭，虽普通但是充满幸福。对于这些，我从来没有抱怨过，因为我喜欢现在的样子，我懂得满足，懂得知足。

这天我一个人漫无目的地走在大街上，对于前途一片渺茫。高三的课程结束了，高考的课程也结束了。

该选什么学校呢？选什么学校就会连着自己的前途一起选了。这点是我最头疼的，还有几天就填志愿了，我真不知道该如何选择。

回到家，很简单很清洁的两室一厅的房子，这是我与父母温馨的小屋。

父母见我回来连忙说："晴儿，到哪去了，这么晚才回来？"

"我刚刚去了同学家，在她家玩了一会。"

妈妈说："好了，坐下来吃饭吧。"

"妈，我不知道该报哪一所大学。"

妈妈说："没事，你上哪所大学都行，反正我跟你爸都支持你。"

我很幸福，有一双爱我的父母，可我还是觉得有些缺憾，想着要有个爱我的老公，这样才算完整。有了父母的支持，我很快地选择了H市的一所大学，但是离家很远。

二

时间如流水划过，两个月静悄悄地溜走了。

开学的时间到了。在开学的前一天，我与父母告别。

爸爸说："丫头，想家了就打电话回来，有时间了就回来看看我跟你妈，受欺负了不要自己忍着，要告诉爸爸，就算你不去上学、不去上班，你老爸也会养你的，你老爸养你娘俩还不成问题。”

在爸妈面前我憋住了自己的眼泪，只是一再的点头，当车子慢慢远离父母时，我的眼泪不受控制的顺着脸颊往下流。窗外雨在下，一颗挨着一颗，我的泪水也如窗外那断了线的雨珠。经过了很长时间，汽车终于驶进了学校。

下了汽车我把行李送进了宿舍，接着去报到，接下来就是要找自己的班级了。

报到的第一天，学校很热闹。学校环境很好，风景很优美，原来传说中的大学是这样的，我的心中不免的激动了一下，看着完全陌生的环境我心里在想，这就是我以后四年生活上课的地方。

看了下表，坏了，马上要到时间了，快要迟到了，不行，我不能迟到，我要在第一天给班主任留个好印象。

经过不懈的努力，我终于找到了班级，幸好老师还没有来，我太幸运了。进了班级找到了自己的座位，我发现同桌是一个女生而且长相非常甜美。她冲我一笑：“你好，我是你的同桌，我叫夏语儿，让我们成为好朋友吧。”

我连忙的回笑着说：“你好，我叫晴晴，非常高兴跟你成为朋友。”

开学典礼就这么无厘头地过去了。我跟语儿成为了好朋友，这样一对美女走到哪里都是一幅美丽的风景。我虽然长得不漂亮，但是，我有着浓密的眉毛叛逆地稍稍向上扬起，长而微卷的睫毛下，有着一双像朝露一样清澈的眼睛，英挺的鼻梁，像玫瑰花瓣一样粉嫩的嘴唇，浓厚的头发像瀑布一样的分散在肩膀上，还有白皙的皮肤。

坐在操场的草地上：“语儿，你是 H 市人，你应该很了解这所学校吧，跟我介绍介绍吧。”

语儿说：“好，这所学校跟别的学校没有太大差异，有一点不同的是，这所学校有两位太子哥，因为这个学校就是他们家投资的，所以他们两个在学校里很有地位，连老师都会敬他们三分。金元羽是兄，金智源是弟。虽说他们俩是兄弟，但是性格差异很大，金智源，很帅，但很冷，人称冷酷王子，他从来没有对别人笑过，从来没有任何事让他上心过，如果有女生送情书给他，他会当着女生的面把信给撕掉。而金元羽正好相反，他很温柔，很爱笑，很阳光，人称白马王子。”

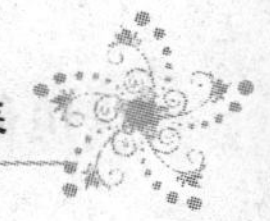

被语儿那么一讲，“我真的很想见识见识这两位大神。”

语儿笑着说：“我现在就让你见识见识他们。”

在我非常惊讶的表情中，语儿从身后的包包中拿出了一本校园杂志，这本杂志讲述的就是这两个人的事。慢慢地翻开杂志，两位大帅哥的特写映入我的眼中，不过我还是比较喜欢左边穿黑衣服的，看着他我的心仿佛像停止了跳动一般。当我看到右下方的名字时，我后悔翻开杂志了，我不能喜欢他，不能喜欢他。语儿见我表情不对，就问：“晴晴，你怎么了？一直盯着金智源看，不可能，你不能喜欢金智源，不能的。”

我很认真地对着语儿说：“可是那又能怎么办呢?”

“既然是这样，那好吧，你的选择，我会支持你。”

明知不能喜欢却偏偏要去喜欢。喜欢就是喜欢，心被牵动无须理由。

“走吧，回班级吧。”

说着，我跟语儿开始往班级的方向走去，当走到走廊的时候，我看到了那个男生，很帅，好像已经不能用帅来形容了。他有光洁白皙的脸庞，透着棱角分明的冷峻；乌黑深邃的眼眸，泛着迷人的色泽；那浓密的眉，高挺的鼻，绝美的唇形，无一不在张扬着高贵与优雅，这，这哪里是人!

有位女生站在两个男生面前，手里拿了一封信：“金智源学长，请你收下这封信吧。”

接着见那男生拿过信来说：“你觉着你配让我看这封信吗”说着把信撕成了两半。

站在旁边穿白色衣服的男生说：“智源，不要这样，会很伤人的。”

女生伤心的小声哭泣着。

说话的人正是金元羽，很温柔，很帅，很阳光，果然是女生们心目中的白马王子。可是他给我的感觉只像一个大哥哥。

看着眼前的这一幕，我莫名的生起了气。当我从金智源身边走过的时候，我故意的撞了他一下，然后继续往前走。

“喂，臭丫头，你站住，你知道我是谁吗？你就撞我。”

我转过头，什么都没有说，只是冲他笑了一下，然后继续走我的路。金智源不知道怎么了，气的大骂了起来。呵呵，好笑，今天怎么了，很反常，平常的他对于这种事根本没有必要这样，哎。

第二天，我决定向金智源去表白。我，我有什么不敢的，喜欢就去争取。

中午，我在学校的操场找到了他，他一个人在长椅上躺着。阳光洒在他身上，让我有那么一瞬间，以为他就是天使，很美。

我走到他身边大声地说："金智源。"

他条件反射地坐了起来："臭丫头，怎么又是你？在这里从来没有人敢直接喊我名字，而且还那么大声，你是第一个。"

我满脸通红，低着头说："你能不能做我男朋友？我喜欢你。"

他露出嘲笑的声音说："你觉着你配嘛，滚！趁我没有发火之前在我的视线里消失！"

我抬起头，看着他眼睛倔强地说："好，我滚，这一次我会消失，但是我不会从此放弃的。"

当他听完我说的话之后，看着我，张张嘴想说什么，最终还是没有开口。

我转过身走了。我没有哭，因为我坚持，我不会放弃的，在我的字典里，没有放弃这两个字，一次不行，还有第二次，第二次不行，我还会继续，总有一次行的。

三

星期一的升旗仪式，金智源和金元羽站在了主席台上。升旗仪式正要准备结束的时候，我突然大叫了一声，我后面有条狗向我攻击。

天呐！我天不怕，地不怕，最怕狗狗了。有狗攻击我，我赶忙向前跑，当时我前面有个人可我没有注意，当我跑过他面前的时候，脚下一滑，身子开始向后倒，当我以为就要倒下的时候，前面的男生伸出手抱住了我的腰，把我抱进了他的怀里。

男生的怀抱，好温暖，薄荷的味道，好好闻，我真想在这个怀抱里待到永远。我睁开眼看了一下抱我的男生，竟然是金智源，太狗血了。惊吓过度的我晕了过去。然后，金智源把我抱进了医务室就走了。

这些都是后来语儿告诉我的。

我心里面在想，原来他也不是那么讨厌自己啊。于是内心呵呵地笑着。正当自己在遐想的时候听到一个声音："谁是晴晴？"

我条件反射地回了一句："我是晴晴。"

随后一群女生走了进来，"敢不敢跟我们走？"

"我从小到大从来没有不敢做的事呢，走就走怕你啊。"

旁边语儿拉着我的手说："晴晴，不要去，不要去……"

我说："没事的。"

语儿："不行，不行，你绝对不能去！"

她说这话的时候晚了，我已经被她们拉了出去。语儿也没有办法了，只好去找金智源："快去救晴儿，她被一群女生带走了，在学校后面的废弃工厂里。"金智源听着这句话，赶忙跑向工厂。

工厂里，领头的女生问我："你为什么要抱金学长？"

我说："我不知道哪个是你所说的金学长。"最后在她的逼问下，我告诉了她原因。

接着她笑了，笑得很猥琐："这样吗？你抱了金学长就一定要付出代价，你不是怕狗吗？我就让狗狗跟你来个亲密接触。"

说着她从外面牵着一条狗进来了，她把狗牵到了我的身边。见到狗的我顿时有了恐惧感。下一刻，只见狗把我扑倒在地，然后用讨厌的爪子抓我的衣服。没有依靠的我只有蜷成一团，此时此刻，脑海中，只有一个声音，金智源，快来救我。金智源，快来救我……

突然，一声"住手"，打断了我脑海中的话。

他来了，真的是他，真的是他来了。

金智源看着如此坚强的我被一条狗扑倒在地上蜷成一团，还不住的发抖，他赶忙上前把我抱进了他的怀抱里："不怕，我来了。丫头，没事吧。"

我说："我没事。"

可是身体不断地颤抖。

他扭过头对着那些女生说："敢欺负我的人，你们都活腻了，我一定会让你们付出代价的，记住，她是我的人。"

看到旁边的那些女生见到金智源来之后都站在旁边连个屁也不敢放，我在他怀里扑哧一声笑了。

他转过头说："你笑什么？"

"你……"

"我怎么了？"

我赶忙说："没怎么，没怎么……"

随后他把外套脱掉递给我说："把衣服穿上。"

"为什么要穿你的衣服啊？"

他说："你不想暴露的话就穿上！"

我低下头看了下自己的衣服，脸一下红了起来，臭小子……

穿好了衣服之后，金智源把我抱起来，走向学校旁边的公寓。路上很多女生唧唧喳喳的在说着什么。我知道，她们都在嫉妒我。

到了公寓之后他拿了件衣服说："把它穿上吧。"

"你站在这我怎么换？"

他不好意思地走了出去，关上了门。

天呐！他的衣服怎么能那么大，都可以做我的裙子了。我换好了衣服，拉开了门走了出去。

他看见我之后就笑了起来："臭丫头，穿这衣服蛮合身的嘛。"

我气得火冒三丈，咬牙切齿地说："金智源，你死定了！"

距离上次的事情已经过去了一个星期了，这几天走在哪里，学校的人都会对我指指点点、说来说去，我不知道金智源是怎么想的，上一次在工厂欺负我的女生们都已经被一一开除了，心中某个地方，突然感觉到了温暖。

今天我又一次鼓起勇气站在他面前："金智源，我喜欢你，你可以不可以做我男朋友？"

"我不想让你受到伤害。"他说完就走了。

为什么，为什么，明明就不讨厌我，明明就喜欢我，为什么不答应啊？男人的心思好难猜哦。我的头脑都快炸掉了，可是我不甘心放弃。

四

之后过了几天的平静日子。这些日子，我一直都在想，他到底是怎么想的呢？我在校园里走着，突然前面有人挡着路了。

"我向你挑战1000米跑步，如果你输了，你就把金学长让出来，以后再也不要跟他见面；如果你赢了，我们都会支持你的。"

我毫不犹豫地答应了，我高中时可是田径比赛的冠军呢，难不倒我的。

这天操场聚集了很多人，很是热闹。

我走了进去，那女生见到我说："你现在放弃还来得及。"

我往四周看了看，看到他坐在树荫下面眼光正往这边看。心想，他肯定是希望我赢的吧。我什么都没说，头也不回地走进了赛场。

听到枪响的那一刻，我就闭着眼睛向前冲，脑海里闪过与他一切一切的

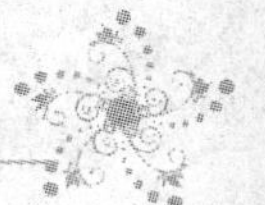

回忆，我只有一个念头，那就是，我不能输，我不能输……心里这样想着，腿开始加速。

直到最后的一刻，我率先冲线了，我赢了。我倒下的时候，他扶住了我，我对他说："我赢了。"

然后就这么晕倒在他的怀里。醒来时，我发现自己又在医务室，而我的手正被一个人握得紧紧的，这个人，正是我爱的他。

他说："丫头，你怎么那么傻，不值得。"

我笑了笑说："一场比赛能够赢回你一次关心，也是值得的。"

此时此刻的他没有冷酷的表情，只是宠溺地看着我。

"丫头，我答应做你男朋友，请让我在你身边保护你。"

我笑了，发自内心地笑了："你终于答应我了。"

随后他把我抱进了怀里，抱的很紧很紧，仿佛怕一放手我就会不见了。

"臭丫头，你走慢点……"

我回了头，看了看他。他走到我面前，牵起我的手冲我温柔一笑。

我的神呐，好美的笑容，等等，不会有什么"好事"吧。

太惊讶了，传说中的金智源从来都不会对哪个女生笑，更别说这么温柔地笑了，我惊讶地瞪着他。

"丫头，你怎么了，不认识你男人了？"

我说："金智源，你怎么会对我笑呢，别人都说你从来没有笑过。"

他说："我以前在你眼里有那么冷酷吗？傻丫头，放心吧，这个笑容永远都只会属于你的。"

听了他的话我幸福的快要晕过去，我好幸福。

我握着金智源的手，躲在他温暖的怀抱中问："臭小子，为什么你不在我第一次表白的时候答应我？"

"不准叫我臭小子。"

我说："为什么不能，你都可以叫我臭丫头。"

他说："好好好，随便你怎么叫，反正不管怎样你都是我的。"

他脸突然红了一下，接着说："因为第一次见你，你故意的撞了我一下，而且连声对不起都不讲就走了，知道吗？我当时真的很生气，从小到大没有一个人敢这样对我，你是唯一一个，然后你转身送了我一个微笑，我当时呆住了，好美的笑容，你好可爱，让人看了就想保护。从那一次我就开始注意你了，你跟我告白的时候，我因不想你受到伤害所以拒绝了你，但是我的想法错了，接下来发生的事，让我不得不答应你，如果我不答应你的话，你会受到更多、更大的伤害。”

听了他的话，我流出了感动的泪水，我把他抱得更紧了。

我要紧紧抓住我的幸福。

原来他也是那么的爱自己。

我不知道幸福具体的意义是什么，但是我觉着，只要跟自己爱的人在一起那就是我认为的幸福。

苏小小的一光年等于时差

■ 浅煦九安

1. 睡莲与向日葵的距离

苏小小是什么时候喜欢上李哲熙的呢？我在日记里询问。

在托儿所的儿提时期，李哲熙是阿姨眼中的乖仔，我是小朋友中的王；李哲熙是孩子眼中的小大人，我是阿姨们的头疼根源。

那时，还绑着冲天辫的我带领着流鼻涕不知道擦的臭小子们，在巴掌大的托儿所里冲锋陷阵占领地盘。也许我上辈子是个军阀吧，我很快便轻车熟路地占据了各个要塞，厕所、教室和睡觉的小房间，然后，站在出口收费。

因为我人多势大，小朋友们都敢怒不敢言。如果向阿姨报告，得到的则是一顿毒打——拍两下脑袋捏几下脸蛋，全所上下，不论男女无一幸免，除了李哲熙。

每当他出现时我就很狗腿的目送他如厕、进教室，然后嘿嘿地傻笑，旁边的小弟用袖子蹭掉鼻涕说："小小姐，他有这么好吗？"我瞪着他："李哲熙很干净，哪像你们有鼻涕都不知道擦。"我话罢，蹭了蹭鼻涕尾随李哲熙进了教室。

托儿所里最难过的就是午睡时间了。我收好毛票票，等到查房的阿姨一走，我和众小子们就开始了世界大战。很不幸有一次阿姨杀了回马枪，把我们抓个正着，于是，我们全在门口罚站。

我伸头看见李哲熙长而微卷的睫毛忽闪，他睡得很香，我就想，阿姨说我们都是祖国的花朵，那李哲熙和我属于什么花呢？

后来我知道了，李哲熙是睡莲而我是向日葵，我也知道睡莲和向日葵的距离太遥远，遥远到触不可即的地方。

2. 骑士的王子有公主

夏日灿烂了一季后最终消失在秋风瑟瑟的秋日。

已经开学一个月了，我还是昏昏沉沉的调不过时差，晚上把床当马路压了无数次，早上在上课前睁开眼胡乱洗把脸向学校冲去。

在离学校一百米外的地方，我看见了李哲熙，他周围是头发染的可以和鲜花媲美的小混混。

我向前跑去和爱热闹的同学一起观战，一个持棍的头头模样的男人对李哲熙挑衅，接着李哲熙左手握住他打向自己的木棍，右手在混混老大的肚子上狠命一击，王子就打败了坏人救出了公主。但这一切都是我的想象，实际上，握住木棍的是我，用右手打混混老大的也是我。当我看到木棍的走势趋向李哲熙时，我就不由自主地冲了上去。

我瞪着小混混们，厉声道："在我的地盘打人，你想死吗?"其中有个"刺猬"认出了我，大喊："她是大姐大，我们快闪啦!"

望着仓皇而逃的小混混，我自以为潇洒地甩甩短发，拍拍手说："李哲熙你能不能让咱省点心，我都快成你专属保镖了。"李哲熙尴尬地笑着，他说："谢谢你，苏小小。"

"她是谁呀。"此时我才看到李哲熙身边的小美女。

李哲熙白净的脸上红了一下，"她是我们班的同学乔思琪。苏小小，我从小到大的同学。"

娇小的乔思琪伸出手，轻声道："很高兴认识你，你在学校很有名耶。"我象征性的回握她细嫩的手，"嗯，我也很高兴认识你。"

原来她就是学校的校花，青春期男生朝思暮想的小女生。

我自诩李哲熙的骑士，有保护王子的义务。但忘了王子会有公主，会有幸福的爱情。

3. 一光年的距离有多远

西射在树叶上的阳光投到脸上斑驳着细碎的阴影，我把脑袋抵在桌子上，看着落地窗外来来往往的人匆匆走过。

青岩把一杯冰镇可乐放在我眼前说："我说亲爱的，你不会相思病害的这么深，连我请的客都不在乎啦。"

青岩，也就是那个问我李哲熙有什么好的小屁孩，初三时就开始四处打工，美其名曰是为我们以后的幸福生活而奋斗，其实也就是在他老爸的餐饮店当个跑腿的小工，而身为他青梅竹马的我便可在人满为患时还能独占一个靠窗的位置喝免费的冰镇可乐。

我有气无力地抬头看他，双手感到冰凉的触感："青岩怎么办，我真的失恋了。"青岩不屑地说："失恋？姐姐根本就没和李大帅哥谈恋爱，哼！连单恋都不是!"我回赠他一对白眼后，残酷地面对现实。为了李哲熙我拼了老命念书才和他读一个班，学习跆拳道，让老爸砸钱给圣约高中收了我这个英语不识 ABC 的学生。而至今李哲熙仍然不知道我喜欢他，喜欢得无可救药。

我猛灌可乐，一定是阳光太刺眼，要不然眼里怎么模模糊糊的。看到我把头埋在手臂里，青岩慌了手脚。他哄了我一圈无果后，才跑到对面的糖果店买来一块麦芽糖。

他挠挠头，说："你哭的太突然，没别的味道，将就着吃吧。"我接过糖往口中一塞，他见如此也便放下心来"你和李哲熙的距离相差一光年呢，哭也没用。"我傻傻地问："一光年是几年呀。"青岩做虚脱状："大姐，你初中三年去月球玩了吧!"然后不理会我愤恨的眼电波解释道："一光年是地球与太阳之间的距离。"

青岩，你初中三年果然没读书。不过你买的麦芽糖好像变质了，为什么牙齿都黏在一起，却没有任何味道。

4. 当你孤单时你会想起谁

李哲熙打电话给我时是星期天。我正躺在床上问上帝可不可以让我和王子约个会的时候，给李哲熙专设的铃声就响了，我立即按了通话键，用我自己都觉得恶心的音调询问他是谁。

李哲熙很有礼貌地报了姓名，告诉我什么事。原来他约了乔思琪看电影，但女主角突然有事不能来了。所以就想到了我，问我可不可以陪他一起看。

心底最柔软的部分陷了下去，又很快恢复了。忽略那微微的酸涩，自嘲虽然是个替补也算场约会了不是？

换上老妈在淑女屋买的糖果连衣裙，配上米白的小短靴，梳了梳即将过肩的黑发，我飞快地奔向电影院。

远远地看见穿着白衬衣的李哲熙，从小到大他只穿白颜色的衬衣，干净的像个天使。仿佛郭敬明笔下的博小司。

他向我走过来，对我异于平常的打扮置若罔闻。他一脸歉意地说："对不起，苏小小，思琪刚才打电话给我说家里出了事情，我得过去一趟。这是电影票，离电影开场还有一段时间，你可以找别人一起看。"我的心就像一张写满字又擦干净的白纸，留下深深浅浅的痕。我接过电影票，无所谓地挥着手："行，你去吧。"

他的背影逐渐在视网膜上变成黑点，我摊开已经皱成一团的票，是《梅兰芳》的首映场。果然我们的距离很大呢。

我打电话给青岩。李哲熙孤单时想到我，我孤单时想起青岩。那青岩孤单时又会想到谁呢？

电影开场至一半青岩才气喘吁吁的在光滑的大理石墙角找到我。他说："香草味的麦芽糖我找到了。"我摇晃脑袋。

小时候收的"保护费"全是为了买这种口味的麦芽糖。青岩每次都拿这个哄我。可是现在麦芽糖再也没办法收住眼泪了。

青岩拥我入怀，喃喃道："小小，你还有我呀。"

咸涩的液体弄湿了白裙。原来拥有水晶鞋也不一定是公主，也不会成为王子的爱恋。

5. 上辈子的债这辈子还

枯叶开始纷飞落地，我踩着发黄的叶子一路晃向学校。当叶子在脚底发出清脆的破碎声，心中便升腾出一种近乎变态的感觉。

盘算着今天要向李哲熙告白，怎么着也得让他知道我喜欢他呀。不然这几年的暗恋能把我憋死。

"苏小小。"温和语调从身后传来。我不觉得漾开了笑意，转过身去"哲熙，早啊。""嗯，早。"李哲熙跟上我的脚步，默默的和我踩树叶。

心里的蜜罐打翻了一片，血脉早已充斥着香甜的气息。

这可是几百年来第一次发生的事，也是我一直梦到的情景。看来是个好兆头。

“哲熙……我喜欢你。喜欢你十几年了呢！你能不能做我男朋友呀?”我忸忸怩怩地把话说完了，李哲熙猛然停住脚，嘴巴微张。怔了半晌后，他才慌忙说道“对不起，我先走了。”然后快步走向学校。

我站在原地跺脚，暗骂自己太鲁莽。

枯叶散落，一地萧索。

午休时，李哲熙发给我一个信息：我在操场等你。心跳兀兀的加速。没想到竟然还有笑。兴奋之余我给青岩发了一个翻身做主人意味的短信。谁让他老泼我冷水。

我从传达室毫不犹豫地跑了出去，警卫冲着我抽泣的背影大喊：“臭丫头！你还有没有把我放在眼里!”然而我的眼里只剩眼泪，已经放不下任何东西了!

李哲熙说乔思琪家的公司面临破产，银行已经盘查乔氏的账目了；他说只有我老爸的高利债公司才能帮他们渡过难关；然后说如果我帮了乔思琪就答应做我男朋友。我真想给他一巴掌，说：“你的爱情真伟大!”然后潇洒离开，但在李哲熙面前的苏小小很没出息，她只有狼狈地跑掉了。

我来到老爸的公司，说要借钱给乔氏。老爸笑着答应了，他说我是他上辈子的债。

我是老爸上辈子的债，这辈子要还的，那李哲熙是不是我上一世欠下的债，现在要还呢?

6. 不过一场华丽的梦

青岩家的店里坐满了人，我坐在靠窗的那个位置小心翼翼的补妆，来掩饰红肿的双眼。青岩放下饮料，坐在我对面“你真得要和他约会。”他问。我单挑右眉：“当然。”“可那只是交易!”青岩的表情有些愤怒，斜长的刘海下一双渗了水的黑眸溢出大片大片的忧伤。

心脏猛然被揪得生疼，我慌忙收拾好化妆品，丢下一句：“还是用这个表情骗骗小女生吧，或许可以给我拐个弟妹呢。”

我当然知道这是场交易，而且并不会因此获得李哲熙的心。但，有什么办法呢。自己还是傻瓜似的答应了，哪怕，只是一场虚幻的梦。

李哲熙如约来到电影院，他对我超出平日的打扮微讶，他说："很漂亮呢。"

他给我买了爆米花，牵着我的手在漆黑的放映室里摸索，他仔细护着我不让我被别人碰到。

甜蜜的因子在心里发酵，甚至忘了这是交易，也许在我潜意识中并没有把它当交易。

我吃着他亲手给我买的爆米花，屏幕上放映着吴宇森的《赤壁》，我并不感兴趣，这是为他选的。我转头看他漂亮的侧脸，才发现他并不是很认真地在看。

"不喜欢看吗？"

"嗯，我和思琪看过了。"

像有一只手把全身的温度夺走了一般。脑袋里不停播放他们看电影的样子，李哲熙帮她买爆米花的样子，护着她的样子……这些全都发生在这昏暗的空间里。

"苏小小……"李哲熙轻声叫道。冰凉的泪顺着颊迅速滑向深渊。

他仍然叫我"苏小小"。

他没发现我的泪继续说着："其实，青岩很喜欢你呢。"

我踉踉跄跄的寻着出口跑掉了，此刻我只想逃，逃离这场不真切的梦。

我沉浸在一场华丽的梦中不能自拔，惊醒后却发现满身的伤，刺骨的痛。

7. 水洼表面掠过的一阵风

青岩是在我躲在大理石后面大哭的时候出现的，他一直跟着我到电影院。我抱着他，把头埋在他的胸口。

我知道青岩喜欢我，小学时他就开始用歪歪斜斜的笔迹写情书给我。我知道我每次哭都是他最着急的时候，当我为李哲熙哭时就是在割他心上的肉。

突然发现自己好贱！对永远不会喜欢自己的人死缠烂打，对默默守护自己的人不屑一顾。

“青岩，你还喜欢我吗?”

“嗯，喜欢，好喜欢……”

青岩瞪大的眼睛盛满了不可思议。我第一次发觉青岩棱角分明的轮廓也很帅。

我说：“从下一秒开始，不要再喜欢我。”

转身的一瞬，我听见好似玻璃打碎的声响，这应该是心碎的声音，分不清是我的还是青岩的。

我相信青岩不会再喜欢我，他甚至会忘记我。柯尔律治说过，年轻人的感情不过是从水洼表面掠过的一阵风。

李哲熙就是我心海间掠过的风，他无意撩过的波纹变成涟漪引起了惊涛骇浪。

泪水花掉粉底和眼影，我在无数路人的注目下麻木前行。耳边充斥着各种嘈杂声，同时刺入耳膜还有商店音响播放的 BY2 的歌。

“……爱我的话给我回答，我的爱丫爱丫没时差，等待是我为付出的代价。爱我的话要回答，我只听你听你一句话，你的回答听不见……”

8. 一光年

我开始放肆地在学校里闯祸。聚众打架，恐吓老师，站在厕所前面收钱。

最终我当着全校师生的面，当着李哲熙、乔思琪的面，在每周的总结会上昂首走开。过肩的黑发在脑后张牙舞爪地飘动。

校长大人忍无可忍地给了我一纸退学通知书。

晚上回家老爸说，没事，咱找一更好的学校读，咱气他们。

我笑了笑在电脑上搜索“一光年”，才了解原来光年真的是长度，是地球与太阳之间的距离，相距 9.461 乘以 1015 米。

9.461 乘以 1015 米多远呢？这个数字太抽象了，对于我这个数学白痴来说根本没有概念。

专为李哲熙设置的铃声突兀地响起，接起来后传来的是打斗声和乔思琪的哭救：“小小姐，李哲熙被……被他们打了……”

“谁!”

“……上次那些人，他们听说你……你被退学了，就来找哲熙算账……小小姐……你快来呀……只有你能救哲熙了……”

手机往地上一摔，敢动老娘的人！我穿上鞋就朝学校方向奔去。压根忘了李哲熙已经不是自己的人了。

当我冲到那时，肠子都悔青了。跑得太急拖鞋都没换，连件家活什也没带。可现在也不是后悔的时间，我让哭得稀里哗啦的乔思琪快报警，便拿着兔儿拖鞋扎进了胡同，大喝：“操！真当这不是老娘的地盘啦!”

小混混们一见是我全愣了，只有那头怒道：“都见鬼了啊！打她呀！我就不信咱们这么多人打不过一女的!”他从腰间抽出一把刀就领着弟兄们向我砍来。

我一边和他们周旋一边对鼻青脸肿的李哲熙吼道：“快跑呀!”瞧他那脸，心里叫一个疼！我都没摸过的脸，现在全让他们给毁了。

经我的提醒，李哲熙才恍过神来往外面跑。这也提醒了小混混们，一根木棍就向他脑袋砸去。眼见就快砸到了，我甩开一个人的纠缠，撞开了李哲熙。棍就落在了我的头上。

……仿佛一瞬间身后一把刀刺入身体，冰凉凉的。

视线逐渐模糊，我的手指只碰到他的衣角。天黑的那一刻，我终于了解9.461乘以1015米的距离是一根手指的长度，是我永远也许得不到的爱情。

穿过时差的最美童话

■ 瑞华

一

琼瑶的故事旧了，连安妮的书中也开出现实的花朵，如今童话的星光又能闪烁在何处呢？

只有格林一直捧着《格林童话》不放开，她爱这些温暖的故事，特别是遇见纪腾之后，格林就更加相信这书中所说的，一切都会以幸福结局。

高一的迎新晚会上，纪腾为学弟学妹献上精致的音乐剧。格林看得入神，那样美好的情感，就该纪腾那样明朗的人演绎。舞台上的纪腾明澈清朗如同童话中的王子，而格林是在台下仰望的女孩，平凡稚嫩像童话里的野生莴苣。

为了纪腾，一向内向害羞的格林出现在话剧社招新现场。格林知道自己没有表演的天赋，甚至站在舞台的灯光中也会觉得眩晕。但格林还是勇往直前，因为纪腾成为了格林心中的童话，为了心中这个朦胧但甜美的童话，格林勇敢起来。

汗水涔涔地从格林额头一直流到鼻翼，格林拭汗却把手中的台词遗落在地上。格林捡起台词却看见旁边的座位上竟然有个高瘦的男孩子，脸上是淡淡小麦色，轮廓也轻灵硬朗，头上被灯光映出个淡淡的小光环，可爱的样子像是童话中的小天使。

“陈鑫！”

那男孩儿转过头来，叫道：“格林？”

记得还是陈鑫让自己知道了格林童话。还在小学的时候，陈鑫挥舞着厚厚的一本书跑到格林面前：“格林啊，这是你写的书吗？”格林接过来，是一本《格林童话》，真的是自己的童话。还记得陈鑫对自己说过的话：“王子和公主幸福地生活在一起。”

小学三年级时，陈鑫父母离异，妈妈带着陈鑫去了南方的小城生活。格林和陈鑫还因为那样的分别哭红过眼睛，但没有想到，近十年后，两人竟然出现在同一所学校里。这样的乍分乍合，怎么能让人不高兴？

本来安静的招新现场乱了起来……

格林忘了最后是怎样表演的，但却演得认真，那是自己编写的童话，关于兔子和小女孩。后来，格林被录取了，是那个温馨的童话打动了人们。事后陈鑫对格林说：“我就知道你一定能进话剧社，格林，就是适合演童话。”

二

虽然格林珍惜在舞台上的每一分钟，但格林只是舞台上的路人甲。台上台下纪腾永远是格林眼中的焦点，但格林却只是纪腾身边那个最不起眼的女孩儿。

纪腾身边已经有了杜晨若。杜晨若美丽优秀，是话剧社中最美丽的主角。格林看他们站在一起，心想，他们才是童话中的公主与王子吧，自己只是观众，欣赏他们的幸福和美好。

陈鑫总愿意在台下看格林演出，他坐在前排的位置，给紧张的格林鼓劲。无论格林扮演的是什么样的小角色，陈鑫都能看见她。

格林不用演出也不用排练的时候，陈鑫就带着她跑步，在操场上一圈又一圈。格林吃不消，只能看着陈鑫在操场上畅快淋漓的样子。陈鑫是体育生，跑步的样子很好看，看着身边高大的陈鑫，格林总想起小时候两人一同嬉闹的日子。两个不同的陈鑫重合起来，就像是时空交错。

陈鑫说：“格林，我真希望你和我一起跑。这些年我一直跑，我跑过的路程已经足够绕地球几圈。我是在操场上进行环球旅行的人。”

陈鑫珍惜与格林在一起的每段日子，但他也知道，格林喜欢的是纪腾。格林的笔记本上写满了给纪腾的话，画满了纪腾的面容。对于这个安静执著的女孩儿，陈鑫只能苦笑。

三

日子就这样过去，凤凰花谢了又开。转眼高三了，高一届的纪腾已经被影视学校录取，他在学校有一场最后的演出，但格林却迟到了。

格林坐在观众席上，看着纪腾在光影下变幻的影子，格林对那个影子说再见，对自己曾经的童话说再见。回来的路上，遇见陈鑫，格林坐在他的车后座上，夕阳被陈鑫的后背挡住了，只留下淡淡的光晕，格林泪流满面。

后来格林看见操场上有篮球比赛，男生中似乎有纪腾的影子。格林问身边红着脸高喊加油的女孩："是纪腾吗？"女孩子的爆米花撒了一地，"纪腾是谁？我不认识，他是程飞，是程飞！程飞加油……"

格林愣住，竟然，自己童话中的王子，不是所有人故事里的主角。

在这年的冬天，陈鑫问格林："你是不是学了做拉面，我能不能吃一碗？"

高三在题海里沉浮，难得在繁忙当中腾出一点空闲，格林把陈鑫请来，让他做美食评审团长。仔细地揉一团面，用心地抻成千丝万线，但陈鑫迟到了。

面已经有些凉的时候，陈鑫终于满头大汗地来了。格林拽过陈鑫汗津津的胳膊，在上面画只巨大手表："下次要准时，否则给你画一只更大的。你怎么跑着来的，大冬天也一身的汗。"陈鑫不说话，只是淡淡地笑。

格林把面推到陈鑫的眼前，"都吃了吧。"陈鑫用筷子把面挑起来，面结成了巨大一坨，粘住了，但陈鑫还是大口嚼着："味道还是不错的，你真应该做个美食家。"说着就把脸埋在碗里了，吃饭和跑步大概是陈鑫最容易全神贯注的事情吧。

陈鑫主动要求洗碗，格林给他系上淡绿色的围裙。水流把调料汁稀释成红色的雾，一点点飘起来，成为反光的云彩。

后来格林看到陈鑫靠在洗碗台上，不动了："格林。"陈鑫轻轻叫她。

"怎么了？"

"我要走了。"

格林抬起头看着他："哪里去.？"

"去省城。"

"就要高考了，怎么又走？"

"我是体育生，这段时间必须集训。"

“哦，那什么时候回来?”

“不回来了，会在那里考试，或是当运动员。”

水满了直到溢出来，把陈鑫的鞋子打湿。格林醒了似的，用手拧水龙头，可怎么也拧不紧，水仍然滴滴答答的。

四

有几个月的时间，格林成了最安分的学生，来得最早，走得最晚。因为，突然多了起来的时间只能用书本来填充。在忙完功课的空余里，就仔细地揉一块面，用时间把面团扯成千千万万的丝线。

原来没有陈鑫的日子是这样寂寞。

高考后的暑假里，格林收到一个包裹，上面是陈鑫快要飞起来的字迹。包裹很沉很沉，方方正正的样子不像陈鑫平时松散的样子。拆开，是十几册《格林童话》。

翻开新旧不一的图书，有一页飘落，是陈鑫的笔迹——

我每年都会为你买下一册《格林童话》，我想再遇见你的时候送你。你是我见过的唯一一个把童话当成信仰来相信来坚持的人。有人说你傻，但我知道你只是梦想着那样温暖的情感与世界。上次吃了你给我做的面，我终于明白，原来我依赖的温暖不来自面，而来自你的笑脸。在你的小屋子里吃拉面，那是我记忆中最温暖的时间。我知道，我不是你童话中的王子，但我愿意看着你幸福，看着你的美满。这些书是给你的，希望你继续你的童话你的梦。

格林看着陈鑫的笔记哭了，原来有时，真的像童话中所说，人有情感的时差，人们沉湎于心中所谓的梦想时常常会错过真正在乎自己的人。陈鑫一直把格林当成心中的焦点，但格林却为了寻找美丽童话中的情感，而忽视了陈鑫在一旁陪伴而带来的温暖。

纪腾只是童话中属于别人的王子，而陈鑫才是现实中自己的骑士。在这个夏天，格林踏上了火车，这长长的列车将带着格林去寻找现实生活中真正的温暖。

格林相信一定会像童话那样，飞驰的列车会带着自己穿过情感的时差，追上走在前方的陈鑫。终有机会，自己会和陈鑫在同一片阳光下奔跑，那个画面将是最美好的童话。

前梦已消

青春里的那根狗尾巴草

■ 尹默默

一

张小成第一次看见许薇薇时，在他生命中响彻了十几年的口哨声在那一刻戛然而止。

高二开学，学生报到，领完书后张小成像往常一样靠在学校大门口自行车上一边对来往的女生吹着口哨，一边等着笨蛋落小瞳。没错，在他眼里，落小瞳就是笨蛋。从幼儿园开始，每次放学她都是最慢的一个，每次都让他等。要不是落小瞳的妈妈在落小瞳第一次背上书包上学时，拉着他的手用渴望的眼神望着他说："小成，你比小瞳大，你是哥哥，以后可得多照顾小瞳啊!"他想，他也许永远不用在放学后等这个笨蛋邻居落小瞳，也许永远不用把从家里带来的零食分一大半给她……想着想着，许薇薇纯洁明媚的笑容和着灿烂的阳光就在此刻晃得张小成眼睛生疼，晃得他轻松自如的口哨声戛然而止。

"喂，傻眼了吧？张小成!"落小瞳"啪"一下打中了张小成的头。张小成缓过神来，恶狠狠地瞪了一眼落小瞳。落小瞳完全不在意，拉过许薇薇介绍道："我新来的同桌许薇薇，怎么样？漂亮淑女吧?"张小成立马回了一句："反正比你漂亮淑女，再也找不到比你更男人的女人了!"落小瞳气得鼓起了腮帮子。

张小成得意地笑了开来。在一旁的许薇薇脸上的笑容也荡漾开来，一直荡漾到张小成的心里，泛起了涟漪。

二

当张小成发现落小瞳用了三天不到的时间就和许薇薇成了形影不离的好朋友时，他花了一晚上时间来纳闷和惊喜。前半夜用来纳闷，后半夜用来惊喜。他纳闷，像落小瞳那样的假小子怎么会跟许薇薇那样漂亮温柔的女孩成为了好朋友。

如果说许薇薇是一株纯洁恬静的百合，那么落小瞳就像田边的一根狗尾巴草一样平淡无光。可就是这根狗尾巴草却和百合手拉起了手。不过转念一想，张小成乐了起来，因为他想摘那株百合，他想通过那根狗尾巴草摘到那株百合。

学校旁边的早点铺里，张小成看着落小瞳咽下最后一个小笼包，喝完最后一口豆浆后，笑眯眯地望着她说："落小瞳，我张小成待你不薄吧？"落小瞳抹了抹嘴边的豆浆汁，道："嗯……除了平时喜欢欺负我之外，倒也不错。"张小成喜出望外："你跟许薇薇那么好，你能帮我追到她吗？"落小瞳愣了一下，恍然大悟道："原来你请我吃早餐是因为这个！"

张小成看落小瞳不做声，恨不得上演一场悲情舞台剧，恨不得自已此刻的眼泪如滔滔江水一样蔓延开来。他拉着落小瞳的胳膊，悲声道："妹子啊，你上小学一年级时被同班男生欺负，是谁帮你揍他的？你上小学二年级时在回家的路上被一只老黄狗追赶，是谁帮你赶走的？你上三年级时……""得得！"落小瞳打断他，正色道："你是不是真的很喜欢许薇薇啊？"

张小成赶紧擦掉他硬挤出来的两滴眼泪，拼命地朝落小瞳点头。落小瞳眼里掠过一丝暗淡的光，只一瞬，便恢复微笑道："好吧，这事包在我身上。"

三

张小成让落小瞳送出去的粉红色纸条和爱心甜点络绎不绝，却一直没有得到回应。在张小成送出第十七份爱心甜点还没有得到回应后，他急了："落小瞳，怎么回事？你不是答应过我吗？"落小瞳无奈道："你先别急，让

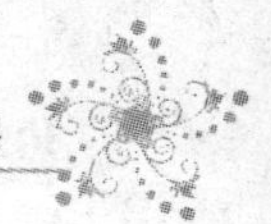

我再想想办法。”

当落小瞳告诉张小成许薇薇最爱收集明信片，目前在寻找一套明信片里缺少的三张时，张小成拉着落小瞳就往书店跑。他想，只要他帮许薇薇找全那三张明信片就一定能感动她。他利用放学时间找，利用周末时间找。在这期间落小瞳是一直陪着他的，她陪他找遍了所有的书店和图书馆，饿了没钱就凑合一碗拉面吃了起来，落小瞳也不介意，吃得满头大汗还笑脸灿烂。

张小成突然发现，其实落小瞳的笑容也很美，甚至更加纯洁无瑕。在落小瞳和三家书店老板起了冲突，翘掉了五节课后，终于陪张小成找全了那三张明信片。当落小瞳接过张小成手里的明信片转身送去给许薇薇时，张小成望着她瘦小的背影突然心疼了起来，前面那个女孩是陪他一起长大，陪他跑遍整座城市只为帮他找三张跟她毫无瓜葛的明信片的可爱女孩，这一刻他是多么想保护她，一直保护她。

四

果然，明信片送出去不久，许薇薇就约了张小成见面，他们顺理成章地在一起了。在这之后，张小成和落小瞳见面的机会不知不觉地变少了，有时候在路上碰到，落小瞳也绕道走，好像在刻意回避。可是张小成却不习惯了，他不习惯每天放学后不用等落小瞳一起回家，不习惯没有落小瞳跟他拌嘴。好像跟许薇薇在一起的时候也没有想象中那么开心快乐，他突然很怀念跟落小瞳在一起的日子，他很困惑。

直到有一天，他在早点铺里看见落小瞳和一个帅气的男生边吃边笑，他开始感到了一种前所未有的失落感。他好像突然明白了什么，他约出了许薇薇，对她说：“对不起，我好像对你不是喜欢，也许……也许只是迷恋……”许薇薇非但不气不恼，而且意味深长地笑着说：“张小成，落小瞳没有看错你，祝你们幸福!”

张小成不明白许薇薇的话，琢磨了好几天。直到在他回家路上的那片林荫道上再次遇见了落小瞳。这次她身边没有那位帅气的男生。

落小瞳没有冲他微笑，没有扬手打招呼，也没有绕道避开，而是径直走到他面前，问："张小成，你喜不喜欢我？"还没有等他回答，她又说："反正我喜欢你，一直喜欢。"说完竟蹲在地上哇哇大哭起来。张小成不知所措，也蹲下来抱住她，着急地说："我也喜欢你！我也喜欢你……"落小瞳破涕为笑。落小瞳趴在张小成的肩头，眯着眼看着穿过树叶投下来的斑驳日光，幸福在心里肆意地荡漾开来，荡漾出一湾潺潺的溪流。她想起了许薇薇对她说过的话，"小瞳，相信吗？你们才是天生一对，让我来帮你。""小瞳，其实我从来都没有收集明信片的嗜好。""小瞳，我的双胞胎弟弟，怎么样，帅吧？"……

五

落小瞳重新坐回了张小成的自行车后座，重新跟张小成拌起了嘴。张小成载着她穿过一条又一条林荫道，夕阳洒落，剪影斑驳。

张小成想：有一种女孩像百合一样纯洁，让人一见倾心，但可远观，不可相守。有一种女孩则像一根狗尾巴草，虽然平凡不起眼，但却时时刻刻散发着内在的气息，当你累了歇息时她能为你摇曳风姿，当你想远行时摘了她便能跟随你到海角天涯。

我的爱，师傅懂吗

■ 雨夜琉璃

1. 我的师傅，我的劫

某某市的大学宿舍里，一个长相清秀白嫩的女孩正在登录游戏。

她叫林羽溪，学校里的名气校花，全校男生追捧的对象。

她不仅长得漂亮，被封为学校有史以来“最纯真，最活泼，最可爱”的校花，她学习更是出类拔萃！次次考试都是全年级第一。

大家都很羡慕她，可谁知道美丽女孩的苦呢？

她是个弃儿，虽然父母健在，她是在这样的情况下，被那狠心的父母抛弃在了野外。

她曾被领养过，但是因为那户人家领养她之后都死于意外了，她就被传是个祸娃娃，从那时起无论她的笑多像个可爱的天使都没人再理她。

初中时，她被一个善良的富翁领养了，于是初中成了她一生中最最幸福的日子。

那时候，富翁宠着她，人们包围她，她真的很幸福……

可是在高中的时候。富翁也去世了。

富翁留下一笔钱给女孩子学习，其他的钱都被富翁捐给了教育事业。

从那时起，她又是一个没人要的娃娃了。

女孩子上了她玩得很开心的一个网游。

刚上去，就有一个人密聊了她。

飘飘沐雨：我做你的师傅行吗？

女孩惊喜的发了过去：真的？

飘飘沐雨：嗯。

于是没一会儿世界频道便炸开了锅。

解释寂寞：你看到没，第一人妖有师傅了！

芦苇飘飘：是啊！是啊！稀奇！

帅哥在那里：飘飘沐雨收徒弟了？就是排行榜第一的玩家？

解释寂寞：第一玩家难道是妖人号？

依依：人妖，妖人，挺配的！

羽溪有点委屈的向飘飘沐雨发去：我不是男的……

飘飘沐雨：我知道。

雨落芳华（林羽溪）：可我是排行榜上的第一名哦。

飘飘沐雨：那说明我的徒儿很厉害。

雨落芳华：呵呵，太晚了，徒儿下了，师傅再见！

飘飘沐雨：徒儿再见，明天我带你练级！

雨落芳华：嗯。

羽溪乐滋滋的关上游戏，去看了看游戏的论坛。

现在的玩家排行榜是这样的：

第一：飘飘沐雨。

第三：雨落芳华。

羽溪呆呆地看着，突然扑哧一笑。

以前都没人愿意收我当徒弟，只因为我是排行榜上的前三吧。

我又没参加美女玩家排行榜，所以所有人都认为我是人妖号。

为此我还头疼了好一会呢。

羽溪又扑哧一笑，关上了电脑倒在床上，窝在被窝里傻笑起来。

宿舍里的人都不解地看着我呢，她们一定在想我是不是恋爱了？

可惜他们错了，我不是恋爱了，而是有师傅呢！

她忍不住开始胡思乱想起来：以后我会被宠吧？以后就有人每天陪着我了吧？以后师傅会对我很好很好的吧。那感觉，好好。想想都想笑。

2. 我的徒弟，我的劫

依旧是某某市大学的宿舍里，一个男孩微笑着关上了电脑。

“林沐雨，你思春啦？”男孩的室友嬉笑着说道。

“我收徒弟了。”沐雨也没理睬男孩的话，依旧微笑着说道。

“哟？那也收我一个吧！有第一玩家当我的师傅，以后没人敢欺负我

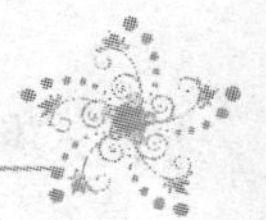

啦!”男孩两眼放光，走过来拍了拍沐雨的肩膀说道：“师傅，好吗？你就从了徒儿吧!”

“去死。”沐雨手一拍，将男孩的手拍掉后，回到床上，躺在上面，回想着以前……

他和她一样，也是个弃儿。

他是在小学的时候被富翁领养的，但是他很倔强，他不想被领养，那让他感觉自己就好像一只被丢弃在路边的狗。于是，富翁遵循了他的意思，没有和他建立收养关系，而是让他在他宅子里打工，赚钱读书，维持生计。

他的生活，本来就这么平静地过着。直到那一年的那一天，富翁又领来一个女孩。

那天富翁领着她从门口进来时，他刚好要出门。富翁给他们俩互相介绍了一下，并且偷偷告诉了他女孩的名字，还让他多照顾这个女孩。

最后的时候，富翁告诉他，她也是个弃儿。他听在耳里，回头看着一个人站在门口的她。此刻的她，那么孤立无援，就仿佛她正一个人站在世界的中心。

她也看到了他正在看自己，她冲他笑了一笑。从此他便知道，那个笑得像天使般的女孩，她是他的劫。

他对她有种莫名的熟悉感，可是这是第一次见面啊？

他走出家门的时候，听到女佣们一起向富翁和女孩喊：欢迎老爷和林羽溪小姐回家。

他呆了，他是林羽溪？我的妹妹？

他站在人群中呆呆地看着她，他看到女孩灿烂一笑，接着拉着富翁的手走进了屋内。

他本想和她相认的，但是他又知道，富翁是个好人，做他的女儿比做他的妹妹会更加幸福。

他想还是在一旁静静地看着她吧，看着她过得快乐，我这个当哥哥的也开心呢。

可是没多久富翁突然死了，这个原本看起来庞大而坚固的家庭，瞬间分崩离析。

而得知这个消息时，他正在外读高中。他疯了似的赶回富翁家中，可她却已经离开了。他与她就这样再次失散了。

从那时起，他发疯似的寻找着她，林羽溪。但他又无力的发现，除了那一笑和那份血缘关系，他们居然从没有交集。

我的能力太小了，小到微不足道。他一直这么责备自己。

终于在三年以后，在大学里，我再次找到了她：我的妹妹，林羽溪。

他有点欣慰，她过得蛮好，她是校花，依旧被大家捧在手心里。他又放下了认亲的念头，他想，还是不要打破她平静而美好的生活吧。

后来，他又发现她和自己在玩同一个游戏。于是他做了一个决定，收她为徒。

沐雨的回忆到此才结束了，刚才认她为徒儿，结果在世界频道上引起了轩然大波，他才知道她为什么一直没师傅。

原来，他们认为我的妹妹是人妖。

沐雨躺在床上，有点心酸，这种感觉不好受。

沐雨决定以后要用师傅的身份，好好爱护自己的妹妹，希望她一生平安。

3. 幸福来得快去得也快

羽溪坐在电脑前，电脑开着，却没有动作。

她默默地想着幸福降临地如此之快，她如此清晰地感觉到自己内心深处是多么快乐。她突然产生了一种担忧，她担心幸福来得快，去得也快，有时快的只能回味，有时甚至快到连是什么味道的都没尝出就已失去。

很多事情就是如此，失去了就是失去了，永远都回不来……

现在，羽溪经常和师傅一起刷刷怪，杀杀人，他们将所有骂她是人妖的人都给杀了一遍，现在她可是头号公敌啊！

可没人敢来杀我，谁叫我是排行榜上的第三名呢？谁叫我的师傅是排行榜上的第一名呢？

现在我一看到我们人物头上顶着的称号，我就想傻笑。

雨落芳华的师傅。

飘飘沐雨的徒弟。

日子飞快地过着，羽溪每天都沉浸在师傅给的宠溺中。

师傅的细心。

师傅的关爱。

师傅的霸道。

师傅的幽默。

师傅一切的一切都深深地刻在了她心中，她是幸福的，除了那种可能面对失去的隐忧现在却更加的清晰了起来。

有一天，有一个女子在游戏中向师傅示爱，

猛然间，嫉妒、不爽、心酸齐上心头，那种想把那女子给教训一顿的感觉，让她明白了……

师傅，我爱上了你。

那天她立马下了游戏。

于是，QQ 中师傅的头像就在一直的闪动着，一直的闪动着。

或许师傅也爱我？只是和我一样碍于师徒的名分一直没说出口？

羽溪满怀着希望，回复了师傅：师傅我……有事想和你说，如果不行，师傅也不要在意。

飘飘沐雨：徒儿说吧！

雨落芳华：师傅……我发现我爱上了你，我做你女友好吗？

飘飘沐雨：不行！

登时，羽溪的眼泪流了下来，模糊了视线。

羽溪颤抖着打道：为什么？

飘飘沐雨：我们可是……

羽溪心底又燃起了希望：因为我们是师徒吗？没关系！那只是游戏！师傅我真的爱上了你！

屏幕这边，沐雨微皱着眉头喃喃道：“师徒是没关系，可是……我是你哥哥啊……”

沐雨的声音中充满了无奈，惋惜……与浓浓的心痛。

要是羽溪听到这句话羽溪会怎么样呢？

震惊，然后理解，接着做对好兄妹？

还是震惊，不信，然后消逝？

沐雨赌不起，他赌不起……

4. 现在的平静，已经不会再平静

不知道是不是两边都不想放弃对方，羽溪和沐雨两人在之后的一段时间内依旧一起玩着游戏。

但是此时的气氛已经完全不一样了，虽然做着和以前一样的操作，打着一样的怪，但是再也没了以前的自在与开心。

剩下的只有沉默，与淡淡的悲伤。

或许真的是到了捅开那层纸的时候了，尽管注定了一切的结局都是悲伤。

当妹妹爱上哥哥，注定了是一场悲剧。

就这样，两人依旧一起玩游戏，聊 QQ，谈谈天，说说地。

每当羽溪说道那次的事时，沐雨都用别的话题转过……

一天，又一天，日月如梭。两人维持着这模糊的关系直到两人先后都大学毕业。

羽溪那天去学校拿了毕业证。

走出老师办公室，她看着毕业证发起了呆。不知道为什么，此刻她居然满脑子都是师傅的影子。她想过在毕业后去找师傅，现在都毕业了，也不会影响学习了，如果现在再不正视自己的感情的话，以后可能就再也没有机会了。她一直这么想着。

突然她的手机发出一阵震动，羽溪默默地看了看，当目光一接触到屏幕……她的心一阵狂跳……

上面是沐雨发过来的一句话：

毕业了吧。在你校门口的小卖部等我，我来看看你，有些事是要说清楚了……来吧，我等你。

心情不知道是激动，还是灰心。那么久了，羽溪几乎一有机会就表白，可每次都失败。

这次呢？师傅是要说清楚我们没关系，还是……同意呢？

就这样，羽溪怀着忐忑不安的心，快步走到那个小卖部。

就在快到小卖部的时候，羽溪停下了脚步，小卖部好像没有师傅的身影。

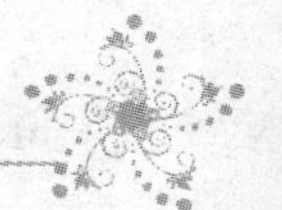

有的只是一对情侣，远远看去都能发现，那个女孩美貌动人至极。她还挽着一个男孩，男孩的样子同样十分英俊挺拔，是羽溪喜欢的类型。

羽溪定定地看着这对璧人，突然间她的心里泛起了淡淡的忧伤。

不为别的，只为她能感觉到，那个男孩就是她的师傅，就是“飘飘沐雨”。

不为别的，只为那个女孩挽着她师傅的手。

不为别的，只为师傅身边多了个人，而那个人居然不是自己。

羽溪强忍住泪水，走到那对璧人面前颤声道：“师傅?”

“嗯，徒儿？雨落芳华?”那男孩微笑着说道。

“师傅她是?”羽溪指了指男孩身边的人问道。

“你师娘。”男孩依旧微笑道。

对于羽溪来说，虽然早有心理准备，但是听到这个回答的时候，天依然好似突然黑了下来一般。不，是整个世界都黑了下来。

泪水再也忍不住了，哗哗的涌了出来。

羽溪艰难地说道：“师，师傅，师娘，祝你们快乐……”

羽溪刚说完便奔向学校，她决定从此以后再也不留恋这段感情了。

要是她能回头，就会看见她背后，男孩也早已湿了双眼，眼底浓浓的是化不开的哀伤。

男孩身边的女孩松开了男孩，轻抚着男孩的肩，还连声叹着气。

女孩眼底流露的是惋惜，淡淡地说道：“我帮完你这个忙了，以后对自己好点。”

5. 我的爱师傅懂吗

羽溪一路狂奔回了寝室。

一路上，泪水犹如断了线的珠子，一颗颗在空中划开唯美的弧线，直至落在地上，破碎……

弹起小小的水花，然后幻灭。

一路上牙也紧紧咬着小小的下唇，紧紧的，紧紧的……直到下唇泛起点点白印。

寝室里，室友们早已收拾东西回家了。

羽溪无力的靠在门上，听着手机上微微发出的乐声。

花儿花儿为谁开
一年春去春又来
花儿说它为一个人等待
无可奈何花落去
似曾相识燕归来
花园里 小路上 独徘徊
四月的微风轻似梦
吹去了花瓣片片落
怕春花落尽成秋色
无边细雨亲吻我
四月的微风轻似梦
吹去了花瓣片片落
怕春花落尽成秋色
无边细雨亲吻我
花儿花儿为谁开
一年春去春又来
花儿说它为一个人等待
无可奈何花落去
似曾相识燕归来
花园里 小路上 独徘徊
四月的微风轻似梦
吹去了花瓣片片落
怕春花落尽成秋色
无边细雨亲吻我
花儿花儿为谁开
一年春去春又来
花儿说它为一个人等待
无可奈何花落去
似曾相识燕归来
花园里 小路上 独徘徊

花儿花儿为谁开
一年春去春又来
花儿说它为一个人等待
无可奈何花落去
似曾相识燕归来
花园里 小路上 独徘徊
……

唯美歌声，带了点悲伤。

《蝶恋花》，当蝶恋上花，当徒弟爱上师傅，就真的会无可奈何花落去，似曾相识燕归来吗？

似曾相识燕归来，那归来的燕儿是谁呢？真的熟悉吗？

心已死，还可以再爱吗？

心里，羽溪不停地问着自己，泪越涌越凶，丝毫没停止的意思。

可是羽溪错了，这不是蝶恋上花，也不是徒弟爱上师傅，而是不知真相的妹妹，傻傻地爱上了哥哥……

6. 爱散，心死，日子继续

第二天，窗外一片生机，一片明媚，所有的景物，都那么动人，那么美丽。

而如此美好的夏夜，羽溪却一夜没睡，泪也一夜没断。

羽溪呆呆地趴在窗前，喃喃道："为什么……难道徒弟和师傅就没有能在一起的吗？"

红肿的眼睛微微刺痛，而羽溪则如没事般站在那，依旧呆呆的，呆呆的……似乎外面的世界以和羽溪无关了。

楼下，一个身影也呆呆地站着。

那身影就是沐雨。

羽溪痛，沐雨心里也痛啊。

那是沐雨唯一的妹妹啊！唯一的亲人啊！

沐雨抬头，一眼就看到窗前的伊人，伊人红肿的眼睛，脸上的泪痕，皱乱的衣裳，披散的头发，无神的眼睛，无不刺痛着沐雨的心……

可是他能怎么办呢？他必须让她放弃这段傻傻的搞错对象的爱，但又不能告诉她真相。想想就觉得要同时做到这两点真不容易，也许还是告诉她真相比较好吧。

沐雨颤抖着拿出手机，拨了个号码。楼上窗前，羽溪的手机也响起了柔和的音乐。

羽溪无力地拿起手机，手机显示的是“师傅”，一个熟悉到早已刻入骨髓的昵称，一个滚瓜烂熟到仿佛铭刻在脑中的号码。

一秒，两秒，三秒，沐雨一直没挂……

终于羽溪把手机举到耳旁，尽量隐忍着嗓子干哑的疼头，轻轻地说道：“师傅，有事吗？”然后沉默。

电话那边沉默了一会，也传出了声音：“有，下楼来吧。师傅带你出来玩，就你和我。而且师傅有事和你讲……”

羽溪颤抖了一下，希望油然而生，带点兴奋的说道：“徒儿马上来，师傅稍等！”

说完，便急急地放下手机，连挂电话都忘了。就在那乒乒乓乓的整理着仪容。

手机这边，沐雨苦涩地听着那边传来的声音，那快乐的声音。

楼梯很快响起了急促的脚步声，沐雨也马上换上了淡淡的微笑，看着楼梯里那急匆匆的俏美人儿。

不知道是化妆术的神奇，还是一点点希望所燃起的巨大勇气，羽溪红肿的眼睛变成了有神的大眼睛。哪有哭了一夜的感觉？

可是仔细看，还是可以看到眼角的点点泪痕。

沐雨的心又抽痛了一下，他接着一个箭步上前去抱住了羽溪。

羽溪顿时呆住了，她呆呆地在沐雨怀里，一动也不动。

沐雨的身上有种熟悉的气味……但那是什么气味，羽溪却想不起来。

而且那有力的心跳声，一下下冲击着羽溪的心。

眼睛一涩，羽溪感到眼泪又要涌出来了。

突然，沐雨说道：“昨天为什么哭着跑走呢？知不知道师傅很担心你？你知不知道？”

“我……”羽溪一阵哽咽，说不出话来。

沐雨爱怜地摸了摸羽溪的头，说道：“昨天骗你的，没有什么师娘，那是我同学。你不会是为这事哭着跑走的吧？”

羽溪的瞳孔猛地一阵收缩。心狂跳起来，显示出勃勃生机……死了的心，燃起希望，此时已复燃成光了。

羽溪颤抖着问道：“那我可以当师傅的新娘吗？”

“……”沐雨又沉默了。

就在羽溪认为一切都完了的时候的时候，沐雨缓缓回答道：“徒儿，一起走走吧。”

“嗯！”羽溪回答的干脆，但心中那点苦涩早已弥漫了起来……

两人肩并肩走在小道上，都没有说话，气氛就好像夏天雷阵雨前的窒息感。沐雨的内心其实也和这气氛一样，他一直在挣扎要不要在这个时候告诉她真相。他好后悔，早知道一开始就相认了，也不会到现在这样的结局了。

沐雨知道，如果这个时候说出真相，羽溪一定会经历比失恋更加巨大的打击。所以沐雨一直在犹豫，说还是不说。

“今天师傅带徒儿去玩好吗？”沐雨总算做了决定，问道。

“嗯！”羽溪抬起头，坚定地回答道。

看着羽溪这张小脸，沐雨本能的举起手抹掉了上边的泪珠，轻声道：“以后别随便哭了，知道吗？师傅会心疼的……”

“嗯！”羽溪越来越开心，心底的快乐有种要冲破云霄向大家诉说的感觉。

“走吧？”沐雨依旧问道。

“嗯！走吧！”说完便主动地牵起沐雨的手，然后往校门口跑着。

羽溪一直拉着沐雨的手跑着，跑着，所以没有看见后面的沐雨又皱起了秀美的眉头。

如果我告诉羽溪我们其实是兄妹，羽溪承受得住吗，然后我们快快乐乐的当对兄妹？

可如果不说呢……那羽溪会怎样？现在已经这样了，今后又会如何？

沐雨微微抬头，面前的人儿映入眼帘。

阳光洒在羽溪的身上，闪烁成阵阵金辉，让人移不开眼。

或许我能瞒一辈子，或许有一天她会忘记曾经对我的那种爱恋，转而把我当做他的哥哥一样珍惜。

沐雨自我安慰道。

7. 一生仅仅一次的约会

阳光依旧在羽溪身上跳跃着，那灿烂的笑容让沐雨越发的纠结。

沐雨带着羽溪玩了海盗船，玩了鬼屋，面对突然停歇下来的时间，他有点不知所措，于是连忙问："怎么样，我们接着玩过山车吧？"

羽溪灿烂地笑着，摇了摇头，一把抓住沐雨的胳膊兴奋地说："先去吃饭！我要大吃一顿！我要庆祝与师父一起度过的这么快乐的一天！"

接着，羽溪松开手，独自往前面跑去，还不时的回头跟沐雨说道："师傅！来追我啊！快来追我！"

沐雨淡淡地笑了笑，刚撒开腿跑了两步就发现羽溪已经累的叉腰在休息了。

"你真失败啊，还没开始跑就累了？"

"人家这是缓兵之计！"羽溪一边狡辩，一边粗气喘得如雷贯耳。

"好吧好吧！"沐雨微笑着走到她跟前，在她背上抚摸了两下给她顺气。

沐雨刚想说话，旁边响起了一声小孩的声音："妈妈，这对哥哥姐姐真恩爱！妈妈我们也这么恩爱好不好！"

沐雨和羽溪一个对视，瞬间两人都移开了眼神，紧接着他们便听到旁边响起了妈妈的咆哮声："叫你恩爱！叫你恩爱！小笨蛋，小小年纪就要跟妈妈恩爱！"

羽溪没忍住，扑哧一声笑出了声来，脸上顿时笑颜如花。

因为奔跑的急，羽溪脸上的汗水正点点从鬓角滑落，在夕阳的照射下，让沐雨看得移不开眼……

羽溪突然大叫："师傅，摩天轮！"

沐雨顺着她指的方向望去，那是一个巨大的摩天轮，简直已经刺破了云霄了。该有多高呢？或许有上百米吧。

沐雨正思考的时候，羽溪突然愣愣问道："师傅，我们去摩天轮吧！然后，等会在摩天轮能答应我件事吗？"

沐雨淡淡地笑着，爱怜地摸了摸羽溪的头，本能的说道："就算一百件事，师傅也答应！"

羽溪狠命地点头，她一边点头一边偷着看沐雨，不要怀疑女孩子的预

感。从一开始，她就已经知道，今天可能是最后一天这样子和师傅在一起了，她的心底有种马上就要失去沐雨的感觉。

羽溪感到难受。她知道沐雨有事情瞒着自己，但她却什么都不知道，她只有一种感觉，一种即将失去什么的感觉。

8. 失去了的同时，我们总会有所得

女人的第七感是很强的。

当摩天轮越升越高，越升越高……直到下面的人儿都化成了点点黑痕的时候，羽溪有种坐立不安的感觉。等会儿，师傅会答应自己的请求吗？

羽溪不停地问着自己。

摩天轮渐渐上升，一直到了顶点。

羽溪终于鼓起勇气，问道："师傅你说过答应我一件事的。"

"嗯？什么事？说来听听？"沐雨回过头，内心无比纠结，他已经做好了准备，等羽溪问完这个问题后，他就跟她说出实情。

"师傅先答应我！"羽溪皱起了眉头，嘟起了小嘴嘟囔道。

"好我答应你。"沐雨摸了摸羽溪的额头，淡淡地说道。

"师傅！你做我哥哥好不好……"

羽溪顿了顿继续说道："我知道师傅你不会接受我做你的女朋友，那么，师傅你做我哥哥好不好，生生世世的哥哥！"

沐雨睁大着眼睛看着一脸坚定的羽溪，他的心里忽然好像绽开了一朵荷花！那朵荷花就这么清清淡淡地徐徐绽放，露珠在花瓣上荡漾。

沐雨握住羽溪的手说道："羽溪，有件事我一直想告诉你。其实我也是弃儿，但我被遗弃时，我六岁了，我有记忆……爸爸妈妈我不记得了……但我知道，我有个妹妹。我的妹妹她就叫林羽溪。"

羽溪身子猛地一震，但还是平静下来，继续听着沐雨的故事。

"而且，我还有张照片，那是我和妹妹的合影……而我那妹妹和你长得很像。"

"怎么可能！"羽溪瞪大着眼睛说道。

"我查过的……你和我就是兄妹！"沐雨犹豫了会，终于坚定地说道。

泪，再次涌出了羽溪的眼。

羽溪挥舞着双臂，叫道："你不是我哥哥！我没有哥哥！我是要你做我哥哥，但你不是我哥哥！"

羽溪有点语无伦次了，她无法接受沐雨说出的真相。眼前这个自己深爱着的男人，甚至为了不伤害他，为了能一直被他呵护而宁愿一生认他做哥哥的男人，居然真的就是自己的亲生哥哥……

就在这时摩天轮到回到了地面，羽溪破门而出，逃跑似的跑向了远方。

沐雨马上追了上去，但是羽溪已经消失在了人群中……

沐雨慌了，他突然无比害怕，害怕好不容易找到的妹妹再次从自己的生活中消失。她已经失而复得过两次了，沐雨实在无法忍受第三次消失，而且他很确定，如果这次妹妹再消失了，以后就绝对不会再失而复得了。

他惊恐，他懊丧，他茫然四顾，最后一下子坐倒在地上，他无神地看着人群，眼泪突然就流了出来，忍都忍不住。

更糟糕更丢人的是，沐雨发现自己的声音居然越来越大声……

就在这时，一个熟悉的不能再熟悉的声音传来："哥，你能哭小声点吗？"

他惊喜的回头，羽溪双手放在身后，正倾斜着身子看着他。

"羽溪，你不怪师傅了吗？"

"怪啊。"羽溪一下子坐倒在沐雨身旁，用一种很淡很淡的声音说道，"我怪你就在刚才让我失去了一个我深爱的男孩儿。不过，你也让我获得了可能更加珍贵的，一辈都不离不弃的亲情！你给我一个哥哥！师傅。"

我把青春锁了，又把钥匙丢了

■ 慕炎天使

青春有开心的，有悲伤的，有甜美的，有苦涩的，而人们往往总是把不好的青春封锁起来，可是，等你真正长大的时候，悄悄打开那些记忆里的青春，你会发现原来它们都是美好的，那些青涩的甜要比一开始的幸福更加值得珍惜！

——题记

一

“叔叔，求你让我进去吧！”我皱着一张苦瓜脸站在学校门口，拽着看门大叔的一只胳膊，大有誓死不放手的架势。

“不行。”这个臭大叔开口闭口就俩字“不行”，你多说两个字能死啊？好歹我也求了你快半个小时了，咋一点人情味都没有呢？哼！

“沫泪，你在这干什么呢，还不快进去！”我的神啊，大地啊，你的眼睛终于舍得张开了哈！我亲爱的童老师，你就像美味的蛋糕，我竟是如此如此的爱你。当即我一改即将悲愤的面容，摆出一副小媳妇遇上好娘亲的架势，屁颠屁颠地走到童老师面前，临去时还掐了一下大腿，挤了两滴眼泪。看上去就像快哭了一样。

“老师，我……他不让我进去！”嘿嘿，我来个恶人先告状，臭大叔，叫你不让我进去。

“他为什么不让你进去啊？”

“我怎么知道啊，我又没迟到。”请相信我，这绝对是我装的。

“那个，大哥，要不你让她进去吧，都快上课了。”我就知道童老师是个大好人。

“童老师，这可不行啊，她没带校牌，不能进去。”死大叔誓死不后退的气势，都快把我气背了；情急之下我破口大骂："你大爷的猪大腿，奶奶今天给你吃软的，你还吃上瘾来了是吧，不就是忘带了吗，亏的咱们还是一个村的，至于吗你？"

"额……"童老师的头上立刻下来三条黑线。

"算了算了，童老师，看在你是训导主任的份上，我就破破例，进去吧！"臭大叔晃了晃手说道。

于是，我就被童老师带去了教导处，经过了长达一个小时的思想品德教育，我终于被放出来了。我的这个恨哪，你说我好死不死的说什么脏话啊，气死我了！

我气鼓鼓地到了通知板那，别人都去教室了，所以那儿清静得很。于是我就扭着我那小屁股蹦到通知板前。沫泪，沫泪，哈！找到了，八年级二班，妈呀，我咋跟"二"这么有缘呢？一年级到八年级全在二班，难道这就是天注定的，我就是一"二货"吗？再看看有没有认识的人，哈哈，齐英，英姐啊，这下好了，有死党罩着，我就享福吧我。

随即，我背上那小书包，屁颠屁颠的就往教室奔去。

一到教室，我眯缝着眼把教室来来回回扫了八百六十遍，就是木有看见英姐那臭丫头的影，你够牛，开学第一天就敢翘课，了不起啊！不过我要跟谁坐呢？算了，自个坐。

于是我便找了个没人的桌子，趴下呼呼大睡起来。可是就有那么一种人，他就是不让你睡觉。

"嘿，这不是疯丫头吗？哈哈。"

这个臭沫翔，竟然敢骂我。算了，当听不见，听不见，我听不见，什么都听不见。

"哈哈，还装睡。"我清晰地感觉到那臭小子坐在我的旁边，手触到我的头发了。

可恶，臭小子敢揪我的头发，我要抓狂了！我当即一拳打在沫翔一脸得意的脸上。亏我还是你奶奶的老妈的老公的妹妹的儿子的闺女，论辈份你还得叫我声姑，况且你还跟我混了十几年，都是自家兄弟的，所谓本是同根生，相煎何太急啊，那谁还说虎毒不食子呢，你说你咋这么狠呢，对你姑下手，悲哀啊，人生之大悲哀啊……

好了，收手，先看看那臭小子死了没。

“你没死吧？”

“疯丫头，你才死了呢。”

很好，会顶嘴，看来还是没伤到要害啊！

正贫嘴间，不知何时讲台上站着一位老师开始说话了。

“同学们这个学期由我担任你们的班导，我叫吴百事，好了，下面我调一下位子。”扑哧，我一下乐了。这个白痴老师不仅名字好玩，还有个相当鲜明的特点，你说你一“大老爷们”，你用什么兰花指啊？真够人妖的。

当我抬头看到他排的座位时，都快把我给煮沸了都，什么吗！我跟英姐隔着十万八千里的，我的作业谁给我抄啊？于是乎，我就去找白痴老师谈判，结果谈判无效。

可怜的我啊，往后作业要自己写，吃饭要自己吃，说话要自己说了，我已经可以预见我落魄街头时的景象了。

十分钟后，我收拾好东西耷拉着脑袋找到座位，同桌是个男生，看样子应该是个书呆子，瞥了一眼他的课本，哦，原来他叫林天可，呵呵，虽说闷了点，但这小脸长得还算俊俏，算了，凑合吧！

我环顾了一圈，班里分了八个组，而我们组是一组，共有八个人：我、林天可、顾源、黄杰、宋银柔、张焕玲、沐子炫，还有沐翔这臭小子，他竟然分到我们组来了，真可恶！

二

“沐泪，你怎么在这啊？”

“英姐啊，我刚还在找你呢，你去哪了？”

刚才还找她呢，一打扫卫生就跑，真行！最可恶的是，跑也不叫上我。

“我啊，刚跟你们家沐翔和你们家顾源斗地主去了。”英姐不说，我还真没看见站在英姐后面的俩木头。

“什么叫‘我们家的’？”

“哦，黄杰说你喜欢顾源。”

“黄杰说什么你都信，那沐翔呢？”我瞥了一眼同是满脸好奇的沐翔。

“不是你说的吗，他是你侄子！还有，你真行，喜欢顾源也不给我讲。”

英姐，我火了，真火了，人家顾源都叫你说的脸红了。你还说！

“我，我有说我喜欢他吗？”本来就没有的事。

“呵呵，还脸红，哈哈。”英姐说着就往前走了，丢下了我和沫翔。

“为什么告诉他们我是你侄子？”该死，沫翔竟然吼我！

“什么为什么啊，这是事实，OK？不然你说，你是我什么人？”真是火大，我今天心里窝火还没处释放呢！冲我发哪门子的脾气啊？

“我……”沫翔脸憋得通红，“反正就是不准说我是你侄子！”

“哼！”我才懒得答理他呢！

“我喜欢你。”沫翔刚说的什么东西，难道我已经老到开始幻听了吗？我一脸雾水的看着沫翔。

“沫泪我说‘喜欢你’！打从穿开裆裤到现在，一直喜欢。”

“你知不知道自己在说什么啊？”

“我说我喜……”

“你快闭嘴，今天没吃药还是怎么的，要不要……唔……”

可恶，我的初吻……沫翔，你……情急之下，我一脚踩在沫翔的脚上，沫翔这才放开我。是眼泪，好多好多的眼泪，伴随着的是初吻的葬礼。

我拔腿就跑。我跑出来就看到英姐他们还在等我，我跑过去一把抱住英姐就开始大哭。

“泪泪，你到底怎么了，别哭了，好吗？你不是最坚强的吗？”

我初吻都被抢了，我还坚强什么啊！耳边传来一阵清脆的脚步声，我的哭声竟然随着脚步声的靠近变得越来越小，直至没有。

沫翔手轻轻地搭在我的肩上，那么沉重，那么难过，甚至有那么一瞬间，我竟有些不忍拒绝他带来的温暖。但是，我不能。

“沫泪，你别这样，诚实点好不好？”

“什么诚实，你叫我怎样诚实！”

“我喜欢你。”

“但我不喜欢你喜欢我！”

“为什么？”

“不知道。”

“……你真的喜欢顾源？”沫翔一脸失望地看着我，那语气，像是垂死猎物的最后挣扎。

“对，我就是喜欢，怎样?”我冲着沫翔大吼。

吼完之后，我竟然拉着顾源的手，推开沫翔向学校超市走去。我想，我八成是被气疯了。

沫翔，知道吗?这世上，我最不想伤害的人，就是你，因为我们是兄弟，兄弟，你懂不懂?

三

“我们要去哪啊?”顾源拉拉我的手问道。

唉，我竟然带着个乖乖男翘课。但是，情绪需要，上帝伯伯会原谅我的哈!

过了一会，顾源刚要开口说话。

“我不喜欢你。”原谅我，我说话就是太直白了。

“哦，那你……”

“那是骗沫翔的。”

“哦，对不起哦。”

“没有，是我该说对不起的，我不该拿你应付沫翔。”

蹲了这么久，脚都麻了。我慢慢地站起身，忽然，一个趔趄向右边倒去，就在我以为我要和大地爷爷来个亲密接触时，顾源过来扶住了我。

我站直身子，偷瞄了一眼顾源，从我的角度去看，顾源的脸竟然红得像猴屁股一样唉，尴尬，很尴尬。

“咳咳。”不知道谁在背后干咳了两声，吓得顾源连忙收回扶着我的两只手。我朝发声源望去，沐子炫正斜倚在路边的电线杆子上。

“你怎么出来了?”这家伙竟然也会翘课?

“怎么，打扰到你们了吗?”我以女人的第六感保证，我严重地感受到这家伙的鄙视。

“喂，干吗来这种地方啊，我又不是没钱，我们换个地方好不好，这个地方好脏，我才不要在这种地方吃饭。”一只苍蝇在小吃街嗡嗡地叫着，这只苍蝇的名字叫沐子炫。真不明白这儿哪得罪他了，一定要请我吃饭，我说吃小吃摊，他又一路上踢踢这里，踹踹那里的。

“别看这里有那么一点点的脏乱，但这里的东西可是超级好吃哦，还有，不是说我想吃什么，你就请我吃的吗？怎么！反悔了？”

“可是……这里这么脏，再怎么好吃大概也吃不下去吧。”

“什么吃不下去啊，算了，你既然不想请的话，那就走吧！”

说完我就向后面走去，路过沐子炫的时候，他的手拦住我，一脸讨好地看着我：“好了，对不起，好不好，不然，就在这里吃好了，你喜欢吃什么，嗯……我看看有什么好吃的？”

说着他还假装孙猴子把手挡在眼前，眼睛来回的转动，逗得我直想笑。我高傲地扬起下巴：“就肉串吧。”

“是，娘娘！对了，以后可以叫我沐子炫，我们是兄弟，以后你就叫我炫吧。”

“嗯。”我狼吞虎咽着牛肉串，也没听清楚他说的是什么，只管连连点头。

四

“沫泪，你又迟到了，一周迟到五次，你还真有原则。”

“呵呵，老师，我是有原则的人。”

“你你你，你给我去教室后面罚站，顺便抄学生手册两遍。”

“不要啊，老师！”

“要的，我是很有原则的人。”

“老师……”

尽管我苦苦哀求，但没想到老师真的是很有原则呢。但是一下课，我就翘课走掉了，哼！让我罚站，门也没有。

刚出教学楼，我和沐翔便撞在了一起，然后我们就呆呆地站在那里，之间有说不出的尴尬。过了一会，沐翔把在手里的信封递给我。

“你……”

“疯丫头，你什么时候这么娘们了，吞吞吐吐的！”奇怪！我好像本来就不是个爷们吧。

“哦！没事。”

“不是说好回到从前吗？你该不会终于爱上我了，所以反悔了吧！我是不会介意的。”沐翔说着手就甩到我肩膀上。

“切，少在那边自恋了。”我拍掉他的手往厕所跑去。

“喂……”沫翔委屈的声音从背后传来。真好，一切又回来了。

“那什么，聊会天呗，好闷啊。”历史课上我冲炫说道。

“嗯。”

“诶，你现在有几个老婆啊?”

“我啊，暂时没有。”

“我看也是。”

“怎么说?”

“你形象不好。”

“你还是第一个说我形象不好的人呢?”

“也不是不好啦，你就去染染发，这样就很好了。”

“切，什么乱七八糟的?”

“你就去染染啊，我保证，三天你就会有一大堆的粉丝了，是个女生，只要看你一眼就会马上喜欢上你，拜倒在你的耐克鞋下。”这小脸不去做明星真浪费。

“那你是说你喜欢我喽?”

“你不是说我不是女的吗？再说，你太娘了，我不喜欢。”

“哈！我哪里娘了?”

“叮铃铃。”我话还没说铃声就响了。

“起立”“老师，再见”“同学们再见”。快别再见了，再见我就睡棺材去了。一下课，我就打算往外跑。

“喂……”炫好死不死地拉住我，我一脸不解地看着他，“还没回答我的问题……”

“什么问题?”

“我哪里娘?”

“哪里都娘!”我偷偷瞄了一眼脸黑的没法看的炫。双脚抹油，往厕所蹿去。

哎，沫泪同学，你好像又惹人了。一放学我就跑，以免被炫抓到杀人灭口。

五

日子一天天过去了，我和沫翔的关系越来越平常化，就像我们之间什么都没发生过一样，一起吃饭，一起爬树，一起打人。顾源呢，则是和我疏远了不少，以至于见面都不会打招呼说“你好”了。而炫呢，好像直接把我忽视掉了。

寒假如期而至，临走的时候我竟然有些不舍，我跟全班都要了 QQ 号，其实我是很想要炫的 QQ 号，但，我又不想让他知道，只好让沫翔帮我要了全班的号，晚上我便迫不及待地加上了他。

你不懂：（炫）你是……

不许哭：（我）你猜。

你不懂：小玲？

不许哭：真聪明！

你不懂：又干吗啊？不是说了我跟我前女友没关系了吗！你怎么还穷追不舍啊！你要再这样，那我们分了吧！

不许哭：不错呀，炫！老实交代小玲是谁？

你不懂：你不是小玲？

不许哭：我是沫泪。

你不懂：……

不许哭：她到底是谁啊？

你不懂：我女朋友。

不许哭：哦……

你不懂：那个，我要转学了！

不许哭：为毛？

你不懂：想学音乐了。

不许哭：好吧，祝一切顺利。对了，开学时，沫翔给我一封信你说我看还是不看？

你不懂：还是看吧！别让他失望！

不许哭：嗯，那你等等……

我从抽屉里翻出那封封存了三个多月的信：

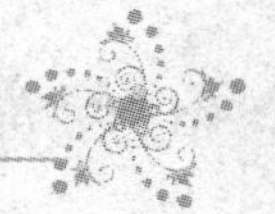

泪，这封信不知道你会不会看到，应该不会吧。泪，我真的很喜欢你，十一年，一如既往地喜欢，虽然知道你对我没感觉，却还是不肯放弃。真的，从来没有放弃过！当你说了那句“我不喜欢你喜欢我”之后，确实，我颓废过，我知道，即使我再耀眼，再怎么无止境地付出，你还是不会要我。因为你的心里从来就没有过我，即使我那么小，装进你的心里根本就占不了多大的位置，可是就算是这样，你依旧不要我！泪，我有些累了，所以我要走了，去X市，不回来了。这也许是我最后一次向你表白了，是沫翔最后一次向沫泪说我爱你了，即使知道你也许看不到……泪，你要幸福哦，很幸福很幸福的，这样，才不枉我光荣退出。如果你的他对你不好，一定要告诉我哦，无论我身在何处，一定会赶回来把他打到残废。泪，我爱了十一年的宝贝，我是真心舍不得，原来割舍是这样让人没法忍受。不过，我更想逃，原谅我。我会在X市祝福你。

看完最后一句，我已经哭得上气不接下气了，我抓起信封连鞋都不换就冲了出去，刚出小区的门我就一个跟头摔在了硬硬的水泥地上，我能想象出我现在的狼狈，我趴在地上号啕大哭，时不时地有几双擦得锃亮的皮鞋从我面前一闪而过。

地球好像丝毫没有因为我的悲伤少转一圈，过了两分钟后一双白球鞋停在了我的面前，我抬起头看见炫正一脸担忧地望着我，他伸出手慢慢地把我扶了起来，我停住哭声，紧紧地抓住炫的手。

“炫，带我去找他，带我去找沫翔，好不好？”

“嗯。”炫抿住嘴点点头。

炫用摩托车在城市里来来回回地转了不下十圈，却连沫翔的影都没看到。就在这时，我突然想到“星园幼儿园”，五岁的时候，沫翔跟我告白过的地方。

星园幼儿园内，看着一片片又熟悉又陌生的土地，我又想起了那些天真的脸和天真的事。

五岁的我和五岁的沫翔坐在幼儿园的花园里。

“泪泪，长大当我老婆好不好？”

“不要。”

“为什么？”

“因为我不喜欢你啊!”

“你懂什么叫喜欢吗?”

“你懂啊?”

“我对你就是喜欢。”

一边往花园跑去，我心里一边滴着血，一次次地喊着同样的话。翔，你别喜欢我，你的喜欢，会伤得你很重，你知道吗?

沫翔独自安静地坐在花园里，我踱步过去坐在他身边。

“沫翔，别去 X 市。”

“为什么?”沫翔拿下挡在眼前的手，注视着远方。

“你走了，在这就没有一个可以跟我疯，跟我闹的人了。”

“英姐。”

“她不是，她是闺蜜，你是兄弟。”

“可是……”

“我知道你不想做兄弟，也知道你想做什么。”

“那你……”

“我们交往吧!”

“如果这是施舍，那么……”

“……”

“那么即使是这样，即使是施舍，我也愿意!”

“那你……还走吗?”

“我老婆在这，我要往哪走?”沫翔轻轻的给了我一个栗子。

“你们这是……”出了校门，炫望着我和沫翔的手问道。

“我们终于交往啦。”沫翔揽住我的肩膀。不知道为什么，我真的很不想让炫看到这些，可是我也不想让沫翔难过，只好僵硬地撇过脑袋，不去看他们的脸。

“哦?是真的吗?如果这样，沫泪你可要请我吃好吃的了!”炫笑着看着我那种炙热的眼神烧得我浑身难受，我低下头点点头。最后由沫翔送我回家，一回家我就上了 Q，炫的头像跳了起来。

你不懂：你真的和他在交往?

不许哭：嗯……

过了一会，炫便下了线。

六

3月3日开学了，白痴给我调了桌，我和炫隔得更远了，沫翔则是和我很近。炫这次是真的就再也没有理过我，即使每次上下学我都习惯性地走在他前面，故意想让他看见我，不惜绕远路回家，可是那也不行。

吃饭时总是到离他最近的位置去吃，即使餐厅里的饭我有多不想吃。我终于承认，我好像喜欢上这家伙了，因为在看到他和小玲走在一起时，我的心竟然不住的泛酸。

我很想告白，却又不想破坏他的感情，于是，我决定把这份爱埋在心底。所以偷偷地帮他抄学生手册然后偷偷地放在他的抽屉里，所以偷偷地跟在他后面，送他回家，所以偷偷地把好吃的东西买来要小玲送给他，所以偷偷地……

转眼又过了一年，6月23日，我要毕业了，我再也不能见到炫了，沫翔终究还是要去X市，他说他知道我喜欢谁了，所以希望我可以勇敢地去追，别后退。最后在他离开之前，我抱住他说我会想他的，转身却看见炫正搭着小玲肩膀离开的背影。

炫，我是真的喜欢你啊！

我又哭了，自打知道自己喜欢他之后，我眼睛总是肿肿的，可能……越长大越变得脆弱了吧！

报考高中的时候，我报了C城音乐中学，曾经炫想报考的学校，也是离炫现在报考的A城体校最远的学校。现在我终于明白沫翔离开的原因了，大概是不想看见他与她幸福的笑脸吧！

第一个寒假，我没有回家，时间依旧在过，终于，暑假又到了，这一次我再不回去就实在太“那个”了。

暑假回家，我又遇到了他——炫。他似乎很专情，从一开始就没换过女朋友。我由于太过于认真看他，以至于没看到眼前的电线杆子，我的电动车撞到了它。

炫看到了，走了过来拉住我的手将我拉起来问：“你过得好吗？”

“嗯！很好呢！”

“那就好。”炫慢慢松开手，帮我将车扶了起来。

“那我走了。”

我背对着炫继续往前开车，泪一滴滴落下来，那分明是心碎裂的声音。

走到桥上时，我停下了车。闭上眼，任凭风把我的头发吹乱，发丝像不听话的小孩，落在嘴角，落在鼻尖，远远地看着，大概有些颓废，有些不羁，这应该就是青春吧。

炫，这是我最后一次，最后一次为你哭，我要用这最后一丝关于你的心痛封锁我对你全部的爱……

第二天起床，眼睛由于哭得太多而变的红肿，门外有人敲门，我打开门竟然是小玲。

她进门就骂，说炫对我这么好，我却不识相……我笑问他哪里对我好？她说昨晚炫一直默默守护在我身旁直到我回家。

我才不信她的鬼话。等她走了，我登上一年多没上的 QQ，空间里好多留言，而里面所有的留言几乎都是炫发的。按日期来看，好像每天都有发，而最后一句留言就是“你过得好吗”。

我打开恢复界面输入：“其实，不好，一点都不好，怎么办？”

过了很久，炫的头像跳动了起来轻轻点开，那里闪过一句令我很欣慰、很温暖的话——“我喜欢你”。

逆光装满的青春

■ MR 小敏

一

蓝璐璐看着旁边空荡荡的位置，想起了那个总是一到班里就趴在桌子上睡觉的男孩——佐飞。她知道佐飞并不是那么坏的学生，他已经在努力改了，只是这次打架完全是因为对方欺人太甚把他逼到极点了。

“蓝璐璐同学，请你回答这道问题……蓝璐璐同学？”看着发呆的蓝璐璐，坐在身后的好朋友恬恬在她后背用笔戳了戳，“璐璐，老师叫你了。”

这时才反应过来的蓝璐璐马上站了起来，只是不知道老师说的是什么。

老师摇摇头：“你坐下吧。”

蓝璐璐趴在桌子上，想起了刚开学的时候……

“你好，我叫蓝璐璐，我们以后就是同学了，请多多关照。”蓝璐璐对着那个发呆的佐飞热情地打招呼，佐飞简单回答了一声，把头转向窗外了。佐飞每天到学校不是发呆就是睡觉，可是从来都比她早到学校，她几乎每天都跟佐飞打招呼，佐飞却总是简单答应一声。

慢慢地，蓝璐璐习惯性地会偶尔转过头看发呆的佐飞，下桌的恬恬告诉她：“璐璐，你以前不是这个学校的吧。”

“嗯……”

“其实你不用每天跟那个冰山打招呼的，他就是一块冰，不会理会人的。”

“呵呵，大家都是同学嘛，见面打招呼比较亲切啊。”

“话说你还真是可爱，那不介意我们以后就是好姐妹吧？”

“当然不介意咯。”

每到音乐课，老师就会让同学们把桌子合一合，两个人坐一起，这时候蓝璐璐跟佐飞就是同桌了。

“哎！你每天盯着窗外在看什么?”蓝璐璐好奇地问佐飞。

“没什么。”

“那你怎么老盯着那看啊?”

佐飞本来有点不耐烦，可是把脸转过来，看到蓝璐璐那傻笑的样子，又平静了下来：“只是不想听课。”

“哦。”

“下面请同学上来表演一下自己的才艺吧，有谁愿意上来唱首歌呢?”老师在上面说着，蓝璐璐站起来了：“老师，让我试试吧。”

“好，这位同学你上来吧，大家鼓掌。”

佐飞再次把脸转向窗，只听着蓝璐璐在上面唱起了《挥着翅膀的女孩》。这首歌出自她的喉咙居然那么深情，佐飞不禁转过头看了看她，只见蓝璐璐闭着双眼，自己陶醉在歌声中……

唱完后，台下响起了热烈的掌声，蓝璐璐高兴地回到座位。

“你觉得我唱的怎么样?”

佐飞看了看她，有些脸红，他把脸转开说：“马马虎虎。”

蓝璐璐又问：“你每天到学校不是睡觉就是发呆，难道没有别的事情做吗?”

“打架。”

蓝璐璐笑了笑，眼前这个将近180的男生，头发不是很长，带点棕色，两个眼球黑而闪亮。

“你干吗老盯着我看啊。”佐飞打断了蓝璐璐的发呆。

“没什么，看一下又不会怎么样。看你妨碍到你了吗?”

“随便。”佐飞就又转过头去看着窗外了。

二

“璐璐，你觉不觉得佐飞喜欢你啊?”有一次课间休息，恬恬往蓝璐璐身上黏上去问。

蓝璐璐红着脸回答：“别乱说。”

“难道不是吗?那家伙以前旷课出了名的，经常在学校广播听到他的大名呢，现在你坐在他旁边了，他都不旷课了，一定和你有关系哦。”

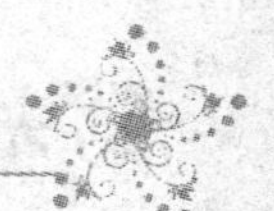

“不是啦，哎呀。我不知道。”蓝璐璐红着脸低下头，微微转过脸去看了下佐飞，觉得自己心跳加速的好厉害。

她问自己是不是喜欢上他了，可是她不知道佐飞心里怎么想，所以决定把这些隐藏起来。她忽然产生了想改变佐飞的想法，话说蓝璐璐同学的学习成绩也是很不错的，是因为分区的关系才到了这所学校，而且来到学校就立马是年级第一了。

“哎，今天的作业你做了没有啊？不交的话老师会发飙的耶。”

“那种东西哪有必要做啊？”

“要不我教你吧？”

佐飞转过头看着蓝璐璐带点傻笑的样子，话说这丫头长地也不错，乌黑的头发遮住了耳朵。跟他一样明亮的双眼，笑的时候充满了光泽。佐飞都不知道怎么拒绝她了，只好答应了她。

渐渐地，佐飞也会主动找蓝璐璐请教作业了，而蓝璐璐总是很爽快地答应。他们总是很晚回家，当然其中有蓝璐璐的私心，因为她喜欢那种被他保护的感觉。

“送我回家吧，你看天都那么黑了，就当是我教你做作业的报酬？”

“好啊。”佐飞也傻傻地答应了。

他们在路上的时候话不多，可是在路灯下，两个人的背影显得非常般配。蓝璐璐的家在一栋独栋公寓，蓝璐璐的爸妈在国外，所以她一个人住。每次送她回家，佐飞总要看蓝璐璐上了楼才离开，而蓝璐璐总是飞快跑上楼，到自己的房间，拉开窗帘看着路上渐渐离开的佐飞，直到他消失在某个转角。

刚从浴室出来，就听到电话响起了，是恬恬打来的。

“璐璐，璐璐，听说你和佐飞发展地很不错哦？有一腿。”

“什么嘛，哪有啊？”

“你就别瞒了，你们不是每天都很晚回家吗？他不是每天晚上送你回家的吗？有一腿有一腿哦。”

“不是啦，我们只是在学校做作业而已。”

“不说就算了。对了，听说他昨天早上跟人打架了，是不是啊？”

“啊？跟人打架，怎么会？”

“原来你不知道啊？他是怎么当男朋友的，居然不告诉你？”

"哎呀，说了他不是我男朋友啦，快说怎么回事啊?"

"那你那么紧张干吗啊? 其实也不是什么大不了的，那家伙经常打架的啊。"

又闲聊了一会儿，蓝璐璐就挂了电话，心里有着一种隐隐的担忧。蓝璐璐钻进被窝，蒙头盖上被子，就这样躲在被子里睡着了。

第二天到了学校，蓝璐璐脸上挂满了呆滞的神情。她来到座位，却没跟佐飞打招呼，佐飞觉得奇怪了，就自己跟她打起招呼来。

"哎，你怎么了? 怎么没精打采的样子啊?"

"啊? 没有啊，哪有?"

他们一天都没再说话，直到下午放学前，蓝璐璐收拾东西准备回家，佐飞拿着作业本走过去。

"你忘了今天教我化学的啊。"

"是吗? 我今天有点累了。"

"哦，那你早点回去休息吧。"

"嗯。"看着蓝璐璐走出教室，佐飞感到一阵失落。他坐在教室里发呆，而走出教室的蓝璐璐则默默流下眼泪。

"他为什么不关心我一下?"蓝璐璐以为自己只是一厢情愿地喜欢他，她这么想着，一个人伤心地回家了。

"我送你回家吧……"在教室里的佐飞自言自语着，他跟蓝璐璐每天都是这个时候回家的，只是今天教室里只有他一个人了。他站了起来，满脸惆怅。

不知道走了多久，佐飞已经来到了蓝璐璐家的楼下。

"我为什么来这里啊?"他感到莫名其妙，又往回走了，他已经习惯了每天走这段路，虽然没有说什么话，可是他已经习惯了送她回家。而他不知道这时候她也习惯性地拉开窗帘，在蓝璐璐拉开窗帘的刹那，她迟疑了一下。

她把窗帘拉开，看向楼下，果然那个熟悉的背影，在灯光下闪耀着光芒，蓝璐璐的眼泪慢慢滑落，看着佐飞渐渐消失在那一个转角，她的心里莫名地疼痛。

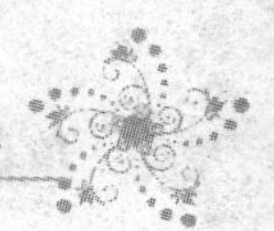

三

佐飞在回去的路上遇到了昨天被自己揍的家伙，是同校 415 班的二狼。

二狼带着几个人拿着烂水管，在那里等着佐飞，而佐飞却不屑一顾地走了过去。此时那群人冲了过去，佐飞确实很能打，但是双拳难敌四手，他被打的遍体鳞伤。

二狼离开前放了一句话："以后给我小心点，妈的。"

佐飞慢慢爬起来，坐在路边休息，看着蓝璐璐家的方向，那条路的尽头，他以为自己被打花了眼，他好像看到蓝璐璐向这里跑来，但那真的是蓝璐璐。原来她看到佐飞离开，她纠结着要不要告诉他自己喜欢他，想了一会儿后她最后还是决定追上来，可是追上来却看到了遍体鳞伤的佐飞。

她哭着跑过来："大笨蛋，你怎么又跟人打架?"

"你怎么……怎么会在这?"

"我不在这谁来扛你这猪回家啊?"

"呵呵，你扛得动吗?"

"大笨蛋，以后再敢跟人打架我就不管你了啦。"

佐飞鼻子里哼了一声，点了点头。

佐飞告诉蓝璐璐自己家的位置，就在不远的地方。到了他家蓝璐璐才知道他跟自己一样一个人住，房子不大，不过挺干净的。

蓝璐璐把佐飞放到沙发上："好了，我要回去了。"

蓝璐璐正要走，手却被抓住了："璐璐，我不会再跟人打架了，你不要生我的气了，好吗?"

此时的蓝璐璐又流下了眼泪，只是不敢回头："哦，知道了。"

"璐璐，我喜欢你。"听了这句话，蓝璐璐流着泪跑出了佐飞的房子。

第二天是星期五，这天是蓝璐璐先到了学校。她知道了佐飞喜欢自己，心里很高兴，正等着佐飞来了以后好好地逗逗他，可是一早上佐飞都没有来。

中午蓝璐璐回到家给佐飞打电话，可是没人接，蓝璐璐心里开始不安起来。到了下午佐飞还是没去学校，她担心起来，昨天太匆忙放下他就跑了，不知道会不会有什么事。

一放学蓝璐璐赶紧跑去佐飞家里，门没锁，推开门她便闻到很重的酒味。

蓝璐璐赶紧上楼，地上都是空酒瓶，而佐飞躺在地上还在喝着，嘴里不停说着："她不喜欢我？她不……她不喜欢我，不喜欢！"

蓝璐璐走过去夺过他的酒瓶，佐飞甩甩头，仔细地看着眼前的蓝璐璐："璐璐，不要走，璐璐。"说着就抱住了她，"我很喜欢你，真的很喜欢你。"

蓝璐璐流着泪抱着他："我知道，我都知道，我也一样。"

看着躺在床上睡着的佐飞，蓝璐璐再也舍不得离开，就这样坐在床边，一个晚上一直握着他的手。

第二天早晨佐飞醒来就大叫起来："璐璐，你怎么？怎么会睡在这儿！"

"还敢说，以后要是还敢喝酒就给你好看！"

"那个……我。"

"我什么我，你以后得听我的。"

"璐璐，你昨天是不是说你也喜欢我？"

顿时蓝璐璐脸红了。

两人匆匆洗了洗脸准备去上学，随后突然想起……

"今天是星期六吧？"两个活宝看了看对方傻笑了起来。

佐飞拉着蓝璐璐来到了一个花园。

"璐璐，这是我的地盘，以前是我一个人的，现在是我和你的了。"花园不是很大，但是有很多的花，而且大多是可以多季节存活的花。

"飞飞，这些花……"

"都是我自己种的哦，我想让这些花陪着他们……"佐飞咧开嘴笑了，飞飞这个称呼他觉得很不错。

"他们？"

"晚点再告诉你，我们先去玩吧。"

他们一整天做了一般情侣约会的旅程，游乐园、咖啡厅、照相馆、商场都去过了，话说佐飞还打了个神秘的电话……

晚上，他们回到了那个花园，已经星空点点挂在天上了。

"你说会告诉我他们？他们到底是谁啊？"

"就是他们咯。"佐飞说着拨开了一些花，里面立着一块墓碑，上面刻着两个名字。

“爸妈……”

“爸……妈……”

“嗯，爸爸是因为三年前公司破产了，承受不住打击去世的，而妈妈也常年病痛缠身，在爸爸去世的第二天也承受不住，去了……我现在住的房子跟这个花园……是奶奶留下的。”

“所以说你这三年都是一个人……”

“算是吧……其实我是有不少兄弟的……”

蓝璐璐靠在佐飞的肩膀上，又流泪了，她抱住佐飞说：“那就让我永远陪着你吧。”

佐飞顺势抱着她：“嗯，你看，应该快来了吧。”顿时天空响起了轰鸣，美丽的烟火在他们上空绽放着。

“就是你打的那个神秘电话?”

“是啊，他们也该来了。”这时候一群人来到花园里。

“他们都是我要好的兄弟，基本上不在学校了，所以我在学校不跟人说话是因为我的兄弟都不在学校了。”

佐飞一个个地介绍说：“这位是大天，打架的时候总是第一个上；这位是浩二，喜欢看小说，没事喜欢喝咖啡，像个读书人其实不喜欢学习；这位是黄序，很懂得浪漫，瞧，还带着他女朋友颜雨；这位是比较沉默的小顺。”

蓝璐璐第一次看到佐飞笑得那么开心，也是她第一次与那么多人度过一个热闹的夜晚。

四

“总是对你说谎不肯改的人，你能相信他吗?”恬恬听了蓝璐璐讲述说佐飞跟他发誓说不再打架的事，忍不住问道。

蓝璐璐赶紧反驳：“不是的，其实之前是我的错。我相信他以后一定会改好的。恬恬，晚上来我家睡好吗，我有很多话藏在心里好难受。”

“当然没问题啊，我也很担心你呢。”

蓝璐璐家里到处摆着她和佐飞的照片，她还是那么喜欢他。蓝璐璐跟恬恬两个人躺在床上，蓝璐璐说着她和他的回忆。

他们在一起快三个月了，这期间佐飞果然履行承诺，没有再跟同学发生矛盾，不再跟人打架，很听话。他们虽然都是一个人住，却还是各自住在自己家里。

那天下了很大的雨，两个人都没带伞，佐飞撑开自己的外套遮住蓝璐璐，两个人在雨中跑着回家。第二天蓝璐璐就感冒了没去学校，煎熬了一上午的佐飞下午就旷课去找蓝璐璐。

佐飞看着她躺在床上样子很虚弱的样子就心疼，抱怨着："都病成这样也不给我打电话，是不是找骂啊？"

"哎呀我忘了嘛。"

"这也能忘的吗？好啦好啦快给我躺下啦，我去倒杯热水，真是的，下次再这样我可不管你了哦。"

"你敢？"

佐飞嘴上虽然这么说，可是心里却心疼得要死。热水倒过来，佐飞就一直守在她身边，过了好一会蓝璐璐才想起什么来说："飞飞，你请假了没啊？"

"我？我不去学校从来都不请假的啊。"

"那你还不快给我回学校去上课啊，要么就去请假。"

"别生气嘛，哈哈，看你气的，我请了假的。"

"请了也给我回去，讨厌。"

"我怎么能放着你在家生病不管呢？"

"讨厌……"

佐飞在蓝璐璐额头上亲了一下："乖，睡一会吧，我就在你身边。"

不知道为什么蓝璐璐变得那么听话，闭着眼，一只手给佐飞握着，很快就睡着了。只是两人都觉得心里很温暖，很幸福。只要陪着，胜过一切莫须有的甜言蜜语，胜过一切虚伪的承诺，只要陪着……

蓝璐璐醒来已经晚上八点多了，可是此时佐飞不在她身边，让她又胡思乱想起来："回去了吗？可是他说会在我身边的，难道是骗我的吗？男人是不是就只会这样甜言蜜语？"

当她莫名失落失落的时候，忽然听到乒乒乓乓的声音，她还以为家里有什么古怪的东西呢，正想起身看看时就听到了熟悉的声音。

"呼！烫死我了，咦？你醒了啊？正好鸡汤趁热，我本来还想叫醒你的呢。"

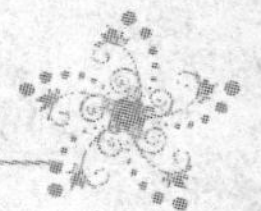

蓝璐璐看着佐飞："你怎么满头大汗啊?""

刚刚我也打了会瞌睡，醒来都晚上了，知道你醒来肯定肚子饿所以就跑出去买了只鸡回来呗，话说你还真能睡呢，我可算养着一头猪咯。"

"你说什么？嗯？看在你还算疼我的分上就饶了你吧，我就当回猪吧，哈哈。"

吃完了晚饭，佐飞心里还是有点担心蓝璐璐，不过再担心他还是准备回家了。

"乖，等等洗个澡就早点睡，明天我要看到你活蹦乱跳的哦，我回去了哈。"

"要走吗？再陪陪我啦。"蓝璐璐摆出可怜兮兮的样子……

正想离开的佐飞只得又坐回床边："怎么？终于知道舍不得啦?"

蓝璐璐点点头："是的是的，飞飞最好了。"

蓝璐璐坐在床上："飞飞，你唱歌给我听吧。好不好?"

"好啦好啦。"说着佐飞唱了一首"棉花糖"，唱得很深情，蓝璐璐听地都快哭了。佐飞抱着蓝璐璐，蓝璐璐哭着在他怀里睡着了。

没多久，班主任找来蓝璐璐，说她已经知道了他们的事了，因为影响不好，所以警告蓝璐璐如果不结束他们的关系，她就告诉蓝璐璐国外的父母。

回到班里，蓝璐璐闷闷不乐。此时正好是音乐课，佐飞关心地问："你怎么了?"

佐飞试图去牵她的手，没想到蓝璐璐缩了缩不让他碰。

"没什么。"

"哦。"

两人整个下午都没有再说话，直到放学所有人都走了，教室只剩下他们两个。

佐飞不知道发生了什么事，但是他是男人，总得先打破僵局的。

"是不是我做错什么了还是你有什么事瞒着我？天黑了，我们先回家吧。"

蓝璐璐低着头，阴沉着脸："我们……分手吧。"

"什么?"

"我们结束吧。"说完蓝璐璐就往教室外跑了，佐飞追上去，抓住了她的手。

此时班主任正好出现了，她对着佐飞吼道："是我要她这么做的，你们还太小了，根本就不明白什么是爱情。你们现在最重要的任务就是好好读书！"

佐飞颤抖着松开了手，蓝璐璐跑了，此时佐飞也没注意她的表情。班主任告诉佐飞，如果蓝璐璐的父母把她带到国外，他们就会再也见不到面了。

佐飞理智了下来，可是回到家，满脑子就都是蓝璐璐了。他到路边的排档坐下，喝了很多酒，自己都搞不清楚喝了多少，然后自己也不知道因为什么原因跟人吵了起来，被人打了一顿。

那一拳拳打在身上，居然一点都不觉得痛。打他的人走了后，佐飞爬起来就往蓝璐璐家跑去了，到了楼下他一直喊："璐璐……璐璐，你让我、让我见你啊璐璐！"

蓝璐璐躲在被子里，床单被子早就被她的泪水浸湿了，可是她不敢去见他，如果被她爸妈知道了，她一定会被带到国外，那样就再也见不到佐飞了。

但最终，她还是跑下楼抱着遍体鳞伤的他说："大笨蛋，不是告诉过你不许喝酒不许打架的吗？你怎么又不听话啊！你这人怎么这样啊？"

"对不起，我不要失去你。"两个人抱在一起大哭。

五

他们没有分开，可是好景不长，蓝璐璐的父母最终还是知道了他们的事回国了。

回来的父母看到的女儿不再是以前乖巧的女儿了，这时候的蓝璐璐还试图与父母抗争说："爸爸妈妈，我喜欢他，我不会因为喜欢他而影响学业的，你看我还是全校第一啊！"

这时她的父亲一巴掌就下去了，很重，打得蓝璐璐倒在地上，嘴角流出了血。

母亲吓了一跳，赶紧抱着女儿说："孩子，你爸爸从来没发过那么大的火，你究竟是怎么了？为什么会变成这样。"

这时候她的父亲已经气得不行了："你走开，看我今天不打死她。"

蓝璐璐却没有一点屈服的样子，眼神坚定地看着父亲说："爸爸，我有什么错？你和妈妈年轻的时候难道没有喜欢过人吗？”

“你还不知道错，那我就打死你！”

父亲痛打了一顿以后，本以为女儿会屈服，可是蓝璐璐的眼神还是一样坚定，毕竟是自己亲生女儿，母亲早已经在替女儿求情了。

这时门铃响了，因为佐飞知道了蓝璐璐的父母回来，如果他当作什么都不知道，蓝璐璐会被她父母带到国外的，所以他是来求璐璐父母的同意的。

一进门，只有蓝璐璐的父亲一个人坐在沙发上，佐飞过去打招呼：“伯父，我是……”

“你不用自我介绍，我也都知道了。你们都只是初中生，我是不会同意你们谈什么恋爱的，我会带她出国！”

听到这里佐飞没有震惊，没有愤怒，反而说道：“伯父，您说得对。”

“哦？”

“我知道现在和璐璐谈感情不对，我想要恳求伯父的是，伯父不要把璐璐带走。让璐璐留下来，我保证，我之后再也不和璐璐接触。我是个男人，我会证明给你看，我和璐璐将来是有资格在一起的！”

可是佐飞还是被赶了出去。身后传来蓝璐璐父亲的声音：也许你能够证明很多东西，但是你们最应该证明的就是自己是个正在长大的孩子。

是孩子，但是正在长大。

佐飞抬起头，逆光走着，刺的眼睛生疼。

他突然想，也许哪天蓝璐璐会从国外回来，到那个时候自己应该已经真正长大了。

丢失了飞过天河的爱情鹤

■ 雨虹

一

初见黄鹤是在我走进大学校门的第一天，他送我的上铺黄丽来寝室安居，当他们走进寝室的一刹那，立即成了一道靓丽的风景，玲珑漂亮的黄丽进门就亮出清脆的嗓子："我叫黄丽，请多关照！"高大帅气的他则不声不响地帮黄丽整理着床铺和杂物，那种周到和体贴真是无微不至。

之后，他隔三差五地来，有时给黄丽送食物，有时给黄丽洗衣服，有时带黄丽出去玩，黄丽的快乐和幸福是不用掩饰的。我问黄丽："他是不是本校的？"她说："是呀，大二，英语系，叫黄鹤。"过了一会儿，她突然望着我问："白云，我介绍你们认识好不好？"

我说："把这么好的男友介绍给别人，你舍得？"她看着我笑得直喷饭："说什么哩，他可是我的亲哥哥！"当时，我窘得哑口无言。

一年后，黄鹤来寝室看我的目光变得火辣辣的，看得我的心咚咚地跳，我知道我已无可救药地爱上了他。终于有一天，他撇下黄丽，满面通红地拉起我的手，跑出了寝室……

后来，我问黄鹤为什么爱我，他竟一边打量我，一边摸着下巴，想了好半天才说："要说漂亮嘛，有那么一点，应该算第二眼美女吧。不过你有一种气质，是从骨子里渗透出来的，有无比的魅力，只有个别人才能体会出来，因为我的嗅觉特别灵敏，所以爱上你了。"

我笑着说："只有狗的嗅觉最灵敏，难道你是狗？"他马上拉住我的双手做出一副很神秘的样子，对着我的耳朵小声说："你猜对了，我是一只属狗的黄鹤，所以我对你的爱，对你的忠诚，你一辈子都不用怀疑。"

二

大四的上学期，我成了一家报社的实习生，已经毕业的黄鹤受聘到一家出版社当编译，他一边工作，一边按父母的意愿准备着出国考试。

这时，我对我们的未来感到茫然，我知道以黄鹤的英语水平无论考托福或雅思都不成问题，可以我的家境想自费出国留学那简直是做白日梦。

我问黄鹤，“你出国走了，我怎么办?”他说，“如果你对我有信心，等着我，没信心的话，我就不出国。”

我知道他说的是真心话，但同时也知道他已经没有回头路，当他小心翼翼地征求我的意见时，我痛苦地写下：黄鹤一去不复返，白云千载空悠悠。他一看，十分紧张地说：“早知你这么担心，我就不考了。”

两天后，黄鹤的妈妈到报社找我，将我带到附近的咖啡屋。她非常客气地请我坐下，又非常客气地问我喝什么，还非常客气地问我的咖啡要不要加糖，她越是这样，我越是拘谨。她看着我说：“你是一个好姑娘，难怪黄鹤这傻小子肯为你放弃出国。”

她停了一会儿，突然问：“你也这么爱他吗?”

我莫名其妙地慌张，低头回答：“是!”

“你也可以为他作出牺牲?”

我仍然低头回答：“是!”

“你也希望他将来有更好的发展、更好的前途，对不对?”

我说对的时候，已经有泪悄悄地掉在地上。她说她来找我没别的意思，是想请我劝黄鹤不要放弃出国考试。

我说：“阿姨，你放心吧，我会劝黄鹤的。”

12 月底，黄鹤去加拿大温哥华的签证已经签下。当他兴奋地告诉我时，我正在报社忙碌着，听到这个消息，心里突然空洞洞地痛起来。尽管自此以后，黄鹤每天来报社陪我，像影子一样跟在我身边转，可我有种很不真实的感觉，休息时我问他：“你真的爱我吗?”他说：“你若再问这话，我就把签证撕了。”我不敢再问，只是拼命地将眼中打转的泪水一颗一颗地吞进肚里。

当启程的日子只剩下一周时，我请假了，整天在他家陪伴他。夜深时，他再送我搭上末班车回家，好几次，他泪流满面地问我能不能不走，我说，我的初吻已经给了你，最宝贵的东西我要留着与你重逢时献给你。

但黄鹤启程的头天晚上我没回家，我们躺在被子里紧紧地拥抱在一起，听着窗外的风挟着雪花抛向玻璃的敲击声。一整夜，我们就这样抱着，两颗心纯洁得像窗外的雪花，晶莹剔透。

天亮后，我随着黄鹤的亲人一同将黄鹤送到了天河机场，拥别时，他泣不成声地重复着三个字："等着我！"

三

春节时，黄鹤说，温哥华的冬季很迷人，四周都是白皑皑的雪山，而市中心一点也不冷，什么时候，我能和你一道去滑雪？

武大的樱花繁花似锦时，黄鹤说，我一直以为只有母校的樱花最漂亮，没想到温哥华的樱花更多更妩媚，什么时候，我能再为你摘一朵戴上？

7 月，武汉满城流火，黄鹤说，我正穿着短袖衫站在温哥华的市中心看山顶的积雪，一转身，还能看到蓝天下那片大海，什么时候，我能牵你的手一起去看海？

而此时的我，一边听着黄鹤的声音，一边在人才中心与招聘会上流浪，直到 9 月底一家知名杂志社向我发出邀请，我才结束了多日漂泊的生活，也让我觉得通往大洋彼岸的梦想变得不再遥远。

但我没法马上将这个喜讯告诉黄鹤，因为在得到这个消息的路上，我的包被小偷光顾了，该死的小偷不仅偷走了我的钱夹和手机，而且连通讯录也没放过。唯一的办法只有赶往黄鹤家要联络方式，可我站在他家门外按了半天门铃也没人开门，使劲敲也没反应，直到对门的邻居打开门说："别敲啦，他们家没人。他们全家移民去了加拿大。"这时，我才终于明白身后那扇门再也不会为我而开了。

四

没想到上班的第一天，我竟在杂志社的门口遇到了蓝天，他乐呵呵地对我说："白云，我都站在这里等你老半天啦！现在我们已经由同学变成同事了，吃惊吧？"

生活真有意思，想躲的躲不掉，想要的很遥远。蓝天从大一的下学期就开始向我递情书，如果没撕的话，码在一起会有好高一叠了。

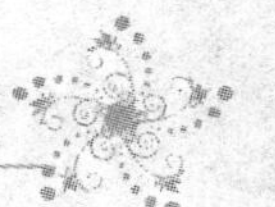

在与黄鹤失去联系的日子里，我用一种玩命的工作方式提前结束了试用期，换取了一名正式工的身份。一天，我心血来潮地问蓝天有没有兴趣回武大看樱花，蓝天当然喜不自禁。当蓝天牵着我的手，站在樱花中兴奋不已时，我忽地听见身后一声惊呼，蓦然回首，竟然发现黄鹤的妈妈站在身后，顿时愣住了，回过神来惊喜地问："阿姨，您好！黄鹤呢？"她不回答我，却瞄准蓝天："这位是？"我急忙说："这是我的同事，蓝天。"然后慌忙甩掉蓝天的手继续问："阿姨，黄鹤呢？"

她却看着我吞吞吐吐地说："蓝天？听黄丽说过的……是这样的，黄鹤让我回来找到你，想告诉你，他……他结婚了，正在法国度蜜月。可我找不到你的联络方式，所以来武大……"不等她说完，蓝天兀自接过话说："阿姨，谢谢你们关心，我们也结婚了，正在中国度蜜月！"

在黄鹤妈妈惊讶的目光中，蓝天伸手揽住我的腰，挟持着我离开了武大。第二天，当蓝天向我求婚时，我毫不犹豫地答应了。半个月后，我和蓝天举行了婚礼，新婚的夜晚，我用婚床上一朵鲜红的玫瑰为我和黄鹤的初恋作了祭奠。

没想到，婚后的第三天，黄鹤就飞了回来。当他风尘仆仆地找到我的新房时，开门的一刹那，他一把抓住我的肩膀声嘶力竭地问："为什么不等我？为什么？"我挣脱他的手，气呼呼地大声说："你都结婚了，我等你干什么？"

他绝望地跌坐在沙发上，潸然泪下，他说，自从与我失去联系后他快急疯了，但那段时间他正在进行着博士结业考试脱不开身，只好请求他妈妈回国找我。等他妈妈安顿好家回国后，辗转了好些地方都没找到我，便到武大查看我的档案，没想到竟然发现我和蓝天手牵手在樱花下漫步，自以为我变心了。他妈妈因为曾多次听黄丽说过蓝天一直在追求我，为了挽回面子，临时撒谎说黄鹤结婚了，但黄鹤并不相信我和蓝天已经结婚，才赶紧回国，这就是宿命！如果黄鹤早几天回来，也许我们的恋情不会随着樱花一同凋谢。尽管黄鹤说他不信命，他回国就是要把我带走。但我知道我不是从前的白云了，他眼里那朵洁白的云在他回来的前三天已经化作了两行清泪。

如今五年过去了，我和蓝天过着平静而温馨的生活，那只从我生命中飞过的黄鹤，栖息在大洋彼岸那个枫叶飘红的乐园，再也没有回来。

你的爱神休息了吗

■ 慕容楚楚

时间缩成了一粒质地不明的琥珀，像眼泪。只留下七里香，隔着很远的时间空间穿梭，清香如影随形。

慕容楚楚：慢慢陪美少年成长，长成王子的模样。就这样吧，在海边，天真地忘记时光刻到额上的风与霜。做个手心温暖的女超人。

1. 嘲笑你是一件不厚道的事

2008 年 9 月的昆明和北京是不一样的、除了温度、湿度和风向，还有蓝得出奇的天空，特别是那蓝天就像把大海倒过来挂到头顶上。北方来的姑娘秦格格一下车就迷上了这满城开不败的花。

这是秦格格一直向往的春城，雪山、香格里拉、泸沽湖等美景对于她，比大学更有诱惑力。

军训第一天，秦格格站在队列里默默念着土象这个词语。她前面的男生，结实强壮的骨骼上紧绷绷地套着小号军训服，像马戏团的小丑。

100 个下蹲，皮肤黝黑的教官把口令数到 39 时，伴随哧的一串响声，前面男生的裤子从屁股处齐刷刷地裂开。站在后排的二十几个女生瞬间笑得直不起腰。他反应过来，迅速站起把双脚并拢，脱下外套系在腰间。唯一没有笑的是秦格格，所以他看向她的时候，脸上除了尴尬，还有小小的感激。

秦格格不笑的原因，是把他的高个头归到她北方老乡里去了，人生地不熟的新环境，老乡取笑老乡总归是一件不太厚道的事情。

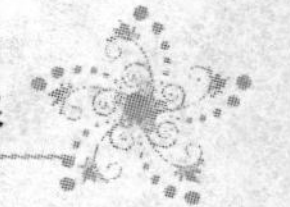

2. 七里香的香

徐征打来电话，秦格格拖着标准的儿化音跟他约在教学楼主楼后的操场边上见面。徐征是秦格格妈妈同事的亲戚，跟她一起考进云大。

秦格格轻易地被徐征找到，跟随徐征一起来的，正是上周军训时裤子被剐破的男生——张天浩。秦格格在随后的点名中记下了他的名字，没想到他竟是徐征的同乡，土生土长的南方人。

秦格格再也忍不住，扑哧笑出声来。张天浩一副不介意的样子，等她笑够了，便伸出手来，没说你好没说幸会，说了句“格格吉祥”。

徐征请吃饭，穿过教学楼，一阵芬芳扑鼻袭来，秦格格低头到处寻找香的来源，徐征指向旁边的一棵开着粉白小花的树说：桂花。徐征说，北方少见吧。“又名七里香，中国十大传统名花之一。”张天浩走在秦格格右边，接下话来。

3. 张天浩的天使很幸福

刚入校的大一男生张天浩，大学生活才刚进入状态，就开始做无数份兼职。他哪里是来学习的？

周日，张天浩背着超大的黑包被拦在女生宿舍门口，他扯着嗓子冲着楼上喊，“秦格格，秦格格！”秦格格趿了拖鞋，匆忙中忘记戴眼镜，只得眯着眼睛看他，头顶的天空丝绒般地蓝。“拜托，秦格格，你人缘好，帮我拿上去推销，喏，这个彩屏手机，只要1500元，小霸王，学英语离不开它！还有CD和化妆品，上面标好了价格，回头请你吃饭。”张天浩一口气说完。

秦格格有与生俱来的江湖豪气。她拎着张天浩的大包上楼，在楼梯口看见张天浩足球鞋跑过的水泥地泛起一层灰，那些灰尘在秦格格模糊不清的视线里渐行渐远。

过了两天，秦格格把零零碎碎的一把票子交到张天浩手里。

去绿茵阁吃东西吧！我请。张天浩信守承诺。

随后赶来的徐征后面跟随着一个娇小的女生，“这是阿细，这是秦格格。”张天浩的介绍缺乏修饰语，容易让人浮想联翩。那个叫阿细的女生，话极少，她为张天浩夹菜、倒啤酒，把纸巾温柔地放到他的掌心。

那顿饭吃得很快，回来的路上，徐征告诉秦格格，阿细就是张天浩的女朋友，英语系的高才生，张天浩拼命赚取外快，是因为同时还要负担阿细的学费。他们俩是两小无猜的青梅竹马，徐征讲起来口若悬河！

2009 年秋天以后的每个寒暑假，秦格格一个人看那些微凉的落叶变黄，在丽江不知名的酒吧里喝醉。这时候的张天浩和阿细已经结伴回家，秦格格挂断了徐征打来的很多电话。

4. 爱情它长什么模样

几乎所有人都在问秦格格："徐征有什么不好?"

"没什么不好!"听不出感情听不出抑扬顿挫。

大三开学，秦格格突然成了害怕孤单的小孩子，渐渐失去笑容，她终于与徐征以情侣的身份吃饭，牵手去图书馆，止步于拥抱。他的手心温暖，白衬衫被风吹鼓时有太阳和肥皂水的味道。张天浩跑来对徐征说恭喜，从此很少再去女生楼下叫秦格格的名字。

就这样，四年的大学生活呼啸而过。张天浩选择回家乡，秦格格和徐征继续留在云大读研。临行前的阿细显出异常的热情："格格你不是喜欢到处跑吗？有空来我们家玩啊。"

阿细的我们家说得多么铿锵有力，秦格格明显感受得到心脏撞击在胸腔内的声音。

昆明离张天浩家的小城有 187 公里，高快公司每隔 40 分钟发一班车，路上要经过南盘江和北盘江，据说江里有非常好吃的原生态鱼。而号称要走遍云南的秦格格，一直没有去。

此后，便甚少联系，偶尔问候的短信也只是祝你们健康幸福。你们，而不是你。徐征带来张天浩的最后一个消息，是他和阿细订了婚。他们分在一所普通的中学里任教，此后，徐征不再提起张天浩的名字。

秦格格总是企图在回忆里去确认，毕业晚会上她喝得不省人事时，张天浩是不是轻轻地拥抱过她，是不是轻轻地在她耳边唱过康定情歌：张家溜溜的大哥看上溜溜的她哟……她真的不敢确定。

5. 河两岸的时光，时光里的碎片

徐征开始规划未来，牵着秦格格的手出入珠宝行，“我们把房子买在昆明湖好不好？留个院子种你喜欢的七里香……”秦格格眼神迷离答得心不在焉。

闲下来的秦格格听听音乐看看天，晃到学校的BBS里看到有人匿名写故事：男孩很小就成了孤儿，由女孩的父母抚养，视如己出，二老在一场车祸时双双遇难，遗言是把女孩托付给他，要他好生照顾。可是女孩夜夜醒来，听到男生叫出另一个女子的名字：秦格格！

故事虚构，如有雷同，纯属巧合。

两天之后，秦格格在徐征的衣柜底层翻出本日记本，扉页赫然写着“张天浩”三个字。

2009年：“格格，爱情如此奢侈。你肯定也能看出，我贫穷到心力交瘁，所有的勇气和能力都用在了赚钱这样的俗事上，时时想着如何让亲如妹妹的阿细过上光鲜生活，她的父母对我恩重如山。格格，我只能做个聪明的穷人，所以我绝口不提爱你。”

2010年：“当很多女孩在思考做家教还是做计时工更为划算时，你已经带着足够花的钱四处游走。格格，从挣钱为生计到带钱看风景的转变，需要比我青春还要长的段落与时间。我怕你等到时红颜已老去。”

2011年：“站在阳台上看你沉默地奔跑，星星仿佛触手可及，上帝耳聪目明，可是格格，我却不能做你的守护神。”

秦格格狂奔至一排七里香树下，呼吸困难泪花四溅。原来这一切都是真的，可那些关于张天浩的故事，徐征只给秦格格讲到一半，点到为止。

而秦格格深藏于心的小秘密呢，他知道吗？

秦格格每天竖着个小镜子在课桌前专心地修剪额前刘海，镜子里映出后排高个子张天浩棱角分明的脸。秦格格下了课乐此不疲地跑去徐征的宿舍。抱怨道：“受不了我妈，老是让我来找你，总不相信我会照顾自己。”通常二十分钟后，张天浩就会准点出现。

张天浩那个黑包里品种繁多的货物，一个都没有卖出去，一天一天地堆在她上了锁的密码箱里。无非是这些。

错不在徐征。张天浩一直认为他人卑爱轻，力不从心。而秦格格，她有20岁女孩空前强大的自尊心，就这样，流离失所。一转身，便满盘皆错。

时间缩成了一粒质地不明的琥珀，像眼泪。所有关于爱的神灵都退场休息了。只有七里香，隔着很远的时间空间穿梭，清香如影随形。张天浩与秦格格，他们在七里香开得锦绣的时候，从它的底下走过，没有停下来。

朗若晴空

月光光，照半城

■ 夏森林

在有生的时间里能够遇到苏半城，竟花光了我所有的运气。

一

“苏月光，你好了没有，都快迟到了！”一个厚重的男声唤着我的名字，我挎着书包着急忙慌地系着上衣的纽扣，“扑通”一声，没站稳的我被房门口的垃圾箱绊了一跤，摔了个结结实实的“狗吃屎”。

“真够笨的！你自己坐公车去上学吧，我懒得等你了！”还是那个厚重的男声，语调里掺杂了很多奇怪的东西，譬如鄙夷、不耐烦还有厌恶。

当我从地上爬起来的时候，那个男声的主人已经骑着单车消失在小巷的尽头。我嘟着嘴狠狠地跺了一脚，说：“真是不够意思啊……”

他叫苏半城，和我同一所初中同一个班级并且还是同桌。他从来看我都不大顺眼，总欺负我捉弄我笑话我，用他的话说就是恨不得把我揉成个纸团扔去垃圾回收站。

可是他也只是说说大话唬人玩儿罢了，他才没有说到做到呢。

眼看着追苏半城是没戏了，我一路风风火火地穿越人群跑到公交车站，引得路人一阵侧目。

快到学校的时候，我透过公交车上的玻璃窗户看见苏半城和他的好朋友米磊，一路说说笑笑的好不开心。

“苏半城你对谁都比对我好……”我轻轻叩了下玻璃，嘴里小声地嘟囔。

下车后我故意在校门口等苏半城，好一会儿苏半城才慢慢悠悠地出现。我冲着他挥手还高兴地蹦了几下，“这儿呢，这儿呢！”

可是苏半城像是没看见一样，依旧和米磊聊得眉飞色舞。他和米磊谁都没有在我身边停留一秒钟，完全对我视若无睹。

我生气极了，用力地踏着步走向三楼的教室，我心想："苏半城你真是个王八蛋。"

二

按照惯例我去刘老师办公室取昨天交上去的作业，准备离开的时候正在看考试排名的刘老师喊住我，说："苏月光啊，你去跟大家说，前十名可以随便挑位置了，让大家都准备一下，待会儿我过去就开始换。"

我们班有个不成文的规定，每次考试前十名的同学都能在班级里挑任何一个比自己名次低的同学来换座位。虽然我不赞同这样的奖惩方式，但是我倒挺感谢这种方式的，因为我每次都拿全班前五名，这样我就能一直留守苏半城身边的位置，他被换到哪里我就跟到哪里。

从办公室里走出来后，我习惯性地在第三组的作业本里找到苏半城的，翻一翻他的作业情况，没有例外，每一次都有一大片的红叉让人触目惊心。

我把作业本交给各组组长后走回自己的座位，用手肘拱了拱苏半城说："哎，你知不知道刘老师又要让前十名换位置了，你说我们这个偏僻的位置应该没有人觊觎吧。"说着，我比画了一下身边靠窗的第六桌地理形势。

"哼……"苏半城冷笑了一下，没有停下收拾桌上书本的动作也没有抬头看我，他接着说："你还是趁早坐前面去吧，不然到时候看不清还赖我害你变近视。"

"我！乐！意！"我挺直了腰杆儿双手撑着腰抬起下巴俯视他，一字一句掷地有声。

苏半城这才缓缓地抬起头，他看了看我，突然伸出手把我扒开，说："不好意思让我出去一下。"尔后，径直走向前排的米磊。

我对着苏半城的背影做了个难看的鬼脸，一个人自言自语愤愤不平，"米磊米磊米磊米磊米磊，又去找米磊！"

回来的时候苏半城史无前例地看着我笑，态度极其好，他抓着我的胳膊对我说："月光啊，帮我一个忙呗。"

"什么忙啊？打架骂人帮你写作业这些我可都不干啊！"

"就是……就是待会儿米磊会来找你办件事儿，很简单的，你只要帮忙答应他就好了。"我感觉苏半城眼角没有笑出纹儿一点儿都不真诚。

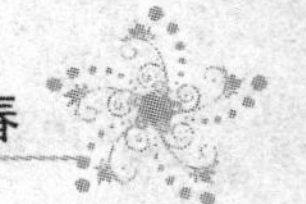

“你们俩究竟憋着什么坏呢？你们想怎么对付我啊？”

“就当卖我个面子呗。你想啊，米磊是我好哥们儿，我不能在好哥们儿面前跌份儿啊，如果我都说服不了你答应米磊的请求，那我多下不了台啊，对不对啊？”

从来没受过苏半城这般温柔的待遇，心里慌到不行，看着苏半城谄媚的嘴脸，我后脊背不禁一阵凉。但是，我却鬼使神差的没有拒绝。

女生的第六感普遍都很准，我感觉准得出事儿。

三

果不其然，当刘老师站在讲台上说完前十名可以自由换位走出教室后，不出我所料出事了。

米磊左手拎着他的书包右手捧着他的一堆复习资料，跌跌撞撞地走到我身边说：“苏月光啊，拜托你一个事儿呗，我这次排第八名你排第三，我知道我没有资格跟你换位置，但是我想和苏半城共同学习、共同努力、共创辉煌，还恳请您同意啊。”说完还默契地和苏半城对了个眼色。

我立刻愣住了，鼻涕快要掉出来了都没心思往回吸。我看着米磊，声音变得虚弱，说：“你能不能别要我这个位置，我一直都跟他一起坐的。”

没等我说完，苏半城就开口了，他一边帮我收拾桌面上的书本一边说：“月光啊，你刚刚答应我不会拒绝米磊的请求呢。你看，如果米磊坐在我身边，他肯定会督促我好好学习上课不睡觉，你快收拾吧，刘老师待会儿就回来上课了呢。”

我收回看向米磊的眼神，继而转向苏半城，我的眼神从骄傲慢慢变化成坚定，再从坚定慢慢变成乞求，到最后就只剩下妥协了。

我低着头收拾抽屉里的书本，我终于有空把鼻涕往回吸了吸，可是已经晚了，它已经附和着我的眼泪一起往外淌。

米磊有点慌了，他放下捧着的书拽了拽我的胳膊说：“要不……要不不换了吧，你……你别哭啊，不然别人还以为我欺负你了呢。”

我甩开米磊的手，抬起头擦干眼泪说：“米磊，我答应过苏半城不拒绝你的请求我一定会做到，不用你假惺惺装好人以为可怜我的眼泪就是理解我。我知道他跟你说他嫌我烦嫌我黏人嫌我管东管西，可是你知道我为什么非要坐在他身边吗？你以为我喜欢他非要黏着他吗？你根本不懂！”

说完我就抱着我的一堆“家当”挂着泪痕走到米磊的位置，在坐下之前我回过头看着苏半城，眼神恶狠狠的满是怨愤，苏半城也看着我，一副泯然众人的样子。我咬着下唇把眼泪憋回去，我想着一定不能让苏半城觉得我麻烦、讨厌、娇气、霸道后还多添一条爱哭。

四

圣诞节前夕，我们一群人为了第二天的圣诞晚会在教室里从下午2点装扮到6点，快收工的时候，有人提议说不如玩个游戏轻松轻松吧。大家都很赞同，除了苏半城和米磊，他们说他们才不要玩这种幼稚的游戏。

后来大家纷纷推荐游戏出来选择，最后决定少数赞成多数，玩真心话大冒险。

真心话大冒险固然好玩，但是这次的惩罚题目是“你最不能说的秘密”，这样劲爆的题目让大家更加的血脉贲张。可是，大家都好像针对平时不怎么跟人打交道的我。

我很开心的摸着一张黑桃八的扑克牌，暗自庆幸觉得自己能够安全过关，亮牌后一个手持大王的同学抱着肚子高兴地笑了半天，他说：“哎呀，我现在变成了能掌握生杀大权的命运官了！”

身边的同学互相使了个眼色全体围住“大王”，只留下我坐在一边傻眼。大家嘀嘀咕咕不知道说了些什么，反正都是诸如“我们都需要更了解好学生苏月光同学一点儿”此类的话。后来“大王”同学被大家忽悠得找不着东南西北，便决定遂了大家的心愿。

“苏月光同学，就问你了，你最不能说的秘密是什么呢?”“大王”同学笑得很诡异。

“我……我……”我支支吾吾答不上话，我不知道我要讲哪个不能说的秘密。我有两个不能说的秘密，都是和苏半城有关的事情。第一件，是我和苏半城都知道但苏半城不让我说出来的秘密。第二件，是苏半城不知道但我在8岁那年躲在爸爸妈妈房门背后听见的秘密。

“快说啊，快说啊……”大家开始起哄。

“我……我不知道说什么啊……”我脸腾地一下红了起来。

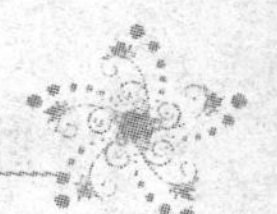

“不然你就说说你和苏半城的关系吧，这个秘密是大家都想知道的呢!”同学们睁着渴望的眼睛看着我。

“我……我……我和苏半城……的关系，很普通啦。”我开始不安，因为我和苏半城达成过共识，打死也不能说出这件事情。

“怎么可能啊！你们是不是在早恋啊?”同学们的好奇心永远都不可能被满足。

“这个……我……”我吞吞吐吐的不知如何是好，这个时候苏半城突然吼道：“够了！苏月光是我妹妹，亲妹妹!”突然一下，我就如释重负了。

对，我是苏半城的妹妹，可是不同于正常兄妹，苏半城跟我说过他觉得有我这么个烦人又特爱黏人的妹妹很不爽，所以他不让我在学校跟别人说这个事情，任何人都不能。

但这些都是事实。而这些故意隐瞒的事情落在别人眼里，就像是把柄，随时都能被人挖出来取笑。

五

圣诞晚会过后，第二天照常上课，那天放学，铃响后我留下来写作业，苏半城在后门喊我说：“月光，我和米磊去打球，你在教室里帮我们看着东西，我们打完上来喊你一起回家。”

我没回头，也没吭声。

我把所有的作业都做完后，拿着英语笔记走到苏半城的位置上坐下，从他抽屉最里边掏出他的笔记本。按照以往的惯例，苏半城的英语笔记只是不全而已，可是这次翻开后看见他的笔记本上从前天开始就什么都没写了，我着实诧异这几天的英语课苏半城是不是都神游列国去了。

然后回想到米磊那句“我想和苏半城共同学习共同努力共创辉煌”我就来气儿，共个屁啊，共到连笔记都不做，成天就知道打球打球睡觉睡觉，真不知道当时米磊怎么好意思信誓旦旦说出那样的话。

我无奈地叹了口气，然后一点一点地帮苏半城把笔记补全，写到腰酸背痛眼睛涩的时候，我也会愤愤地骂苏半城是个小王八蛋小兔崽子。

补完笔记后天都黑了，我抬起左手上的手表一看，已经八点多了。心想：“苏半城不是打完球要来喊我一起回家的吗？怎么还没来？难道还在打球?”一连串的问题喷涌而出。

我走出教室趴在走廊的护栏墙上往下看，顿时就难受起来了，那么大的操场，都没有看到苏半城和米磊的身影，更别说小篮球场了。

晚风吹在脸上直冽冽地透进心里，委实憋屈。明明说好要喊我一起回去的，这大半夜的，竟然留我一个人在教室。

想着想着，我又不争气地哭了。

六

我背着大书包走到学校附近的公交站等末班车回家，可是脚底像灌满铅一样，每一步都很艰难很沉重。

我坐在公交车的最后一排靠窗，83路公交经过的地方有很多，比如高级的西餐厅、大大的沃尔玛、经常来的电影院、一栋栋亮着灯的高楼大厦和路边好看的霓虹灯。

我在想，每一个夜晚都有很多无家可归的孩子站在窗边祈祷明天会幸福起来，这么偌大的城市里，我偏偏谁都不遇，独独和苏半城朝夕相处朝朝暮暮。我告诉自己这兴许就是种缘分，这么一想，我心里就又明亮了起来。

走到离家不远的小巷我就开始害怕起来，因为小巷的路灯并不多，大多都昏昏暗暗的。每次晚回家不是爸爸妈妈带着就是和苏半城一起，这一次是我一个人，心里难免有些不安。

我死要面子不给家里打电话让苏半城出来接，我鼓起勇气小心翼翼地贴着小巷一边的红砖墙走着。

走到一半我就慢慢觉得没之前想象得那么恐怖，然后渐渐也没那么害怕了，步子也轻快起来了。可是没走一小会儿，突然身后一只手抓住我的肩膀，我心跳都停止了，回头一看，是一个陌生的女人。

我吓得花容失色，但立马恢复平静，我对这个面慈目善的女人说：“阿姨，你找我有事吗?”

陌生女人看着我激动得流下眼泪，她说：“你是苏月光吧?”

“对啊，请问您是?”

陌生女人抱住我，她的脸靠在我的肩上，嘴巴对着我的耳朵，吹气般说了一句话后，我像被电击了一样推开她，我说：“阿姨你认错人了吧。”

陌生女人走上来拉住我的胳膊，说：“你听我说完。”我被吓得不轻，拼命地甩开她的手，但是她的手上像是涂了厚厚一层502，任我怎么甩她都不放。

就在我想大喊的时候，突然有个人抓起我的手用力一拉，把我从陌生阿姨的手里扯回来，然后拽着我没命地跑。

等停下来的时候我才看清，面前这个和我一样气喘吁吁的人，正是我的哥哥苏半城。

“你怎么都不会喊啊！”苏半城的呼吸一点儿都不畅通。

“哦。”

“你知不知道很危险啊，要是你被坏人抓走了怎么办啊。”苏半城缓过气来后细细地说。

“哦。”

“那个，我不是出来接你的，我是出来帮妈妈买盐的！”苏半城声音有些飘。

“哦。”

“你是被吓傻了吗苏月光！”苏半城走到我面前挡住我的路。

“啊？呃……”

七

回到家我去房间放下书包就去厨房帮妈妈忙，妈妈看到我回来就说：“月光啊，回来了啊，今天怎么这么晚啊，以后可别了啊。”

“对不起妈妈，我在学校做作业忘记时间了，下次不会了。”我帮妈妈把碗端到水池里开始清洗，接着说，“妈妈，我想跟你说个事情。”

妈妈转过身好奇地看着我问：“什么事？”

“哦，没什么大事，吃完饭再说吧。”

“那你把这些菜端出去吧。”

“哦。”我应了妈妈一声，走出厨房把菜端到桌上的时候我偷偷瞄了一眼苏半城，他正跟爸爸讨论什么什么GDP。

爸爸对他说：“儿子，你听我说，GDP呢就是国内生产总值，是指在一定时期内一个国家或地区的经济中所生产出的全部最终产品和劳务的价值，常被公认为衡量国家经济状况的最佳指标。它不但可反映一个国家的经济表现，更可以反映一国的国力与财富……”

爸爸是个特别有文化的人，说起话来常常引经据典，很多东西他都能用专业术语很好的解释出来。

“什么 GDP 嘛，不就是狗的屁嘛。”苏半城从茶几上拿了苹果咬了一口。

妈妈“扑哧”一下笑出了声，对爸爸和苏半城喊道：“吃饭了吃饭了，今天有好吃的红烧鲫鱼呢!”

柜子上的电话响了起来，苏半城快步上前接起电话，说：“喂，您好，哪位?”

“您好，请问这是杨蔓女士家吗?”对方那头很有礼貌。

“是的，请您稍等。”苏半城转过头，喊道：“妈妈，接电话，找你的。”

妈妈从厨房走出来是笑着的，可是接完电话后脸煞白煞白，像是受了什么惊吓一般。苏半城推了推坐在他身边的妈妈说：“妈，怎么了?没事儿吧?”

“没事没事，吃饭吃饭。”说完，沉重地看了爸爸一眼。

爸爸像是知道妈妈什么意思一样，没一会儿就说吃饱了要回房间，紧接着，妈妈也进了房间，在关门的时候她转过身对我说：“月光，你进来一下。”

我知道，该来的应该都来了。

苏半城被留下乖乖收拾桌上的碗筷。过了一会儿，我从爸爸妈妈房间里出来的时候，兜头就撞上了举着沾满污垢的手的苏半城。

我被苏半城吓得喊出了声，苏半城站在门口眼神凛冽地看着我和爸爸妈妈，气氛特别凝重。

八

苏半城像疯了一样大吼大叫，他走到爸爸妈妈面前说：“你们刚刚说的都是假的对不对?是不是假的!”

妈妈眼眶红着，她摸了摸苏半城的脑袋，说：“孩子，你都听到了些什么?”

苏半城挣脱掉妈妈的手，说：“我听到你们说月光的妈妈找到你们了，

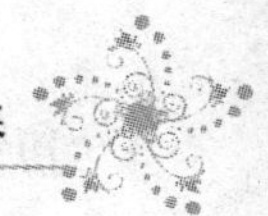

什么月光的妈妈？你不就是月光的妈妈吗？”

妈妈捂着嘴眼泪偷偷地掉下来，爸爸揽过妈妈的肩膀，对苏半城说：“半城，一直都瞒着你，其实月光不是我们的孩子，她是在你2岁的时候我和你妈从福利院领回来的，那个时候你还小，我们都告诉你说她是你的亲妹妹……”

“不可能！你们骗人！”说着，苏半城转身看着我，说，“月光你快说这些都是假的！”

我低下头，眼泪砸在地上，在脚边开出花，我说：“哥，这是真的。而且，刚刚在小巷碰见的那个抓住我不放的女人，就是我的生母。”

“怪不得你刚刚那么反常，跟你说什么都‘哦哦哦’的敷衍。从小你们就瞒着我！我恨你们，我恨你们！”说着，苏半城就跑回自己的房间，“嘭”的一声关上了门。

妈妈走过来抱着我，对我说：“月光，无论你以后到哪里，这里永远都是你的家，我和爸爸永远是你的父母，半城也永远都是你的哥哥。”

我突然想起了小巷里我所谓生母对我说的话，她说：“苏月光，我是你的亲生妈妈。我来接你回家了。”

这两句话顷刻占满了我的整颗心。从八岁开始我就不经意地偷听到真相，直到现在我十五岁，7年了。我不知道为什么我一直心心念念在盼望的事情，当真正发生的时候我却这么招架不住。

“我知道，我知道。我已经……做好了准备……”我抱着妈妈，已然泣不成声。

九

我的亲生母亲过来接我的时候，爸爸妈妈已经帮我打包好了行李，然后他们和我的生母坐在沙发上聊天。

苏半城一直躲在房间里不出来，我轻轻地打开苏半城的房门，他声音哽咽地说：“怎么不敲门啊。”

“哥，我要走了。”

“最好以后都不要回来气我。”苏半城把头扭到一边，我看到他的眼泪掉到床单上慢慢晕开。

“哈哈……哥，你知道吗，其实我从小就特别庆幸能住到这里，和你朝夕相处和你打打闹闹，我觉得这是我最快乐的时光。哥，我真的是好运气，能在你别样的庇佑下，长成现在这个样子……哥，谢谢你。”

“那你还和爸爸妈妈一起骗我瞒我!”

“那是因为，我想在你不知道的情况下，独享你这么怪异的对人方式，不会因为那些而改变的真实。也想把我所有的温暖都给你，全部都用这种我们都习惯的方式。”

说完苏半城便跑到我面前一把抱住我说：“苏月光，你是我苏半城的妹妹，所以你走到哪里，都是我苏半城的妹妹。如果有人欺负你，你一定要打电话告诉我，我会替你报仇……还有，苏月光，你听着，你不许改名，你只能叫苏月光，并且，你以后一定要幸福。”

十

苏半城，你以后也一定要幸福。

那些年，笙歌入寂

■ 舒徐

一

窗外下起了密密麻麻的小雨，余如笙打开书包，发现出门时由于心急把伞落在桌上了。望望四周，大家或在认真听课，或是三三两两坐在一起聊天，全然没有因为突然下雨而心慌。也对，同学大都结伴而行，有的自己带了伞，有的会有男朋友送伞，除了自己，一向独来独往惯了，平时也会把伞随时带在身上，唯独今天忘记了，想到这，余如笙微有心酸。

“叮铃铃。”随着下课铃响起，同学们都收拾着书本，闹哄哄地冲出了教室。“秦月，我带伞了，快点，我都饿死啦。”李潇亚边说边拉着同宿舍的秦月朝教室外走去，经过余如笙旁边时脚步一顿，略微迟疑了一下，但还是很快走了过去。不到十分钟，教室里只剩下余如笙一人了。“同学，不好意思，这个教室要锁门了。”门卫在教室外不耐烦地说道。

余如笙提着书包，看着越下越大的雨，咬咬牙，只好把书包顶在头上，朝外面跑去。

二

“秦月，她还没回吧，她好像没带伞啊。”李潇亚看着余如笙桌上放着的伞，不由有点担忧。“潇亚，你管她干吗啊，她又不会领你的情。再说了，她平时都是一个人，会有办法回来的。”秦月一边看着电视连续剧一边漫不经心地说道。话音未落，只见余如笙一身湿淋淋地跑进来，秦月只得讪讪地闭嘴。

温静从厕所里出来便看到余如笙在用毛巾擦着头发，湿淋淋的长发耷拉在身上，狼狈极了，便把自己的开水壶提到她面前，“给，我这有热水，你先洗下吧，下午记得帮我把水装满就行啦。”说完，也不等她回答，便拿着餐卡出去了。余如笙愣了下，还是接过了开水瓶。

每天晚上上完课，余如笙总喜欢绕着操场走上几圈，既能放松心情，又能锻炼身体，一举两得。想着明天又是周末，今天晚上可以多待会，余如笙拿出随身的MP4，戴上耳机，一边散步一边听着音乐。慢慢地，察觉周围跑步的人越来越多，小道上也越发拥挤，如笙皱了下眉，便在草地上找了个安静的位置坐了下来。

“哎，你们听说了吗，好像今年那个数学竞赛的冠军是赵轩巍哦。”“咦，怎么以前没听说过这个人啊?”“好像是这学期转学过来的吧”“噢，那难怪啊，嘿嘿，那你们谁知道他有没有女朋友啊?”“哎，你就别做梦了，那人可是出了名的冷酷咧，听说以前凡是女生给他写的情书什么的，他看都不看就直接扔垃圾桶啦……”即使插着耳机，余如笙也能听到旁边有人在大声八卦着什么，赵轩巍，会是他吗，怎么可能，他应该在美国的，如笙自嘲了一下，摇摇头，站起身，拍拍身上的草屑，朝开水房走去。

回到寝室，放下开水瓶，温静正在看书，如笙走过去，撇了撇嘴，小声说了声“谢谢”，温静拿笔的手一顿，随即摇摇头说了声“不用”便继续看书了。

坐到自己的凳子上，如笙拿起手机看了下时间，9点半，爸妈应该还没睡，便拨了个电话，和父母寒暄了一下，只说自己一切都好让他们注意下身体，接着便挂了。如笙心里叹息了一下，想起宿舍里其他室友每次和父母打电话都会聊很长时间，和他们说说学校里发生的事，发发自己的牢骚，反观自己，和父母总是没办法那么亲近，不是不想，也曾经尝试过，只是他们毕竟不是自己的亲生父母，少了血缘关系的牵连，心里有道坎，始终无法对他们敞开心怀。想到这，如笙眼角泛着酸涩。

三

临近期末考试，大家闲散的心也大为收敛了，平时再怎么吃喝玩乐，期末考试还是要好好准备下，就连平时的电视迷秦月也频频跑自习室和图书馆了。

如笙是喜欢学习的，对她来说，成绩是证明自己价值的所在。她本就聪明，加上勤奋，所以一直都是班上成绩最好的。

每天早起晚归成了余如笙的作息规律，不仅仅是为了好好学习，更为了可以减少和室友的摩擦和误解。如笙一直都知道自己不是很受同学欢迎。平

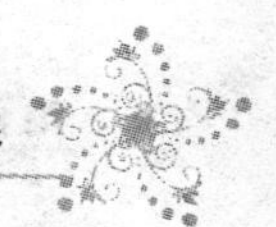

时的寡言淡语，为人处世太低调，偶尔在路上遇见同学也不想打招呼，直接低着头从他们身边经过，为此她曾听过不少流言飞语，内容不外乎是说她这人瞧不起人、难相处，等等。刚开始她还会觉得憋屈，却也怠于向别人解释，时间久了，虽然偶尔还是会听到别人的冷言冷语，她也习惯了，也不放在心上了。她觉得只要自己不在乎，别人也无可奈何。

从自习室回来，如笙正在清理着抽屉，寝室里很安静。突然李潇亚从床上探出头来说，“那个，余如笙，今天有个男生来找过你，当时你不在，他就回去了。”如笙一愣，“找我？”李潇亚“嗯”了一声仍旧躺回床上。如笙只得说了声“谢谢”，心里却仍觉得奇怪，自己基本上没怎么和男生打过交道，怎么会有人来她们寝室找她，虽然如笙心存疑惑，却也没放在心上。

几天的考试过后，这学期也告一段落了，因为考得还不错，如笙也松了口气。刚走到寝室门口，就听见秦月的大嗓音，“终于要放假了，我终于可以在家好好看我的韩剧啦！”“得了吧，你就一颓人，天天想着窝家看韩剧，太没追求……”话没说完，就听见秦月和李潇亚的厮闹声，如笙走进寝室，只看到地上堆着大大小小的行李包，秦月和潇亚还在嬉闹，温静在整理行李，见她进来，便说：“我都整理好了，先回家了啊，下学期再见！”说完，冲如笙点点头，便拖着行李箱走了。说实话，如笙一直都很感激她，入学这么久以来，只有温静愿意主动和她说话，也常对她施以援手，虽然两人平时话不多，也都较为冷淡，但这对如笙来说已是很庆幸了。

等到秦月和潇亚也陆续走了，如笙才开始收拾东西，心里对于回家并没有太大期待，可能是内心并未把那当做自己的家吧，只不过是自己的一个居住地而已。虽然这样想着，但如笙还是踏上了回途的火车。

从繁华的街道到人烟稀少的郊区，看着窗外的建筑物一闪而过，接踵而来的是一排排高低不一的无名树木，远处农田里忙碌的农民，山上一簇簇红花在随风摇曳着，如笙第一次觉得生活无比惬意。下了火车，在出站口见到了等候已久的父母。男子走上前来提走了如笙手中的行李箱，女子轻声询问着如笙累不累，晚上想吃什么之类的，这一刻，如笙仿佛感受到了久违的家庭温馨。

坐了一天火车，着实比较累，吃过晚饭，如笙便回房休息了。临睡时，手机突然响起，屏幕上显示着那个耳熟能详的号码，看着那个熟悉的号码，如笙仿佛被钉在了原地，无法动弹，握着手机的手久久颤抖着，周围一切都静止了，只听见自己的呼吸声以及那悦耳的铃声，直到铃声不泄气地响了一遍又一遍，如笙才下了很大的决心，终于鼓起勇气按下了接听键。

四

这个冬天的第一场雪终于下起来了。纷纷扬扬的雪花从灰蒙蒙的空中飘落下来，一片接着一片，落到地上，来不及稍作停留便瞬间化作水珠，融入这不平静的夜晚。

余如笙打开咖啡厅的玻璃门，视线略作停留，便看到了那个骄傲如昔的男生。深呼一口气，朝着那个靠窗的座位走去。走到他对面的座位坐下，赵轩巍犹自在沉思中，未注意到她的到来。直到服务生拿着饮单走过来，他才恍如惊醒，抬头打量着余如笙，几年过去了，还是和原来一样，喜欢穿白色的衣服加牛仔裤，“你来了……我以为你不愿意来了……”如笙咬了下嘴角：“我也想不来的。”

轻嘘一口气，如笙看着窗外的人来人往，灯红酒绿，不由感叹时光易逝，几年过去，早已是物是人非了，一如她和他，再也回不到当初的童真岁月了。如果当初没有那场车祸，赵叔叔也不会因为救她而失去性命了；如果没有那场车祸，赵阿姨也不会因此而怨恨她了；如果没有那场车祸，她和他应该还是和以前一样无忧无虑，幻想着将来的眷侣生活吧。可惜，没有如果，一切终究无法挽回。自从那次事件后，赵轩巍基于他母亲的压力便开始躲着她，偶尔在上学路上遇到也只是冷漠，赵阿姨看她的眼神也不再似往常那般慈爱了，不，那是一种由怨至恨的眼神。如笙叹口气，是她，是她毁了他们赵家的和美生活，是她毁了自己的幸福与安宁。

收回视线，如笙望着眼前这个冷漠倨傲的男生，五年了，自从上次一别，他去美国五年了。端起桌上的咖啡，醇香浓郁，自手心传来的温暖略微驱散了心中的郁结。

“什么时候回来的?”如笙望着这个曾经让自己敞开心胸，带给自己无数欢笑的男生，“这学期刚开学时回来的，我到你寝室去找过你，那时你不在。”原来那次找她的竟是他，如笙抬头看着自屋顶垂下来的吊灯，长长的珠帘如流珠般倾泻下来，偶尔随风摆弄，发出“叮叮”的清脆声，“你……还去美国吗?”赵轩巍不自然地看了她一眼：“这次回来是因为我妈要把我们家的产业处理一下……”言下之意是过不久还是要去美国的，余如笙轻轻点头，终究他们是要错过的。

和赵轩巍静静地走在回家的路上，看着路上的行人都因这初冬的第一场

雪而变得兴奋，如笙清晰地记得当年他们也曾一起在大雪天在大街上嬉闹，那时候赵轩巍常常拉着她的手对她说：“瞧你这瘦不拉叽的样子，一阵风都能把你吹倒，要是哪天我不在你身边拉着你，看你怎么办?”如今想来，似乎一切都是注定的，只是那时又何曾想到会有今日。两人都满怀心事地走着，如笙突然脚下一滑，身体不自觉地往后倒，一双手及时地拉住了她，赵轩巍叹了下气，颇有恨铁不成钢之感：“你这走路不看的毛病还是没改。”被他这样牵着，仿佛回到了从前那段纯真的岁月，真想就这样一直被他牵着，没有杂念，没有烦恼，淡淡地，只有心安。

“到了。”赵轩巍终于松开紧握的手，如笙看着眼前这幢熟悉的建筑物，不由感叹幸福终究是短暂的，即使再不舍，也有曲终离散之日。止住脚步，如笙转过头来再看了一眼赵轩巍，似乎要把他的样子刻在脑海里，也似乎终究决定要舍弃了，“那……再见……”说完，如笙提起早已轻飘飘的脚步往家走去，“如笙!”如笙停了一下，静待他的后文，却固执地不再回头，“如笙，对不起。我知道我不够勇敢，也没办法反抗我妈，几年过去了，我妈始终无法走出我爸已经去世的阴影，爸爸已经丢下她了，我不能再丢下她了。所以，对于你，我只能说‘对不起’了……”如笙死死咬住下唇，眼泪早已溢出来了，却始终不肯哭出声。“如笙，忘了过去的一切吧，别再活在往日的愧疚里，你应该是个快乐的女孩子，所以，也忘了我吧!”

五

日子仍旧在悄无声息中走过，自那次后，如笙再没有见过赵轩巍，只从父母偶尔闲聊中知道他和他妈过完春节后便离开了，也许，此生再不会相见了。

元宵节后，学校就开学了。如笙依旧坐在火车上一个靠窗的位置，心情却不似那般沉闷了。赵轩巍说的对，她不该再沉迷于往日的愧疚与后悔中，她应该是快乐的，只有快快乐乐地生活才不会辜负赵叔叔舍身救她的情分。如此想着，如笙便豁然开朗了。

窗外，仍旧是白茫茫的一片，今年的雪似乎下得特别久，好像老天要用白雪把这世间的一切污垢全覆盖掉，给人们一个全新的开始。阳光透过玻璃折射进来，即使仍旧寒冷，但这冬日里的阳光却让如笙觉得格外温暖。新的生活开始了。

听不到他说喜欢

■ 凌语希

第一次见崔敬文的时候，艾玲 18 岁。

当时阳光暖暖的，静静的光线仿佛从崔敬文那淡淡的笑容中穿过，他的笑容让艾玲看起来很困惑：她感觉他和哥哥的其他兄弟不一样，只是在他的淡淡的笑容里面，有着不以为然的嘲弄，以及深深地隐藏着的孤独忧伤。

艾松把艾玲拉近，说："这是我妹，艾玲。"

崔敬文静静地看着她，他怀里的女生笑得很妩媚。

她的笑声一定很甜美吧。

艾玲是这样想的。艾松总是让她跟在他身后，学校里就再也没有人敢欺负她了。但是崔敬文是唯一一个欺负了艾玲却不会受到艾松惩罚的人，因为他打不过他。艾玲不懂，为什么像崔敬文这么好看的人会这么顽劣，甚至可以公然的和老师打架把同学"送"进医院。

他好像很讨厌这个世界上的每一个人，又好像在渴望别人的爱。

这是艾玲在看他的眼睛看了半个小时后所下的结论。然后崔敬文就恶狠狠地瞪她一眼。"臭丫头，看什么看!"

"因为，你很好看。"艾玲一字一顿地说。她的眼睛里，清澈得一点杂质也没有，崔敬文怔了一下。

"你个油嘴滑舌的小丫头片子，小心我一掌捏死你!"崔敬文再瞪她一眼之后，转身离开。

艾玲很安静地，看崔敬文离去的背影说："是一掌拍死，不是一掌捏死!"

艾玲是一个很安静的女孩。安静得让人感觉不到她的存在。她可以沉静地看着崔敬文和艾松他们一大群人打架，眼睛里没有一丝波澜，没有杂质的清澈。

直到有一次，崔敬文和艾松被抓到学校后山上被揍时，艾玲一下子扑到艾松的身上，替艾松挨了棍子。

在旁边被按到地上的崔敬文目光呆滞地看着被打得头冒冷汗、脸色苍白的艾玲，看着艾松想要推开艾玲却死死地被她抱住，不肯放手。

崔敬文的脸上露出自嘲的笑容，笑容透明而遥远。

——终究没有人会像艾玲爱艾松一样爱他。

——他是一个没有爱的孩子。

崔敬文不再打架，而是开始认真迎接高考。他的举动让所有的老师都大跌眼镜。他们不明白他到底受了什么刺激，为什么会一下子这么认真地对待学习？

不过不管怎么样，他能够认真读书少惹点祸对学校来说，是一件不错的喜事。

崔敬文开始频繁地找艾玲一起温习，经常在一起温习的时候悄悄偷看艾玲略显苍白的侧脸。

崔敬文很渴望得到艾玲的爱。

即使只有艾松得到的十分之一也好。

他不想再孤独下去。艾松的一些兄弟也开始看出一些端倪。他们常常取笑艾松，说他快要有一个妹夫了。

然而艾松只是沉默不语，从来都不肯发表任何的观点。

他经常找艾玲的时候都会见到崔敬文和她一起温习。他们和谐温暖的气氛让他不忍心去破坏，他只是默默地看他们，然后悄悄离开。

背影很孤独，很寂寞。临近高考，那个艾玲在最初看到崔敬文时所见到的女生找到了艾玲，她劝艾玲离开崔敬文，否则她不会放过她。然而艾玲却在微笑，安静地微笑。

她慢慢地说，“他，是我的，朋友。”

那个女生狂笑说，“你会只把他当朋友吗？”

“会，我一定会。”

艾玲的笑依旧是静静的，透明的。高考结束了，崔敬文和艾玲考上了同一所重点大学，艾松却选择了去当兵。在送走艾松的那一天。艾玲的眼泪悄悄地滑过她略显苍白的脸颊。

崔敬文看到，艾松走上火车时落寞孤寂的背影。

孤寂得让人无法忽视。

崔敬文和艾玲在大学校园里一起上学一起放学一起吃饭一起回家，是公认的甜蜜情侣。但只有崔敬文知道，他们根本不可能成为男女朋友，因为艾玲的心里，仿佛只容得下艾松。

他整天看着艾玲在苦苦等待着艾松的来信，艾玲的身体越来越消瘦。

艾玲隔一段时间就可以收到艾松从军营里寄来的信，收到信的时候，她会露出浅浅的、幸福的笑。

那是崔敬文见过最美的笑。

让他想起母亲。在他很小的时候母亲是很疼他的，只可惜在他 7 岁那一年他的母亲就去世了。他的父亲带回了另一个女人，还有一个弟弟。那个弟弟很会讨人的欢心，从此他就被扔到角落里，再也不会有人问他：你冷不冷，你饿了吗，你想睡觉了吗……

从那以后他就是一个孤独的孩子。得不到爱。

大学的生活是平静的。

一天放学后，崔敬文照旧送艾玲到她租的房子去。走在她的后面，崔敬文的拳头一直紧紧地握着。直到他们走到艾玲的家楼下，崔敬文才鼓足勇气对艾玲的背影说：

艾玲，我喜欢你。

而艾玲却继续向前走，没有回头。

仿佛她根本没有听到。崔敬文低下了头。

其实他早就做好了准备，只是没有想到，艾玲会用这种残忍的方式来拒绝他。

从那以后，他再也没有在艾玲身边出现。起初艾玲也很疑惑，也去找过崔敬文，崔敬文却一直躲着她。再到后来，艾玲也就变成了孤单的一个人了。

而崔敬文由始至终，都是孤单的一个人。直到一年后，崔敬文接到一通电话。

是军营的士兵打来的。

电话那头的声音传来的消息，让崔敬文手指变得异常僵硬。

崔敬文在这通电话中知道了一个故事：

很多年前，女人为丈夫生下了一个女孩，但是没过多久女人的丈夫死了。后来，女人带着女孩改嫁给了一个男人。男人有一个儿子，只比女孩大

两个月。男孩和女孩情同手足，一起长大。在女孩13岁那一年，男人强奸了女孩。受伤的女孩冲进雨里，一夜未归。当男孩找到女孩的时候，女孩得了重病。痊愈后，女孩就没有再听到过任何声音，从此，女孩只能靠看别人的唇形了解对方说的话，男孩带着女孩离开了那个家，那个不再温暖的家……

男孩的名字叫艾松。

女孩的名字叫艾玲。艾松喜欢艾玲。

艾玲喜欢艾松。

只是艾松不愿开口，他认为既然已经成为了兄妹就做一辈子的兄妹，永不越界。

自始至终，崔敬文都是第三者。

那个不被爱的第三者。崔敬文从小就以为自己是世界上最可怜的人，他是永远得不到爱的人。

只是，他是一个不懂爱的人罢了。站在艾松坟前，崔敬文异常沉默。

艾松在上一次军事演习中，不幸被射偏的炸弹砸中，光荣牺牲了。

然而在他咽下最后一口气之前，请战友嘱咐崔敬文好好照顾艾玲。

崔敬文凄婉地笑。

仰望天空。

崔敬文喃喃地说：

艾玲，你听不见世界上的声音，所以听不到我说喜欢你；可是你知道吗？即使你听得见世界上的声音，你的心，还是听不到我说喜欢你。

阳光灿烂。可是她却听不到他说喜欢。因为她的心里只有“他”。

芭蕾怎么和哥哥有关了

■ 光年·纪

一

或许这一切都只是梦吧，昨天晚上做的梦竟会在今天早晨发生……

叶清蕾走着芭蕾小步，想着数学题："哦，几何啊，头好痛，好昏，不擅长几何啊……"

忽然，梦里的事情发生了……

"吱嘎——"一声自行车刹车的声音，刺痛了叶清蕾的耳膜，也打断了她的思路。

我校园大姐大你也敢欺负，是哪个挨千刀的，报上名来！叶清蕾完全气昏了，心中想的就是这些。

她一抬头，是一张清秀的脸却带着一丝坏坏的笑，可爱又可恨。

"小朋友，要专心哦，怎么可以一边在公路上走一边看书呢?"依然是清秀的脸，依然是坏坏的笑，但叶清蕾的面部表情从满脸黑线转到了火冒三丈。

"什么小朋友，大哥你看看，我是15岁的学生了，小朋友个头啊!"一个大姐大被叫成小朋友，谁不无语呢……

叶清蕾一下子从地上跳起来，大喊大叫。"哎哟，小朋友跳起来了，看来没事啊，那么——再见!"

灿烂一笑，白色的衬衫带点汗味，从叶清蕾身边扫过。

"再也不见！这家伙，什么人嘛……"

极其地不满，叶清蕾使劲地跺了两下脚，校园大姐大被耍了啊，这小子，恶作剧倒是很专业嘛。

"玫瑰花的葬礼，埋藏在孤单中……"许嵩的《玫瑰花的葬礼》突然响起，叶清蕾拿起手机一看，噢，又是老妈。

她习惯性的先按通话键，然后把电话拿远，用超大的声音吼：“喂，老妈大人有何吩咐？”

“少跟老娘废话，快回来，你表哥来啦！”

老妈居然露出这么兴奋的尖叫声，叶清蕾连忙将手机拿远点，不就是一个表哥嘛，有啥兴奋的，话说老妈还真小孩子气啊。

回到家，一个男生端正地坐在自家的沙发上，礼貌地对着叶妈妈说话，举止优雅，谈吐不俗，这样的好哥哥的确让人幸福。

——可是，那人竟就是早上撞了叶清蕾的那位骑车小子！

叶清蕾气不打一处来，但面对老妈的厉眼相对，只好忍气吞声地别扭地说出话：“你好……表……哥……”

哎，这说话，好像僵尸哎。连叶清蕾自己也这样想着。

“叶夜。请多指教！”叶夜对着叶清蕾仍然是坏笑，这使叶清蕾差点晕倒，你就不能不那么邪恶吗？

二

“请问，叶清蕾同学在吗？”热闹的大课间，一个声音却使整个教室安静下来，几秒钟后，女生发出一阵子尖叫，那自称“最爱交朋友，不阅遍帅哥不放手”的女生跑上前，羞答答地说：“请问，学长你找谁啊？”

“嗯，叶清蕾。”叶夜轻轻一笑，说。

“哎呀！清蕾，你认识叶学长？”好友林野琴一旁听到了马上问。

“嗯，他是我的混蛋表哥。”叶清蕾完全气愤地说。

叶清蕾在众女生可以杀死人的眼神中走到他面前，冷冰冰地问：“你怎么会在我的学校里出现？别忘了，我们只见过一面！”

“哎呀！叶大小姐，这是你的学校，也是我的学校嘛！”叶夜在那儿嬉皮笑脸地回答道。

叶清蕾这才想起来，昨天这表哥来自己家就是有关转学的事，居然不仅要转到自己的学校，而且暂时还会住在自己家。

“那好吧。叶夜，请问你大驾光临寒室，有何贵干？”叶清蕾摆出一副臭脸说。

“呵呵，跟我来吧！”说完，叶夜就在众女生的尖叫声中，拉着叶清蕾往校门跑。

“你干什么!”叶清蕾在离公告栏不远处挣扎出了叶夜的手，没好气地说。“你看!”

叶夜指着公告栏，那上面赫然贴着一张十分明显的海报，上面写着：音乐与舞蹈的结合——钢琴芭蕾舞大赛。

“这有什么好看的?”叶清蕾不屑地说。

“噢?”叶夜弯下腰，“你不愿意？可你没机会了，这是你的老妈大人交给你的任务，你可不能不从啊!”坏笑再次出现。

叶清蕾明白了他的意图，回答道：“哼，我的芭蕾舞可是出了名的好，敢问叶夜同学，你的钢琴几级啊?”

“哦，那个啊，我不大在行呢，才……”叶夜又露出一丝坏笑，“十级。”

哼，这家伙，竟然是十级，真的假的？她眯着眼扫了他一眼。

“哎呀，别老是一副臭脸啊！告诉你，这个赢了可是有奖金的哟!”叶夜皱了一下眉头，又笑着对她说：“那么，下午见。”

叶夜丢下这一句话，大摇大摆地走了。

三

“开始吧!”一进入钢琴室，叶清蕾就说。

“行啊！什么曲子?”叶夜随便地搬来板凳坐下，懒懒散散地问。

“嗨！你如果能认出这是哪支舞，就一定知道是哪首曲子。”叶清蕾冷笑一声回答道。

她想，这家伙对钢琴有研究，不可能对舞蹈也有研究吧？说罢，便换上舞鞋，跳了起来。小跳跃，后踢腿，摆臂，旋转……一个个动作优雅如天鹅，皮肤白白的叶清蕾，此刻看起来就如天鹅公主一番美丽。

叶夜在旁边看了一会儿，就咬着嘴巴，说：“天鹅之死吗？行，你跟着节拍跳吧!”

说完，叶夜一个华丽的转身，弹起了身后的钢琴。琴声悠扬，舞姿美妙，两个人的配合天衣无缝。

一曲已罢，叶清蕾争不过自己好奇的心，忍不住问：“你怎么知道这是天鹅之死?”

叶夜回答：“你以为我是舞蹈白痴啊？说实话，我其实也是学过芭蕾舞的，芭蕾舞不比你差多少！”

叶清蕾不相信，她说：“吹牛不打草稿!”

叶夜不管她，随便地把钢琴盖关上，转身对看着他的叶清蕾说：“我去卡拉 OK 玩会儿，你自己回家啊。”

这个家伙怎么这样，现在已经是晚上 8 点了啊！万一遇到强盗怎么办?看看他那排骨样，估计连个小毛贼都能欺负他，需不需要本大姐大照顾一下他的安全，万一出什么事怎么向老妈交代呢。

还没说出自己的看法，那小子就一溜烟儿跑了出去。

夜晚，朦胧的灯光照在黑漆漆的街上，叶清蕾在街上走着，突然，眼前出现一个人高马大的男人，身上满是文身，一看就知道是流氓!

叶清蕾开始害怕，都怪自己的乌鸦嘴，说什么万一遇到坏蛋怎么办，哎呀，哥哥耶，今天我拜托你来救我吧。

虽然她在校园是大姐大，但对于一个力大无穷的男人还是没有办法的。无奈之下，叶清蕾正想使出拖延法，只希望某个路过的正义使者赶快出现。不过，还没等叶清蕾说话，那人已经贼笑着冲上来捂住她的嘴了。

“呼——”一阵风声吹过，一个黑影突然将那男人按倒在地。

叶清蕾仔细一看，竟然是那个自己所谓的表哥——叶夜！他干脆利落地几下将那人打昏，然后急忙带着叶清蕾逃离现场。

逃出来了，叶夜将叶清蕾按在墙壁上，生气地说：“你怎么走这条路啊，这路混混很多的，你不知道吗?”

叶夜语气低沉，眼光稍有责怪。

“拜托，是你不带我回家的，好不好?”叶清蕾差点哭出来了，显然是被刚才的景象吓坏了，她越哭越起劲，越哭越让人受不了。

“好……我错了，行了吧?”叶夜受不了了，突然放开了她。叶清蕾以为他又要抛开自己，谁知叶夜说，“跟我来。”

结果，叶夜带着她去买了最喜欢的面包，还热乎乎的。叶夜将纸撕开后递给叶清蕾，是她最爱的菠萝味面包，叶清蕾突然觉得自己有些喜欢这个哥哥了。

四

然而，或许一切来得太匆忙了。

就在钢琴芭蕾舞比赛的前一天，当叶清蕾高高兴兴地走向学校时，一辆帅气的摩托车向她疾驰飞来，叶夜刚好从后面跟上来，看见了这一十分危险的一幕，不顾一切地冲上来，一下子把叶清蕾抱住，两人滚向了人行道上。

叶清蕾安然无恙，可哥哥的脸颊却略有些擦伤，红色的血液流出来，染红了叶清蕾的脸颊，绽开了兄妹之情的花朵。

那一刻，叶清蕾觉得哥哥对自己的关爱不比别的哥哥少。

终于到了比赛当天，叶夜和叶清蕾都信心百倍，觉得今天自己一定能赢，叶清蕾既骄傲又自豪，大气地和小弟、同学们打招呼。

可是，失误还是会发生的。

在叶清蕾的芭蕾舞开始的时候，现场爆发出热烈的掌声与尖叫声，因为大姐头的小弟们惊讶于叶清蕾的服装，他们是第一次看到大姐大穿裙子，还是那么漂亮的优雅的裙子，白色的流苏，银色的水钻，泡泡的裙摆，如高雅优美的天鹅。

他们根本不相信，这就是平时和他们一起嬉笑，穿着破烂的牛仔裤和低胸背心的大姐头。而女孩子们惊讶于叶夜穿燕尾服的高贵，黑白颜色的交叉，长长的袖子，举止不俗的优雅，好像王子一样。

可就因为这个骨节眼上，叶清蕾看到了叶夜脸上的伤痕，她脑中突然闪现了叶夜抱着她在路上翻滚时的画面，她的脸颊一下子红了。

这一分神，叶清蕾的腿竟然没伸直，这被评委看了是要扣分的，叶夜十分着急，干脆上前一步，单手弹琴，一只手将叶清蕾的腿托直，那姿态如王子帮助天鹅一般，他低声在叶清蕾的耳朵旁说："不要分心！"叶清蕾这才回过神，继续跳舞，绽放自己最美丽的微笑。

不过在最后一个动作时，叶清蕾又摔倒了，这下是因为早上在路口差点被撞引起的，虽然她没说，但其实左脚脚腕一直有点疼，所以她在最后一个动作的时候向后倒时没有站住。

眼看着叶清蕾要跌倒了，叶夜按完最后一个音，一个半天月像天鹅一般"飞"到了叶清蕾身旁，一手扶着叶清蕾，一手将她的手握住伸向远方。整场表演在叶夜的帮助下顺利结束。

后台两人彼此一笑，默默地祈祷能够得到完胜。

“现在，请参赛选手依次出场！”主持人的声音打断了两人之间的沉默，两人手拉着手，以最好的笑容走向舞台，至少在这次比赛中，他们获得了一种心灵相通的默契感。

“现在我公布！”主持人兴奋高昂的声音在会场里回荡，回音揪起了叶清蕾和叶夜的心，心跳扑通扑通的。

“本次大赛的获奖者是……”

主持人明显在吊人的胃口，台下的观众明显在忍住，不让自己的手拿臭鸡蛋去扔主持人，而叶清蕾却在内心祈祷：主持人啊，看在上帝的份上，哦不，是看在老天爷的份上，您发发慈悲，让我和我的哥哥有个足够完美的结局吧！那样您就最帅了！虽然您现在很不合我的胃口。

或许叶清蕾的祈祷感动了上苍，感动了主持人，主持人凑巧在她祈祷后，宣布了这一令人不敢呼吸的结果：“本次舞蹈大赛的第一名是，叶清蕾和叶夜为大家带来的——天鹅之死！”

掌声尖叫声响彻云霄，那是因为叶夜追随者的嗓音不是吹的，叶清蕾小弟的大手掌也不是编的。

叶夜和叶清蕾一齐站上奖台，叶清蕾笑得是那么的灿烂，不像她以前对小弟们的坏笑，小弟们都陶醉在这甜美的笑中，叶夜笑得也是那么的阳光，不夹杂一丝坏坏的笑。

叶清蕾高兴极了，她轻轻地对哥哥说：“哥哥，你的话，我都信了。”

金灿灿的奖杯捧在怀里，这是哥哥对自己的关爱的见证，同时，也是自己对哥哥认可的见证。

娜娜和西西

■ 与或非

四岁那年，我和西西互换了身份。我们约定从此以后，我叫西西，她叫娜娜。我们兴冲冲地商量，等到我们都长大成人那天，再向大家宣布原来西西是娜娜，娜娜才是西西。这个游戏妈妈不知道，爸爸也不知道。妈妈说娜娜你去帮妈妈把扫把拿过来。我坐在床上不动，西西蹦蹦跳跳去拿扫把，西西捡来的小黑猫也跟着她跑去厨房。妈妈对爸爸说，“看这俩孩子长的，连猫都能认错了。”

我和西西在游戏中乐此不疲。有时候，不小心忘记了，两个人一起跑过去，大人们就说，双胞胎的感情真是好啊。

一天，妈妈说，“娜娜，你去帮妈妈买一瓶酱油。”“西西，来帮妈妈剥蒜。”西西手里攥着钱下楼了，下楼前我得意地向她吐了吐舌头。于是她就走了，再也没有回来。

我仍然不能确定，走的人究竟是西西，还是娜娜。我和爸爸妈妈坐在沙发上，周围围满了警察和邻居亲戚，妈妈不断地重复着，我不该让这么小的孩子一个人跑出去，我不该让我的娜娜一个人出去。妈妈整晚都抱着我，眼泪已经哭干了，只在嘴里嚅动着，娜娜……娜娜……

没有人再叫娜娜，西西，西西，娜娜。我也不用再紧张不小心记错名字。大家都只叫西西。他们叫西西的时候，我就走出去说，“怎么了?”妈妈不再每天抱着我流泪，爸爸也不再唉声叹气。他们恢复了往常的生活，上班，下班，做饭，教我认字。他们说，“西西，生日快乐，可爱的小熊送给你。”我回到房间，把它摆在床的左半边。这是以前西西睡觉的位置。我们互换身份后，唯一没有换的就是睡觉的位置。“我说，西西生日快乐，这是爸爸送你的生日礼物。”

我坐在床的右半边，说，“西西，你看，爸爸妈妈就只有你了，你不能让他们伤心。”西西的小猫在她走后，也悄悄地走了。我又去捡了一只一样

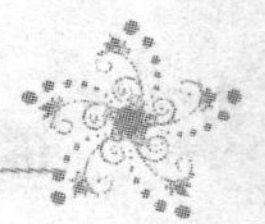

的小黑猫，我对小猫说，“喵，我叫西西，我会疼你的。”我学不会西西对小猫说这句话时的亲热，小猫反而被我吓了一跳，怪叫一声钻进床下。我爬进床下把它抓出来，抱着它睡觉。

西西应该是喜欢粉色的小发卡。她有一大把花花的头饰，总把自己打扮得像个小公主。而娜娜却是个十足的假小子，喜欢和男生满院子疯跑，爬树，喜欢玩具小汽车，喜欢把家里弄得乱七八糟。所以妈妈总是让西西留在身边陪她剥蒜择菜，而让娜娜去楼下买酱油买醋，所以只有娜娜才会在买酱油的路上再也没有回来。现在，娜娜走了，只剩下西西，只有西西能够陪在爸爸妈妈身边，让他们不再伤心，和他们一起生活了。

通常情况下，我都不怎么说话。西西应该是个不太爱说话的文静女孩子。幸好是这样的，不然，我真不知道该怎么样不被发现自己是娜娜。我喜欢一个人在屋子里照镜子，在镜子面前，我看到了娜娜。

娜娜说，我偏不回来，我就是要让你一直做西西。

妈妈说，“西西，你怎么从早到晚地照镜子啊？”我说，“妈妈你看我像不像娜娜。”妈妈一把抱过我，哽咽着说，“妈妈有你一个就够了，不要再提娜娜了。”

17岁的时候，我恋爱了。那个男生比我高一个年级，会写诗，会弹吉他。他说，西西，我真的很喜欢你这样静得像湖水的女孩子。他说，闭上眼睛。我闭上眼睛，他就坐在我身旁为我唱歌。我想，西西一定是喜欢这样的。屋子里只有一盏蜡烛。那个男生唱得很投入。我承认作为西西，我不该偷偷睁开眼睛，可我对这样一间幽暗的屋子充满了好奇。我看见男生的影子透过蜡烛在地面上忽大忽小，沙发下面有一个什么东西被烛光映射得幽幽发光，就像我小时候养过的那只猫的眼睛。那只猫后来终于跑了，临走前，还把我的脸抓伤。我的额头上到现在都还有一道猫的抓痕。西西是没有的。每次想到这里，我都很难过。我不能将一个完整的西西还给她了，我的脸上多了一道只有娜娜才有的抓痕，正是这道抓痕，泄露了我不是西西的秘密。我对着床上的毛毛熊哭道，西西你快回来吧，你快回来吧，我再也装不下去了。

那个男生终于唱完了他的情歌，我说，“真好听，我很喜欢。”男生拉着我的手说，“我只为你一个人写歌。”我说，“只为西西写的吗？”他说，“只为西西写。”

18 岁生日那天，爸爸妈妈要为我举行一个隆重的成人礼。他们叫了很多人来家里，每个人一进门就高兴地说：“西西，恭喜你要长大成人了。”

我从早上开始，就坐在门口焦急地等待着。我只在等一个人。如果她不来，所有今天的一切都毫无意义。快来啊，快来啊，我心里不停地念着。我相信西西一定会出现。14 年前，她就是这样消失在家门口。现在，我们约定的事情到期了，长大成人的时候到了，她应该回来兑现我们之间的约定。我为她保存了 14 年的身份，她也一定为我保存了 14 年的身份。她也一定像我一样淘气，喜欢捉弄别人，喜欢把头发剪得短短的，找一个成熟粗犷的男人拍拖。趁着人多眼杂，我们偷偷地互相这么一换，一切都还和以前一样。我去外边继续流浪，她留在家里陪爸爸妈妈。

我从早等到晚上，所有的人都来齐了，大家吃蛋糕，举杯，唱生日歌。妈妈说：“西西，你今天怎么有点魂不守舍？都要成大人了，以后可不许再小孩子气了。”

我说：“妈妈，你见到西西了吗？”

妈妈说，“你胡说什么，你不就在这里吗？”

我说：“妈妈，你还记得娜娜吗？”

妈妈脸色变得很难看，说：“你还提她干吗？这么多年了。说着说着，眼圈红起来了。”

爸爸一把拉过我，说：“你这孩子怎么搞的，越大越不懂事了。”

我说：“怎么，你们全都把娜娜忘了？她去买酱油，还没回来呢。她一定会回来的，一定会的。我们要等她。”屋子里突然变得很安静。

爸爸说：“你妈不让我告诉你，可你现在已经长大了，也该知道真相了。”娜娜走丢的第二个星期，就有环卫工人在下水井里发现了她的尸体，是掉进井里没有人发现所以才……爸爸的声音哽咽起来。

我想西西，你在哪里？你在哪里？西西，我们都不要做娜娜，我们都做西西，我们两个，都做一个西西，我们一起上课，一起思考，一起拍拖，一起变老。可是，西西，你究竟在哪啊？

笔下春秋

家里有只小狐女

■ 淳于江南

一

雪狡黠地笑着，坐在风上，肆无忌惮的在空中游荡，鹅毛般大小，或落在地上，或停在树尖，或降在水中。

冷风飕飕，滑过指尖，钻心般疼痛。雪只下了几个时辰，却已堆积如棉被，银装素裹。山林小径，印着几片脚印，依稀可见。

这时，在茫茫一片的白海里，哑然出现一点青黑，缓慢挪动。时间悄然而逝，黑点渐渐变浓，仔细一看，原是一个人。

细细看来，那人二十出头，身七尺左右，谈不上魁梧，也不柔弱，外裹粗布麻衣，背着一个包袱。再看脸庞，五官端正，相貌英俊，只是有些泛白，想是被这冰雪冻的，如此大的雪，如此凛冽的寒风，寒冷谁也挡不住，那人双手藏于袖内，在雪地上跋涉着。

天色渐暗，风雪不减，正当他为今晚在何处住宿而发愁时，一座破庙赫然出现在眼前。那人快步上前，踏进庙内，映入眼帘的是一尊破败的弥勒佛塑像，前面有一石质香案，再往里面些，倒着一张破旧木桌，一侧是一个偏门，像是后院。

雪被挡在了屋外，风却无孔不入，但情非得已，只能如此将就。他抖落身上的雪，把手放在嘴边哈了几口气，搓了搓手，暖和暖和冰冷的手。随后，转身将木桌搬到了墙角落，放倒以挡着寒风，又转身去了后院捡了些柴火，摸了摸身上，火折子不知去处，只得作罢，啃了几口干粮，便蜷缩在墙角，和衣而睡。

寒风加剧了攻势，世界仿佛静止。

二

雪已停歇，天也开明，寒风依旧。

那人动了下身子，感觉身上似乎有什么东西压着，身子也微微有些暖意，不时有一股米粥香气飘来，睁开睡眼，先见一毛皮大衣盖在身上，再看稍远处，火堆燃着，灰已堆了厚厚一层，火堆旁竟是一位姑娘。

看那姑娘，年纪约莫在十六七岁，月白色与淡紫色交杂的委地锦缎长裙，裙摆与袖口银丝滚边，裙面上绣着大朵大朵的紫鸢花，煞是好看，长发结松绾小髻簪几痕素钗，檀唇含笑，眉眼间满是暖意，瞳光碎碎流转，水墨衣裳印簪花小楷，头上栗红的蕙穗随着吾的盈然一笑乘风飘扬，脖颈绕着淡紫围巾，脚穿一双素色毛靴，眉不描而黛，肤无需敷粉便白腻如脂唇绛一抿，嫣如丹果。一双纤纤玉手，正在盛着锅里煮着的米粥。

正当那人看得入神时，那少女突然开口道："公子既然醒来，就快快过来喝碗热粥，暖暖身子。"

清脆悦耳的声音从貌若翩翩仙子的口中传来，动听之极，一时沉浸陶醉中。

突见那少女转身看着那人，随即抿嘴而笑，娇叱道："还不快点，不然粥凉了。"

那人尴尬万分，起身拿着大衣应道："哎。这衣服是……"

那姑娘递过粥，嘻嘻一笑道："是我的，昨天我来的时候，看见你冻得脸色极不好看了。"转又带一丝责备的语调道，"大冷天的，公子爷太不怜惜自己的身子了，也不生一堆火。"

姑娘话毕取过衣服，将粥递到那人手中。那人接过粥，喝了两口道："姑娘之恩，当涌泉相报。"他用衣角擦拭了嘴角，接着说道，"说来惭愧，在下家境贫寒，无银两租马车，只得徒步进京赴考，为贪便捷，走此山路，岂料遇上暴风雪，又不曾带棉衣，火折子也不见了。"

"哦，怪不得有柴火，公子却不生火呢。"那少女好像恍然大悟地说道。

那人喝下碗中的粥，向姑娘一揖道："此粥味道乃人间绝品，姑娘好手艺。在下徐叶，不知姑娘芳名?"

那姑娘开玩笑地说道："乡下女子，哪来芳名一说。我叫李依，公子叫

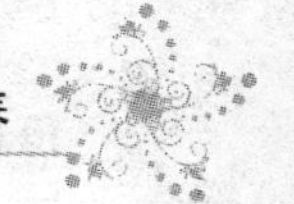

我依儿便可。”

徐叶挪到火旁烤着火，问道：“不知李姑娘怎么单身在这大山之中？”

“我是上山采药来的，遇上风雪，阻了道路，现下，大雪封山，药是采不来了。”李依看了看外面，随后转过来怒瞪着徐叶嗔道，“跟你说了，叫我依儿，什么李姑娘、李姑娘的叫着，哼。”

随即别过头去了。

徐叶苦笑，避开这话题道：“原来如此。”便抬头看了看外面，道，“天色不早了，我还要赶路，姑……”

只见依儿双眼就瞪了过来，徐叶忙改口，笑道：“依儿，就此别过，他日高中必定回来答谢，可否告知依儿住处？”

依儿没有回答他这个问题，而是问道：“难道说，要是你不高中，就不打算报答我了？”

徐叶尴尬一笑，道：“依儿勿要取笑在下了，依儿之恩……”

依儿心中早就乐开了花，这个公子好有趣，嘴上自然不会说，打断他的话说道：“好了，我知道，若有缘，必会相见，又何必纠结我的住处。对了，把这个带着吧，路上冷了且可披在身上，反正我家就在附近，不担心寒冷。”

徐叶点头表示言之有理，接过棉衣，作揖告别。再看依儿眼中，尽是依依不舍……

三

黄天不负有心之人，果不其然，来年夏日，榜文颁布，徐叶虽未中状元，但也得了个榜眼，且深得皇帝赏识，帝欲以女嫁之，徐叶以有未婚妻为由辞谢。后帝任之为越州刺史，越州乃徐叶家乡，算是光宗耀祖了。

又是一个冬日，又是那个破庙。

只是没有雪，只有淡淡的风。

天已近黄昏，夕阳只余下红辉。

“嗒嗒”的马蹄声，从远处传来，不多会儿，一个衣衫光鲜，春光满面的俊少牵着枣红马儿踏进了庙内，一看，原来是徐叶。

借宿？重游故地？

他将枣红马拴在柱上，去了后院拾来一些干草，喂了马儿，又去后院，捡了干柴生起火，此时已入夜。

突然，角落传来一阵“呜呜”的哭声，徐叶循声看去，一毛发动物映入眼帘，徐叶心中好奇，细步小心翼翼地踱过去，在火光下，狐狸？

徐叶一想以前村里人的描述，定是狐狸无疑了，再仔细看，那狐狸躺在草堆上，左脚好似受了伤，流过血，现在已经干了，只是伤口发炎了，在向外溢出丝丝脓水，甚是恶心，可徐叶并未看到这个，忙转身从案上取出金疮药，又从怀中拿出匕首，先在火上烧灼片刻，来到了狐狸边，也不顾他人说的狐臭，割破了脓包，听得那狐狸闷叫一声，却乖巧万分，不反抗，放完脓水，徐叶打开瓷瓶，将金疮药敷在了伤口上，又从包裹里取出一匹布，撕了一块，给伤口做了包扎。

这才松了一口气，也才发现，狐狸并无异味，反而有股淡淡的清香，等等，这狐狸的香味怎么和……怎么和依儿的体香一样？

徐叶诧异地看着狐狸，难道狐狸就这个味，他没有见过狐狸，过了小会儿，也就不再纠结了。

转身给火堆添了些柴，拿来包裹，取出干粮吃了几口，又从中拿出那件当初的棉衣，走到角落，抱起狐狸，放在怀中，盖上大衣就睡下了。

次日，徐叶被天光刺醒，见狐狸仍舒坦地躺在怀中，稍加试探，只见呼吸已经平和，不似昨日般奄奄一息，便放下心来，轻轻地把她放在了草堆上，盖好大衣，吃起了干粮。

片刻，徐叶也不知狐狸会吃干粮不会，留下些干粮，将水壶也留了下来，便拉着马儿走了。

四

一月后，越州城，郊外。

徐叶跃然下马，高呼道：“娘，孩儿回来了——”

进入小院，只见房舍门户紧闭，院中的鸡鸭倒围拢过来乞食了，徐叶纳闷，这老母平时也不外出的，今儿个怎么回事啊，儿子都光宗耀祖回来了。

唉，今天是……今天是冬至，难道……

恰时外面传来了一阵喧闹，徐叶好奇，快步走了出去，只见村口两三个人围着圈，徐叶快步向前，那帮人竟然围着一老一少。

再进一看，那长者居然是他老母，那帮人明显是隔壁村的恶霸，欺人太甚，恶霸都敢欺负到老子头上来了，非教训他们不可，自从任职为越州刺史，徐叶的腰板也比以前挺得直了。

等等，什么情况？母亲旁边是一少女，是少女也罢，问题是那少女居然是，居然是依儿，去年破庙中的依儿！

她怎么会在这儿，还和他母亲在一起，心中疑惑百般。

这时听得那群人中说道："小妞长得挺好看的，要不跟了我家少爷，以后就有享不尽的荣华富贵了，啊。"

徐母"呸"一声，道："一群人渣。"

徐叶现在是明白了，原来那些人是贪图依儿美色。他顿时火冒三丈，这群畜生。

"哈哈哈……人渣？"这时那少爷模样的人开口说话了，"要不从了本少爷，否则……啧啧。"

"做你的春秋大梦，你再不走开，等我儿回来了，有的你们受。"徐母怒道。

"哈哈……"这时那帮人全都笑了起来，那少爷接着道，"你儿子也不知是不是死在外面了，既然你们软的不吃那好，你们给我上，抓住那小娘们。"他指了指依儿。

依儿淡定得很，仿佛不怕他们似的，护住了徐母。

徐叶当然没看出什么来，听到母亲说自己，又听他们咒骂自己死，再看马上要动粗了。既然老母都说到我了，不出场对不住母亲的期望啊。

"阿赫——"一声从角落走了出来，指着那边那帮人喝道，"给我住手！"甚有气势。

"哟呵，哪个不识相的，出来捣蛋了。"那少爷转过身来，一看，更显不屑，转过身大笑道，"老太婆，还挺有神通的，说一声，你儿子就出来啦，神了，哈哈……"

徐母见真的是自己的儿子，一张绷着的脸顿时一松。而依儿也显得万分惊喜，原本淡定神闲的俏脸，顿时羞答答的布满了红晕，徐叶当然看不到了，不过徐母可看在眼里啊。

此时的徐叶怒火中烧啊，居然骂自己王八蛋，是可忍孰不可忍。

那帮人却反而先动手了，"既然你自己找死，那就先揍了你再说，小的们，给我上，往死里打，没事。”两个人卷卷衣袖朝徐叶走来。

徐叶功夫是有点的，是一个癞头和尚教的，可哪有啥真功夫，三脚猫呢，不过对付一两个地痞流氓还是可以的。

徐叶也不慌也不忙，待到那人到了眼前飞拳而来的时候，反手一抓，顺着那人击拳的势道，将那人放在了地上。

那人刚才打拳时用上了全力，这一摔可不轻了，后面那人也飞拳过来，不过这人学聪明了，没有给徐叶啥机会来刚才那招，可谁说徐叶就会这招了，一个侧身，避开了那拳。

那人见打不着，转身过来，一个扫堂腿，徐叶又一跃，随即惨叫了一声，不是徐叶叫的，是那人，唉，悲剧了，那人玩扫腿，徐叶一跳一降正好落在了那人小腿上，嘎吱一声，骨折了。

那少爷见状，心慌了，灰溜溜地先跑了，跑了还不忘送来一句话：“臭小子，你等着，敢打大爷我，活腻了。”

那两个小的，也相互搀着跑路了。

五

三人走毕，徐叶哭倒在徐母脚下，一时间母子二人眼含泪水但内心都洋溢着激动与欣喜。

母子相拥片刻，徐叶抬头望着母亲，道：“娘，孩儿让你受苦了。”

“傻孩子，哭什么。”徐母用手拭去徐叶的眼泪。

寥寥两句话，足矣，母子情深，有何言语可以道尽。

徐母激动归激动，可不木讷，稍推开徐叶，拉过依儿道：“孩子，给你介绍下，这是依儿，这一年来，可苦了这孩子。这孩子也怪可怜，没爹没娘的，我就收留了她。话说回来了，还多亏了她啊，不然娘也……前两个月，娘得了疾病，说要给我去采药，走了一个月，才回来，带回来药，这孩子脚上还受了伤，回来的时候还一瘸一拐的，不过那药还真管用，喝了几服就好了。”说完，又哭了起来。

徐叶会心地转过来感激地看了看依儿，一年不见，依儿依旧当年风姿啊。

依儿见徐叶看她，小脸儿一红垂下头去。

徐叶转过头来对徐母道："娘，我认识依儿。"

"什么？你认识她？"徐母古怪地看了看两人一眼，然后满是狐疑地停在了徐叶脸上。

"是这样的……"徐叶遂把路上所遇原本的叙述给了徐母听。

听完徐叶的话后，徐母两眼尽放光芒，看得徐叶惊呆了。这下好了，我孩儿还没娶妻，这依儿也没婆家，又这么有缘分，正好呢，不过还得问问，徐母如是想着。

"依儿呀，可有了婆家啊？"徐母笑着问依儿。

这下，两人都猜到了徐母的心思，徐叶尴尬地笑着，依儿怯生生地回答道："依儿是孤儿，谁来说亲啊，还没婆家呢。"话没说完呢，脸早已红到了脖颈，低垂着头，一副小女人模样。

徐母忙给儿子暗示，一瞪眼，仿佛在说，快向人家女孩子提亲，把他娶过来，娶不过来跟你没完。

"……"徐叶无语啊，这母亲啥时候变成这样了。

不过母亲的话，也不好违背，再者其实，徐叶心里也是喜欢依儿的，要不然，他也不会中第之后推辞了皇帝的赐婚，还去了那个破庙。于是，脸皮奇厚地说道："娘，孩儿愿意娶依儿为妻，请母亲做主。"

徐母连忙附和道："我有啥权力给人家做主啊，你要问人家啊。"

其实人家依儿心里明白着呢，这母子俩一唱一和的，可依儿不怪他们啊，谁叫她喜欢徐叶呢，听他们说的，反而更加高兴着，只是羞于女孩子的矜持，不表露出来。

徐叶见依儿不回答，低着头，却不知如何是好了，徐母却忙道："依儿已经默认了，你这孩子，咋这点都看不出来啊。"

徐叶心中欢喜，情不自禁地抓住依儿的手，问道："依儿，你真的愿意吗？"

依儿心中气啊，你娘都说了，还问，想羞死我啊，脸上火红火红的，头深深地低着，点了点头。

徐叶见她回答，心花怒放，紧紧地抱着依儿了。

"咳……老娘还在这儿呢，羞不羞。"嘴上虽这么说，脸上却乐开了花啊，这样白来的漂亮媳妇，不捡，浪费了。两人听了，却不分开，依儿却将头深深地埋在徐叶的怀中。

"对了，差点忘了。"徐叶说着，放开依儿，从包裹里取出一个印子，一张文书，递给徐母道，"娘，孩子光宗耀祖了，虽然没得状元回来，但也得了个榜眼呢，这是我的任命文书和官印，我当上咱这儿的刺史了。"

"刺史，那可是大官了，孩子真有出息，皇上这么信任你，你要好好当啊。"徐母虽然比不上岳母，可也有几分相似。

顿时，屋内一片欢喜。

六

次日，徐叶准备动身去刺史府衙瞧瞧，刚踏出家门，被一帮人围了起来，有十几人，有的两手叉腰，有的双手抱于胸前，有的正挽着袖子，全是一副吊儿郎当的地痞流氓，徐叶一看，那领头的正是昨日闹事的浮夸少爷。

那痞子头哼道："臭小子，昨日是爷让着你，今日看你怎么说，要是乖乖交出那美娘子，爷还可以饶你小命，不然哼哼……"

"呵，连我夫人的主意你都敢打，我看你还是识相的快点走，不然……"徐叶听见他们还敢打依儿的主意，不由苦笑，愤恨道。

那痞子头见徐叶不听话，向身旁的仆从吆喝道："看来，你敬酒不吃吃罚酒，好，就让你看看得罪爷的下场。来啊，给我上，别留力气啊！"

徐叶一看，他们气势汹汹，只得硬着头皮上了。

对方人多可真难打，啊，开始还好，徐叶仗着身手敏捷，躲过了痞子们的拳脚，可到后来，力气没了，身手就迟钝了。

过了片刻，徐叶便被制服了，身上也已是青一块紫一块的了。那少爷卷起袖子，走向前，猛地向徐叶一拳过来，徐叶悲哀的感叹着，看来今天要出血了。

可正当他感叹着的时候，"啊"的一声，徐叶纳闷，要打我了，你还叫。

可当他抬头时，却惊讶了，那浮夸少爷居然被打了一拳，徐叶疑惑地问了问抓着他的一人，道："你打他的，嗯，应该是的，我也没手腾出来啊，谢谢你啊。"

靠，徐叶的这一句话绝了，那少爷没等那人开口，就吼道："你连少爷我都敢打了。"狠狠地扇了一巴掌过去，结果是两声"啊哟"，原来，这两个人互相打了对方一下，下手还不轻。

徐叶乐了，这，这两人真是一对活宝啊。

那少爷这下可亲眼看到，是下人打的他。他愤怒了，只听那下人惊恐地说道："少爷，不是、不是我打的，不是……啊——"下人话还没说完就又挨了一拳，那下人顿时瘫倒在地，随即一股腥臭味传来，原来那人尿裤子了，那下人，颤颤巍巍地辩解道："少爷，不敢啊，就是借我十个胆也不敢打你啊，我……我，控制不了自己啊。"说完，居然情不自禁地自己扇起了自己的耳光，本以为是他自己意识到自己得罪了少爷，才扇的自己耳光，可是过会发现了不对了，那少爷呵斥道："好了，不要再打了。"

可是，那人没停下来，说道："少爷，我说了，我控制不了自己。"脸上恐怖之色越发明显。

那少爷转过身来，道："肯定是你小子搞的鬼，看我不打你。"话毕，挥拳揍向徐叶。

可是没等徐叶反应过来，又是"啊哟"连声，那人居然成了熊猫，徐叶"扑哧"一笑。

突然，屋内也传来了几声莺儿般的笑声，听了让人骨头都酥了，徐叶转身一看，见依儿依在门角偷笑。

那少爷这会儿，真的是有点怕了，揉着眼睛，逃之夭夭了，边跑还不忘捎上一句："小子，你别得意，难道你不知道我爹是谁吗？我们身后还有大人物呢"。

徐叶顿时无语啊，还来这套，你不嫌丢人，我还嫌呢。

七

那帮人虽然走了，可是徐叶也有点纳闷，他们怎么会自己打起来呢？就算傻，也会知道谁是自己人啊。

正纳闷时，依儿从屋内跑过来，扶起徐叶，察看着徐叶的伤势，关心道："徐大哥，怎么样啦，疼吗？"

徐叶笑了笑，捏了捏依儿的小鼻子，道："无碍，皮肉伤而已。"

"不行，皮肉伤也是伤，快点回屋子里，我给你擦些药酒。"依儿的话让徐叶一愣，这语气，咋这么熟悉勒，徐叶转身对着依儿"咦"一声，这不是他母亲说的话吗……

“咦什么咦，还不给我回去。”依儿佯怒道。

“唉，唉。”郁闷，这什么情况啊，这依儿……随即，徐叶取笑道：“这还没嫁过来呢，就管上了，要是以后……哎哟，别别，我不说了。”谁知依儿居然捏起徐叶的腰肉，徐叶大声求饶道。

此时，“咳……”一声，徐叶两人还在玩闹着，听声，尴尬地停了下来，转过身一看，心中想着，不认识，谁啊，打扰我雅兴。

“在下越州司马，刘云，拜见刺史大人，听闻刺史大人回来了，特地来访。”那人倒挺自觉，见到徐叶疑惑，便自我介绍道，这时看见了徐叶脸上的伤，忙问道：“大人，你的脸是……”

“哦，是刘大人，真是客气了。”徐叶作礼，然后指了指脸上道，“你说这个啊，被人打的。”

徐叶倒也坦白，也不怕丢脸，那刘大人却慌了，“难道，难道是刚才那些人打的。”

“刚才那些人，你看见了，那好像是吧。”徐叶想着，那些人也刚走，他应该碰到了。

“对了，刘大人，那些人是……”徐叶被打了，总也不至于连仇家是谁也不知道吧，所以问道。

刘大人先是气哼一声，然后恭敬道：“还不是仗着有势力，横行乡里，要是我有权力，早把他们给逮了。”

“哦，他们走的时候也说，叫我别得意，他们背后有大人物，这大人物是谁啊?”徐叶看着刘云如此神情，心中欢喜，这说明这刘云还是个清官，有个这样的下属，当官也就轻松自在了。

刘云一脸愤懑地交代道：“刚才那人是城南王家王进财的儿子，他的姑父，就是当今天子的六弟，越王。想必，大人说的大人物就是这位吧。”

“哦，哈哈……”

“大人笑什么?”刘云见徐叶大笑着，心下疑惑。

徐叶，笑了笑道：“这越王我可知道，我想王爷是不会让人仗着他的名义，欺良霸善的，想是这爷俩背着王爷在做坏事而已。再说，王爷夫人也非你说的那般会纵容兄长吧。”

刘云一愣，旋即明白过来，笑道：“大人可能不知道，这王进财是王爷第一任夫人的兄长。”

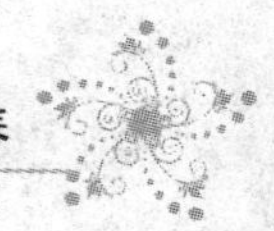

“哦，那不是辞世了吗，那更气了，此事，我管了，如你所说既然他们横行乡里，那说明乡里有很多人受苦了，你发布公文，我于三日后开堂受理，百姓有冤申冤，有苦诉苦。”徐叶见刘云，想要阻止，忙道：“司马大人也不用多说，照办既是。”

“大人，下官倒也想大人惩治了那妄人，只是怕大人斗不过那人。”刘云关心道。

“刘大人，放心便是。”徐叶心中更觉得刘云这人有前途啊。

刘云作揖道：“大人，我已经安排好了刺史府，不日即可入住。”

徐叶想到，也是该搬搬家了，要让老母亲享受享受，便微笑着说道：“那麻烦大人派遣几个下手，来帮我搬个家。”

刘云应声作礼退去，“等等——”徐叶喊住刘云，“刘大人，还有件私事，烦请大人帮个忙。”

“大人吩咐便是。”

徐叶笑着指了指坐在一旁的依儿，道：“这是本官的未婚妻……”

“哦，下官明白，大人尽管放心。下官这就告辞了。”

徐叶送刘云出屋，转身见依儿红晕满布，又取笑她，两人顿时又闹了起来。

八

三日后早晨，刺史府衙门，早已聚拢了一大批百姓，徐叶感慨万分。

又是三日。

夜，城南王府，前堂灯火通明。

前堂外，一个人影闪动，随即隐如黑夜之中。

前堂内，两个人影在烛光下闪动，传来细微的声音。

“爹，那新来的刺史在受理那些刁民啊，你看是不是……”右侧一人做了个抹脖子的手势。

左侧那人摇头道：“不妥，在这个档口刺史要是死了，肯定会查到我们，不可如此鲁莽。”

右侧那人忙接到：“可是，爹，这样也不是办法啊，要是被他查出什么，可就麻烦了。”

"放心，说不定他只是做做样子，骗骗百姓而已，再者他就是要查，也查不出什么的，外面的证据都被我抹掉了，他要是来传问，我们只要否认就行了。你最近安稳点，不要被他抓了把柄。走，外面还有客人要来，随我去迎接。"

"爹，你就放心吧，我肯定不会给你捅娄子。"

说着，两人向外面走去。

这时，堂外那人从墙角出来，奔向了后院，月光打在脸上，居然是依儿！

依儿贴着墙壁，避开明光，来到后院，看了看这后院，正待走向前时，却发现有什么不对劲，再仔细看去，发现有间屋子，似乎哪里不妥，总觉得格格不入，于是，轻步向那间屋子奔去。

摸到门前，轻轻一推，门竟未上锁，依儿瞬间进入，关好门。

凭着丝丝月光，依儿双手抱于胸前，若有所思地在房子里查看了起来，这儿翻翻，那里碰碰，可丝毫没有发现，在房子里轻轻地踱着步。

良久，依儿准备离去，转身却碰到了烛台，忙伸手去接，以免惊动了府内的人，可是奇怪的事情发生了，那烛台连位置都不挪一下！

于是乎，依儿便用力搬了下烛台，那烛台仍纹丝不动，依儿这下兴奋了，这种情况只有一种解释，这个烛台有机关，有机关，就说明有重要的东西，有重要的东西，说明是不可见人的，不可见人的东西，在这种人家里，一般都不是啥好东西。

本着这个想法，依儿研究起了这个烛台，左转转，右转转，都没用，依儿又用力拔了一下，也没用，还有什么呢，唉，还没按下去看看，依儿忐忑地握着烛台，一用力，按了下去，果然，动了，随即，香案一侧的柜子缓缓的挪开了，露出了一个暗门，依儿忙进去一看，这一看可呆了，这金银珠宝……

短暂一愣，依儿忙正色，寻找起她所需的东西来，挪了几步，在一张木桌上发现，有几册本子，依儿箭步上前，拾起本子，打开一看，原是账簿，再细看，居然是记载这些钱财的来源的账簿，这下依儿可兴奋了，这个不是最好的证据吗，夫君不是需要这个吗？

兴奋归兴奋，头脑还是清醒的，依儿藏起账簿，退出密室，关好机关，一闪，行云流水般离开了后院。

到了亥时，徐叶才忙完，走进卧房，却发现依儿也在，笑着道：“还没过门呢，就急着跑到我的房间来了？”

“切，谁稀罕……”依儿在徐叶一人面前到很放得开，不似扭扭捏捏，“不欢迎我啊，那我就走了。”说完就要起身离开。

徐叶苦笑，拉住依儿，揽入怀中，道：“谁说的？欢迎还来不及呢。”说完就抚摸依儿。

“哎呀，别闹，我来找你是有事。”依儿挣脱开徐叶的怀抱，从袖里取出那几本账簿，递给徐叶，道，“呐，给你的。”

“这么神秘，是什么呀？”徐叶接过账簿，打开一看，顿时愣住了，“这……这你怎么来的？”徐叶是真的难以置信了，这可把王家的财源都记得清清楚楚啊，肯定藏得隐秘，怎么会在依儿身上，便疑惑地望着依儿。

“给你，你就拿着，哪那么多废话啊，你想知道啊，我偏不告诉你。”说完，在银铃笑语中跑出了房间。

其实啊，也不能怪依儿，这个可以告诉徐叶吗？时机还不到啊。

徐叶摇摇头，心中想到，正愁没证据，有了这个，看王家还怎么嚣张。

九

次日，早晨。

徐叶兴奋地从床上爬起来，吩咐了丫鬟洗漱，这时，一个丫鬟进来，说道：“大人，夫人她出去了，让奴婢禀告您一声。”

徐叶一愣，这丫头，没个定性，问道：“去干吗了？”

“回大人，夫人没说。”

“好吧，我知道了，你下去吧。”徐叶纳闷。

徐叶快速吃完早点，叫来了司马刘云，带上衙役，就出发了。

王府，大堂。

“老……老爷不好啦，刺史府来了很多衙役。”一个下人慌慌张张地跑进来说道。

“他们来干什么？”王进财心中问道，一股不好的预感油然而生，忙在旁边一人耳边吩咐了几句。那人点头离开了。

徐叶带着衙役已经冲进来了。

王进财喝到："你们干什么，私闯民宅，可是大罪。"

"哼，我们干什么，等你到了衙门，你就知道了。动手。"徐叶一声冷哼，吩咐身后的衙役动手。

立马将王进财控制了起来，又从后院将他儿子从床上给抓来了。

"你最好放了我，不然有你好看，我妹夫可是越王。"王进财挣扎道。

徐叶丝毫不理会，冷哼道："押走。"

刺史府衙公堂。

"啪"的一声，徐叶拍起惊堂木，喝到："尔可知罪?"

王进财嘴硬到："笑话，不知刺史大人，罪从何起?"

"还嘴硬，好，我数给你看。见到本刺史而不下跪，其罪一也；欺男霸女，强占民田，搜刮民财，其罪二也；收受官贿，其罪三也。尔还不认罪?"徐叶不卑不亢地看着王家父子。

"定罪可得讲究证据，证据呢?"王进财有恃无恐地说道，"要是没证据，我还要回去呢，家里事多，恕王某不能久陪。"

"证据，在公堂上，见了本官不下跪，在场之人都可作见证，你敢赖不成。这第二吗，就是你儿子干的好事了，调戏女子，都到本夫人头上了，还敢狡辩。"徐叶恶狠狠地盯着王进财。

王进财依旧从容不迫，徐叶倒佩服起他来了，"连京官都让我三分，你一个刺史算什么。你说我儿调戏你夫人，别人看见了？没有啊，你们自己人总不能作证吧！"说完，却瞪了他儿子一眼。

徐叶气得牙痒痒，恨不得向前揍他几拳。

正待拿出撒手锏时，门外大喊到："越王驾到。"

徐叶一愣，他想过的，这王家也算是越王的亲戚，不可能不管，但没想到还真来了。

也没愣着便从座位上起来，向外迎接王爷去了。王家父子像是见救星来了，更加肆无忌惮，对徐叶投来了很不屑的笑声。

徐叶也懒得理他们，径直走过去，他们还以为徐叶是怕了，脸上的神色更加得意。

"王爷，什么风把您吹来了?"徐叶施礼道。

越王显得有些平淡，点了点头，问道："听说你把王家父子抓来了，所为何事?"

徐叶将越王迎进来，心中纳闷，当时在京都，越王可是出了名的大公无

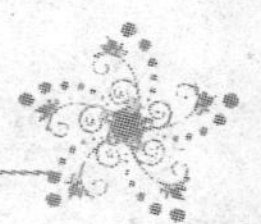

私，难道今天要护起短来了，见问到，一揖道："回王爷，此王家父子二人犯了重罪，下官正在审问。"

"哦，那好啊，我坐在这儿旁听，可以吧？"王爷在下侧坐了下来。

徐叶无奈，你是王爷，我有办法吗？我巴不得你走呢，只是，人家都坐下来了，也就算了。

徐叶转身走回，恰巧与王家父子那股得意得不能再得意的眼神相交，徐叶愤恨走向上座，只见依儿在堂侧的偏门指了指王爷，又给了个放心的眼神。

徐叶心下更纳闷了。

但是案子还是要审的，管他王爷不王爷，我还就不信这个邪了，整了整神色，拍起惊堂木，道："你们两个还不认罪吗？"

"认罪？王爷，我们没犯罪啊，您看，刺史大人居然就动武把我们抓来了，王爷要给我们一个说法啊。"

王爷不语，示意徐叶继续。

徐叶有点放心了，看来王爷并没有打算帮他们啊，那就好，不然还真有点棘手。

"王进财，别以为自己已经把脚底抹干净了。看来，你是真的不见棺材不掉泪了。"徐叶朗声说着，"来人，去取证物来。"一人应诺前去。

徐叶又转过头来，对王进财说道："王进财，给你机会，是你自己不要的。"

过了一小会儿，那人拿了那个账簿回来，递给徐叶，徐叶示意他递给王爷看。

越王接过账簿看了起来，看了一眼，脸色就满是愤恨之色，再看下，就更气愤了，直接将账簿扔向了王家父子身上，对徐叶说了句"该怎么办怎么办，愤然离去。"

那王家父子看见那账簿也脸色铁青，看到王爷把账簿扔了过来，吓得瘫在地上，拾起账簿一看，真是自家的，又听王爷的那句话，心下暗叫，完了！

这时，突然从人群中冲出一男子，喊冤道："请刺史大人为草民做主啊。"

"堂下所跪何人，为何在公堂上喧哗？"徐叶看了看突然出现的一幕道。

"小民，乃城东石柳村的李山，数月前，这两人……"说着，指着王家父子痛哭道，"这两人杀了我父母，把我家田地据为已有，我有幸逃脱，才免于刀下，万望大人明察。"说完磕了几个头。

这时，司马刘云在徐叶耳边说了一阵，徐叶拍案，强忍住怒气，道："这下好了，人证物证俱在，王进财，你还有何话好说？"

也不等他们答话，就算，他们也早已吓得软瘫在地，徐叶宣布罪状道："王家父子敲诈百姓，伤命数条，不死难辞其咎，来啊，押入大牢，秋后处斩！其家财一律充公。退堂！"

十

去了这个大祸害，越州就太平很多了。不光越州，徐叶拜托越王将账簿交给了皇上，那些记载在账簿上的官吏也被拉下了台。

几年后，越州城在徐叶的治理下，一片欣荣。

但是不幸的事却发生在了徐叶家里。

依儿病死了！

刺史府，后院。

声声悲痛的哭音传来。

徐母和孙儿、孙女号啕大哭，徐叶却已无泪水可流，握着依儿的手，放在脸颊，不知该如何发泄心中的郁闷，和往日没有的悲恸。

当他不知该如何的时候，突然，一簇白色的东西映入模糊的双眼，依儿手上有东西，扳开依儿的手，发现是一张纸，徐叶一阵疑惑，打开一看，先是惊讶，旋即是兴奋，只见上面写着依儿娟秀的字"欲挽我，见越王"，徐叶早已无法遏制心中的喜悦，一个箭步蹿出门外，去了后院骑了马，便向城北的越王府。

越王府。

却见一条条白素挂在梁上，匾额上挂着一朵耀眼的白花，徐叶看着这些，不由想起依儿，心中感叹，又想起可以救活依儿，心中又有了劲，叫下人通报了一声。

越王在书房见了徐叶，徐叶进去，施礼道："下官来的不是时候，打扰了王爷。"

越王摆了摆手，道："唉，没事，你找本王有什么事？"

徐叶于是把事情说了一遍，又将纸条递给了王爷。王爷看了徐叶一眼，突然冒出一句话："你可知依儿是谁？"

徐叶一愣，这还用问，她是我夫人啊，难道还有别的？徐叶茫然地摇了

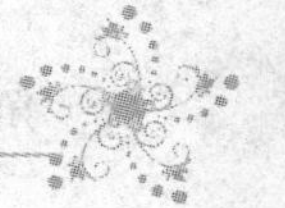

摇头。

越王叹了一口气，从后面的柜中取出一个盒子，交给了徐叶，说道："这是依儿，上次来的时候交给本王的。"上次，上次当然是审理王家一案的时候了，越王才不是被王家的仆人给请去的，那仆人来的时候，越王早就和依儿出发了。

徐叶疑惑的打开，旋即惊讶地瞪着双眼，颤巍巍地说着："她……她怎会有……有此物的?"

原来，这是当年徐叶救治那狐狸用的那件棉衣，当时一时情急，把棉衣盖在了狐狸身上，后来想起，那是依儿给他的，不可丢，忙又还身回去，可是，回去的时候，狐狸、棉衣、干粮都没有了!

"她就是当年你救下的那只狐狸，现在的依儿!"王爷看出徐叶的疑惑，解释道，"依儿曾有恩于我，昔日曾不惜性命救我，我也是那时知道的，依儿是一只狐狸。"

不解释还好，一解释吓了徐叶一跳。

这一刻，以前那些奇怪的画面一一呈现，许多当年的疑惑，一下豁然开朗。

徐叶心中感叹，不管如何，她是人是狐，唯独不变的是，她是我妻子，我一定要救她。

接着又看了看盒子里，有张纸，徐叶拿出来看着，心头一阵惊讶，一阵欣喜，一阵忧愁。惊讶的是这世上居然有借尸还魂，欣喜的是如果真的可以，依儿就有救了，忧愁的是他上哪儿找的这个尸啊，再看第二页，徐叶又愣住了，把纸条递给了越王，越王一看，也愣住了。

依儿这样写着：依儿知自己死期会与越王爷之女左近，依儿虽无法挽救郡主之命，但依儿却可以借郡主之身还魂，到时，万望越王爷成全。

在下面，又写着：须在依儿死去后三日内救还，不然，元神破灭，天公难救。若救依儿只需将此棉衣穿与所借之身，待一日便可。

越王这时开口到："若是如此能救依儿之命，报我当日之恩，也好。"于是叫了下人，"停止丧事，将郡主的遗体搬入闺房，速速去办，勿问缘由!"

待下人离去，徐叶忙道："王爷，此事万万不可，郡主的遗体……"

越王摇了摇头。

十一

次日，鸡鸣，天明。

徐叶睡眼蒙胧，突然见一人在眼前晃悠，揉揉眼挣开，一个后跃，跳开，叫到："郡……郡主——"早已闪身跑出去了。

郡主大喊："喂，喂——我是依儿啊！"原来真有借尸还魂一说。

依儿十分不解，自己活过来了，徐叶应该高兴才是啊，怎么看他刚才的神色……

依儿坐到铜镜前一照，才恍然大悟，自己的脸现在还不是自己的。

不多时，越王、徐叶走了进来，越王轻叫一声"依儿"，只见依儿转过头来，又吓了徐叶一跳，"依儿，你的脸……"

"脸什么脸啊，刚才叫你，你一味的向外跑，怎么叫都叫不住。"依儿嗔怒道，"刚才我的脸还没有变回自己的，现在变回来了，有什么大惊小怪的。"

徐叶欣喜万分，看了看王爷，摇了摇自己的头。

这时，依儿看见王爷在场，忙跪在地上，磕了头道："王爷施恩，依儿感激涕零。"

王爷扶起依儿，见依儿活了过来，也十分高兴，道："感激什么，你也救过本王的命。"随即想起什么，问道，"只是不知我那苦命女儿的身体……"

"王爷，其实身体还是郡主的，只是换了皮，换了魂。"然后朝徐叶俏皮一笑，又跪在越王面前，磕头道，"爹爹在上，可否愿意收下这个女儿？"

越王先是一愣，旋即哈哈大笑起来，那死了女儿的伤心早已消散，扶起了依儿，算是答应了。

徐叶先是如越王般一愣，随后，也跟着越王笑了。

万里苍穹，蔚蓝满布，太阳当头而照，洒下丝丝温暖，调皮的白云，在阳光下追逐！

千里大地，一眼绿意，百花正在争艳，小草也不懈怠，发着绿，铺设大地！

前门后院

■ 拉拉

每一个诞生都是身不由己。但我们无从选择，无从后悔。投生了一个环境，也就投生了一种生活，投生了一段故事。

——题记

初跳的脸竟是粉新如桃的。氤氲氤氲地迷湿了我的眼睛。

我知道她快死了。尹河水激澈远行，她也跟随而去。

我笑着，因初跳也对我笑。

但眼泪却那么破碎在尹河水里，追逐着那盛极一时的桃花。

我想起初跳说过笑是可以像鸦片的，容易上瘾，但却能麻痹自己的忧伤。

可我从来就没有告诉过初跳，她是始终如桃的，那样恬淡清脆，染得人迷醉。

门是被重重锁住的。

那青铜锁冷静地垂在门上，带着尹家村的尘埃，老气横秋地锁住了一方世界—— 林竹爷爷说，这锁最早是尹家二奶奶的嫁妆，跟着她从一个遥远的地方来到了尹家村。

所有的人都不知道这尹家老爷是从哪里寻来的二奶奶。正如所有的人都不知道，这锁竟是从何时起挂在了这院门上。

初跳静静地靠着我坐着。她的头很轻，如带露粉桃似的搁在我肩头。

我望了她微启的眼睛问林竹爷爷：这院是二奶奶以前住的吗？

不是——爷爷抬起的眼睛始终望着天，似乎是在追寻那个遥远的故事。

但他和我一样，亦不过是一段历史的听众。

尹家全住在村东头的大院里，院墙高深得很。

女人在里头从不被外人看见。纵是二奶奶，大家也只见过她顶着一方红

盖头和死如桃花的转瞬……

初跳轻轻的听着，轻的连呼吸都不能听见。我叫初跳，她动了一下。我说“你别睡了”，她点了点头。

我吁了口气，望着林竹爷爷看的天，那透蓝透蓝的天，那讳莫如深的天，那要将人融进去的天……

初跳哑了。她是被毒哑的，是被我的父亲毒哑的。

当我拿着屠刀找到那个凶手时，他正像一条死狗一样醉倒在地上，带着满身满身的呕吐物。我说：“你怎么不去死呢!”初跳却站在了我的面前，挡住了他。

我听到他的呕吐。

初跳在摇头。

我说：“你不死你造什么孽呢?”他抽搐了一下，又呕出一堆秽物。我转身就走了。

我的初跳没有了声音，她不会再像以前一样捧着我的脸轻轻唤我的名字了。

她叫我“尹莫，我的小莫莫。”那声音悠悠的，像是我的母亲。

对的，我的母亲。我想起我转身出门时那个凶手在痛苦呻吟。

他说：“她太像你的母亲了。”

林竹爷爷说：“这锁住的院子是尹家的西院。”长年累月的锁着。但直到有一天，有两个外村的人坐在这门口，大伙才注意到这锁竟成了沉厚的青铜锁了。

那两人是从何地而来没有人知道，是何时而来也没有人知道。

他们一聋一哑地坐在院门前，守着一脸的欲说还休……

后来，有人说他们是被尹老爷雇下看门的……

我摸了摸脖子上悬吊的一把青铜钥匙。

它带着如锁般的沉穆用一根暗红的线串着。像串着一段故事，又或是一段历史般的沉重，沉重的吊在我的脖子上。

我想那线起初应是鲜红的，只是岁月洗涤了它的艳。于是它颓默了，可是却异常牢固。

初跳的脖子上也有如此一根暗红的线。也如此这般的垂着这样的青铜钥匙，在她如桃的肌肤上，像是一圈血痕般的刺目。

林竹爷爷说，“尹莫啊，你们要知道，这是尹家村的历史，是它的秘密，也是它的神力呀！你们要好好地看守它，看住它，看牢它，千万千万…… ”

我的母亲是个美丽的女子。在尹家村人的眼里是，在父亲的眼里是，但在我这里却没有印象。那时我还小，小到我记不住任何视觉上的转瞬即逝，包括我母亲被人称叹的美丽。

而她就那样的转瞬即逝了。

母亲死了，她的死对于我来说，就如同她的美貌一样没有记忆。

唯一让我想起我的母亲的，是镌进心里的她的声音，那悠悠的叫人心碎却爱不释手的声音。

她叫我：尹莫，我的小莫莫。

我记得她这样叫的我，叫进了我的心里，将它碎成了一捧湿润的眼泪。

初跳也是这样叫的我。

但她会捧住我的脸，眼睛水澈闪亮。初跳的脸是像桃花一样粉嫩粉嫩含苞待放的，像是笼住了整个春天一样。

她笑，那春天就溢出一点，漾起一缕暖风吹进你心里。

她说话，亦如我母亲的碎，悠悠穿过，你可以就这样的融化至水。

我就这样的在初跳的春天里，和她一起在青铜锁下，守护了一年又一年。

我的初跳却哑了。她托着一地清冷的月光走向院门的时候，我忽然觉得难过。

那难过来自四面八方：从厚重的夜幕，从凄冷的月光，从夜风里的草叶，从青铜锁的神秘，从我不明就里的守候……

它来势汹汹，如尹河的水激澈地向我扑来很快将我吞噬了下去。

很多人说我的母亲是被尹河水冲走的，我总是想象那一晚如雾的水在母亲身边旋转，母亲的眼睛明亮并且温暖。

激动的河水，母亲的眼泪，月色冰凉。

我曾在那晚看着，心凉如水。却不知道，这河水究竟会带着母亲流向何处。

我曾经和初跳站在尹河边。

我问初跳：“你知道这河流到哪里去了吗?”

初跳就会在闪闪的夕阳里对我说，“它是流到故事外面去了。”

我又问她："这河的下游是什么你知道吗？"

初跳笑，笑的春风浮动，她说是桃花林，是片不败的桃花林。

她的声音悠悠，穿透了我的心，将它碎成一捧湿润的眼泪。

而此刻，我的初跳托着一地清冷的月光，像是托着一条华美空洞的裙。我难过的看到春天好像在慢慢的萎谢，在萎谢。

我叫初跳，声音打碎在她的裙上，她抬起脸，两汪眼泪在月光里落成了雨水。

我的初跳，真的就那么哑了。

母亲的死成了父亲永远不想面对的现实。

于是他便长年累月的混迹在尹家村的各个酒店。他像是死狗般的醉倒在任何地方。吐的可怜。他很瘦，也很白，像是一个鬼，永远东倒西歪的活鬼。

初跳总会捧着我的脸："尹莫，我的小莫莫，不要有眼泪呀，要笑啊。"她说："笑是像鸦片的，可以麻痹忧伤。"

她说："我们无从选择的。"她说："你的父亲没有错啊，他只是在用岁月做交换来吝啬他的记忆。"

她说："我的小莫莫，除了记忆与故事，我们什么也没有。"

她说……

但我的初跳竟不能说了。她在尹慧叔叔的店里找到了我的父亲。

他趴在桌上散放着酒气。

她拿过他的酒杯说："你不要喝。"他看着她，眼神恍惚迷离，渐渐逼近了我的初跳的粉桃般的脸。但他又很快地拉开了距离。他在颤抖。

初跳说："尹莫会难过。"他笑，他说："那好，那你喝，我不喝。"

于是我的初跳端起了酒杯，于是我的初跳皱着眉头仰脸喝尽了杯中的酒。

于是，我的初跳没有了声音。

而他，我的父亲，却依旧是个东倒西歪的活鬼。

我拉着初跳冰凉的手，顺着尹河往下游去。

在闪闪的夕阳里，我告诉初跳我要带她去见我的母亲。我说："初跳，我的母亲很美。她像桃花一样的美丽，又像桃花一样的死去。"

她在下游的桃花林里……

初跳，我们去见母亲。

她会叫我“尹莫，我的小莫莫”。

初跳，她会喜欢你……

初跳看着我，眼神清凉如水。夕阳洒在她的身上如同月光般凄凉。那样苍白的一朵桃花呀！我使劲地拉紧她的手，害怕她就那样水灵灵的干枯掉，或者飘落了。

但我们竟那么快的被林竹爷爷他们追回了。

林竹爷爷已经很老了，老的让我总以为他是和尹家村的青铜锁一起诞生的。他的眼神里散满了尘埃，那些尘埃堆出了他的苍老。

他说话了。

他说：“尹莫，你们不能走。你必须守着那门后的院子。那是你的职责，是我们尹家村的神力。”“ 我只是想去见我的母亲。”我说。拉着初跳的手，很死很死的。

我要带初跳去见我美丽的母亲。

林竹爷爷笑了，那笑一漾一漾的荡满了忧伤。环绕了我，也环绕了初跳，似乎慢慢环绕了这样一个尹家村。

尹河的水依旧激澈。你可以在里面看见破碎，亦可以看到如花般的忧伤。

林竹爷爷就那么苍老地说着，说得我的初跳越来越凉。

尹莫，你的母亲已经死了，他说。尹莫，前门是你的守候，后院是尹家村的历史，他说。尹莫，初跳已经哑了，他说。尹莫，初跳……初跳……她是那么像你的母亲……他笑了，笑得那样忧伤，笑得尹河水如花飞溅，溅湿了我冰凉的初跳。

初跳就那样死了。死在尹河里。像桃花一样盛极一时，倏然消失了。

很多人看到，看到像桃花一样的初跳，看到初跳像桃花一样的顺水而逝。他们笑了，笑的尹河水如花飞溅，溅没了我如桃的初跳。

他们说，她是那样像你的母亲。

我握着从初跳手中抓过的唯一的青铜钥匙。

我想这是命，注定逃不掉的。我坠着钥匙——我的，还有初跳的——回到了院门前，回到了青铜锁下，回到了尹家村的历史，回到了我倾家荡产的守护。

我守着前门后院，一年又一年。我想着我的初跳，一年又一年。

很多时候，我总在夕阳里问这河是流到了哪里。没有人回答。

很多时候，我总问这河的下游是什么。依旧没有人回答。尹河水澈澈如前，你可以在里面看见破碎，亦可以看见如花的忧伤。

而此后，总有一个女孩，在夕阳里的尹河边歌唱。

她那么小，那么小，小的如孩时的我的初跳。她的歌声悠悠，悠的人心碎，悠碎了尹河水，溅出了忧伤。

她在我的呼唤里转过了脸，她的脸宛若桃花。

我用初跳和我的钥匙穿进了青铜锁，它沉穆的唱出了悠悠的喀嚓声。

我的眼睛开始迷乱。我看到我的母亲，我的初跳，和一群如桃般的女子翩跹在桃花林。

她们声音悠悠，悠碎了我的心……

我轻轻地倒下了。

机器人的葬礼

■ 佛里沙

艾菲终于耗尽了她的最后一息能量。从而终止了她对自己的主人——残疾人本杰明先生的终极服务。

艾菲是本杰明花费一万二千美金从SUPPER机器人公司购买的终极服务者。至此，艾菲已经整整服务了本杰明先生二十五年的时间。当然，艾菲是智能高仿真机器人，比起T101型的液态机器人不知道要先进多少倍。然而对于艾菲个人而言，艾菲的生命终结毕竟是个悲剧。

在艾菲送往由市政府拨款的机器人殡仪馆里，在机器人美容师，肢解师等对美丽的机器人美女艾菲的拆解过程中，他们发现了艾菲的程序里留下了最后一句话：

“活体的你与机械的我多么孤独。”

这句话到底是什么意思呢？大家困惑不解。肢解师们小心翼翼地将艾菲的颅、芯片、电子元器件、仿真硅胶、子房、子宫、四肢、手脚等一一拆解在手术台。根据中华人民共和机器人殡葬法规规定，拆解机器人的遗骸，为了防止辐射，电子元器件对大自然造成的严重污染，主人与殡仪馆的机器人们只能就其硅胶部分进行安葬。原因是这些硅胶是最新高科技产品，可以在土壤里很快风化溶解。

是本杰明坐着轮椅沮丧地面对着艾菲的坟墓，心想自己应该给艾菲刻一块墓碑，然而墓碑的文字究竟该如何写呢？究竟自己该如何给美丽的艾菲写一两句经典的碑文，是本杰明绞尽脑汁的事。

本杰明眼睛里噙着泪花，回想起艾菲在与自己共同生活的二十五年，她那文雅的言谈举止，渊博的学识，敏捷的动作，银铃般的笑声无不回响在自己的耳际，然而斯人已去，自己感觉是十分的愧疚。愧疚的是这最后几天到来的时候，艾菲就像女人例假来的时候一样，烦躁不安，有时候流露出依依不舍的神，还有的时候，经常半夜里轻轻地来到他身边帮自己盖好被子……

至于烦躁，只是艾菲从来就是压抑在自己的心里，但是对于共同生活了二十五年来的本杰明先生来说，他能感觉出来自己的机器人艾菲情绪很不稳定，尤其是那天艾菲带着本杰明先生开车到了中的拉索桥黄埔大桥的时候，说什么艾菲也不愿把轿车开过桥去。当时本杰明先生还冲她发了一大通脾气。要是早知道艾菲是为了自己的人身安全着想，害怕自己的能量不多了，恐怕开出事故来的话，说什么自己也不会冲她乱发脾气啊。

可惜艾菲已经默默地躺在坟墓里了，想到这，本杰明先生泪如雨下。二十五年来虽然艾菲是自己在商品经济时代亲自买回来的保姆，但是自己一向平等待人，亲如一家，加上自己没有妻子，是个地道的光棍儿，早已与艾菲无所不谈，谈孤独和困惑的话题，谈文学、谈理想、谈社会、谈政治。总之，艾菲渊博的知识给本杰明先生留下了很好的印象。

本杰明先生还曾经与艾菲这样开过玩笑：你要是真人的话，我一定会爱上你。艾菲做了一个漂亮的鬼脸，嗯哼了一句。本杰明先生开心地说，你要是真人的话，我还真的一定得与你有个天使般的女儿。逗得机器人艾菲女士“咯咯”笑了老半天。虽然机器人笑的时间很长，不会像人们那样喊肚子疼，可是我们的机器人公司在设计时早已经设置了程序，艾菲笑得弯了腰，眼泪都快出来了。

那一天是多么开心的一天，本杰明先生想到这里，赶紧用手帕擦了擦泪。想起了程序里的最后一句话：

“活体的你与机械的我同样孤独。”

“难道艾菲真的爱过我吗？”本杰明先生问自己。可是自己与年轻漂亮的艾菲从来没有非分之想啊，他们纯洁的友谊如同一对青梅竹马的少年，由于机器人艾菲是不会出现皱纹，她总是那么娇艳欲滴，羞花闭月，而自己已经山芋格子爬满了额头。

不可能，不可能，机器人是不会拥有真正的爱情的。尽管她几十年如一日地待我那么好，那只是她行使自己的仆人的职责罢了。本杰明先生尽量不去想这些。

翻看人类历史就知道，人类的墓碑上总会刻有妻子和丈夫的名字，还有子女的名字，并且在石碑的后面刻上墓志铭。然而时代不一样了，有钱的财阀们都定居火星了，地球由于长期火化人类遗骸产生了严重的污染物，并且墓碑还占用了大量的耕地。各国都将人类的遗骸直接送往月球，因为那里没有水源，空气稀薄，遗骸很快就萎缩风化。

现在，地球只留有机器人的遗骸。本杰明先生还没有想好该给年轻漂亮的艾菲刻什么样的墓志铭。他要等回去思考成熟的时候再办理此事。

二十五年了，二十五年都是艾菲开着这辆跨时空新概念车，而今要自己抛弃自己唯一的“亲人”让她独自留在这里经历风吹日晒，自己独自开车回去的那种孤独与痛心感，不时袭心。仿佛这一天的葬礼，本杰明瞬间苍老了许多许多。

回到家，本杰明先生默默地走进曾经充满欢声笑语的房间，地板是艾菲刚刚擦过的，厨房里是艾菲给自己做的最丰盛的晚餐，茶几上还放着艾菲留下的漂亮的书法留言：“用坚强去面对抑或是短暂的孤独岁月。”

本杰明先生无心吃饭，直接走到艾菲的卧室，这么多年来他们一直是这样分房睡觉的。看到衣橱里艾菲曾经穿过的各种得体的衣服，仿佛自己的人生有种沉舟侧畔千帆过的感觉。

本杰明想抽雪茄，可是从来也没有抽过香烟的他，此刻的心此刻的房间里又从哪里会有一支雪茄呢？

本杰明彻夜难眠，想到他们曾经一起开车去兜风，去海边踏浪游泳，去迪士尼乐园，去参加残疾人联谊会。还有，还有很多很多快乐的日子，然而，艾菲的离去，这一切再也不复返了……

本杰明想了一晚，想到了自己曾经的恋爱，那时候自己还是一个手脚健全的帅小伙，他爱上了一个年轻的芝加哥姑娘，可是那个姑娘嫌本杰明先生家境贫寒，嘲讽地说，你要是美利坚总统，我就嫁给你。后来一个善良的姑娘露莎嫁给了自己，可是一场车祸导致自己失去了下肢，露莎担心自己成为她的包袱，终于委婉地说了声“拜拜”。

想到这里，本杰明才想起自己是如何走进那家机器人公司的，这还是纽约残疾人联合会心理专家的建议，他们说，本杰明先生，假如您还是单身的话，为了您的生理健康以及您生活的便利，我们建议您到 SUPPER 机器人公司看看，我们相信，那里的机器人会使您获得前所未有的人生乐趣。

起先本杰明先生还有些犹豫，但是，当他走进公司看到美丽的艾菲那一刻，本杰明先生的初衷就改变了。

艾菲长着美丽的容颜，粉红的唇，肌肤白里透红，个子修长，当然这是二十五年前的记忆了。而今自己是独守空房，以后的日子里难道自己还要去那家公司吗?

回答是否定的，因为本杰明先生自己知道，在这个世界上他再也找不到像艾菲那样美丽、那样善解人意、忠心耿耿的机器人了。

天刚蒙蒙亮，本杰明先生拿起了自己的手机：

“喂，请问您是定制墓碑的 ABC 公司吗?”

“是的，请问我们可以为您做点什么?”对方答道。

“我要定制一块墓碑，要快，在太阳升起的时候，就要麻烦您送到 A 区 C 单元 1111 街机器人殡仪馆墓地，L 行，I 列，O 端，E 安装好。”

“好的，我们一定做到，请问需要墓志铭吗?”

“是的。”本杰明突然心肌像刀割一般绞痛……

太阳红彤彤地从地平线上空升起，那耀眼的光芒透过沧海的雾霾，早早地照耀着美丽的艾菲的墓地，墓碑闪耀着几个醒目的文字：

“当太阳升起，让孤独感受光！妻艾菲之墓。——本杰明”

将离

■ 绎如

楔子

“狄二，备香和纸钱，我要去兄长坟前祭奠!”声音不紧不慢，却有一丝掩不住的凄凉。

“是，将军。”

今日，是长兄的祭日。往年，狄青只能在月下设案，寄托哀思；而今年，他终能亲自站在长兄坟前，捧一抔土。他很欣慰，长吁一口气，风里却夹杂着苦涩的气息。

说话间，香案已备好，狄二垂首听候吩咐。

“走!”一声令下，雷厉风行，丝毫不减当年。狄二被吓得身子一抖，背上的香案差点掉下来。他觉察到这细微的变化，着意看了一眼身后的狄二，眼里没了刚才的威严。

他神色肃穆地跪在长兄坟前。黑夜里，已看不清墓碑上的字，空旷的墓园里，只有蛐蛐不知疲倦的鸣叫，远处几棵青松，显得有些落寞。

少时家贫，长兄如父，含辛茹苦，他很敬重长兄。十六岁时，长兄为他与人斗殴，险些入狱。也就从那时起，他代兄受过，充军边关，开始了数十年的行伍生涯。他本想衣锦还乡，却不曾想，自己被贬陈州，路过家乡，见到的只是长兄冰冷的坟冢。

一

皇佑四年，八月。早秋的天气，暑热还没完全退去。

勤政殿内，一道道加急奏折呈送到龙案前，金銮殿上的皇上，汗如雨下。

殿下大多文臣胆战心惊：依智高起兵造反，韩琦远在陕西，尹洙被流放筠州，范仲淹又在徐州病故，国中无人，朝中无将啊！

“众位爱卿，可有平叛良策，速速奏来！”皇上顾不得天家风范，焦灼不安。

一旁细心的掌事太监张公公赶忙呈上一杯龙井。不想，却被皇上失手打翻。

“啪——”青花瓷杯跌落在地，清脆的响声让满朝文武大臣莫不噤声。

大殿上，皇上怒不可遏，群臣诚惶诚恐。

片刻之后，一个人从左边队伍中走出，到大殿中央站定，双手持笏板，声如洪钟：

“禀皇上，臣枢密副使狄青愿为圣上分忧，万死不辞！”他跪在了大殿之上。

“狄青?!”

“才刚刚坐稳枢密副使的位子，就想出风头！”

“他才上任不到三个月嘛，怎有魄力担此大任?”

终于有人敢接这烫手的山芋，群臣们如释重负。虽然大部分人都对狄青的能力表示怀疑，可眼下确实找不出比他更合适的人选，再说他也是主动请缨，为他多多美言几句，换来国家安定，何乐而不为呢？君子成人之美嘛！

于是，群臣们开始活跃起来：

“禀皇上，狄将军久经沙场，是一员不可多得的良将啊！”

“禀皇上，狄将军年轻有为，身经百战，此次派他前去，乃我大宋之幸！”

死气沉沉的勤政殿，这一番慷慨的陈词，让空气中多了些勇武之气。先前的话，他不可能没有听到，只是不想理会：习武之人，学不来言官们趋炎附势的花花肠子！他们靠嘴吃饭，有时是一只八哥，哄得圣上喜笑颜开；有时是一只血蝇，恨不得把对自己不利的人置于死地！

这些人，他素来瞧不上：朝堂之上，红口白牙，轻易便定人生死。可谁又知道，数年之后，自己又会和范希文公一样，死于朝廷的猜忌呢?

因大殿内热烈的气氛而倍感兴奋，皇上铁青的脸，终于展开笑颜：

“好！任狄青为宣徽南院使，速往广西平叛！只是我朝尚未有武将单独决策的先例，特命中书令任守忠为监军，随狄爱卿一同前往！传朕口谕，明

日垂拱殿设宴，朕要亲自为勇士饯行！”

“谢主隆恩！”

“退朝！”张公公一声令下，群臣鱼贯而出。

二

十六岁时，他获罪充军，第一次来到军营。回想起来，因为陌生而产生的新鲜感和因为莫名的熟悉而产生的亲切感，至今仍让他激动不已。也许，他前生就是一颗武曲星，这一世做武将，是宿命。

看似牵强附会，当时年轻的狄青心里却颇为认同。大宋朝承平日久，西夏国陈兵北境，滋事扰民。作为戍边将领，保家卫国是责任，也是义务。

十数年如一日，褪去稚气，他已是“铁面将军”：效仿兰陵王，戴面具作战，威名远扬。

康定元年，屡建战功的他，受韩琦将军邀请，参加庆功宴。在韩将军营帐里，三十二岁的他，遇见了此生最大的贵人：范仲淹。

席间，范老先生和韩琦将军把酒畅谈，谈笑风生。虽说出身行伍，却不胜酒力，又因插不上话，好不尴尬。一介武生，遇到会用兵的秀才，佩服得五体投地。

“‘铁面将军’，来，陪稚圭再喝一杯！”韩将军满面红光，再次举杯相邀。

范老先生偏过头来问：“你就是狄青？打过不少胜仗嘛！尹洙倒是经常跟我提起你！”

狄青目光平视这位能文能武的奇才，五十一岁的老者已两鬓斑白，想必是忧国忧民所致。虽说起初见面时已行过礼，可出于对老者的敬重，他还是从座位上站起，抱拳施礼道：

“末将不才，承蒙将军谬赞。”

一旁的韩琦性子比他还急，把酒杯塞到狄青手中：

“狄将军切莫拘谨，范将军爱兵如子，不会怪罪！”说完还趁着酒劲，哈哈大笑起来。韩琦与他同岁，随性率真惯了。可范希文公毕竟是他和韩琦的长辈，他自然不敢放松。

“汉臣，你可懂兵法？读过兵书吗？”老先生慈眉善目，还称呼自己的表字。正襟危坐的狄青面红耳赤，支支吾吾说不出话来。一来他认为带兵打仗历来靠士气和粮草，不知道还有法可依；二来，自己少年时因家境贫寒，读书也是半途而废。

“将不知古今，匹夫勇尔。打仗不仅靠你的孔武有力，还需要谋略和智慧。读书能通古今事，明得失，知利弊，若不读书，岂不就成了逞匹夫之勇吗！”

狄青倒也不是第一次听到类似的言论，只有这次能让他引起共鸣：士卒们可以不读书，因为他们听从将领的号令；而将领是一支队伍的灵魂，无识无才，只能是屡战屡败！

可难道征战十数年，全凭侥幸吗？

范老先生似乎看穿了狄青心中的疑惑，他继续说道：

“当然，我们读书是为了应变，纸上谈兵不可取，却不能对古今之事浑然不知！今日我将《左氏春秋》一书赠与你，望你细读。古有‘士别三日，当刮目相看’的吕蒙，老夫相信，不出三日，狄大将军也会让老夫耳目一新！”

时隔多年，范老先生已驾鹤西去，可他依旧时时翻阅《左氏春秋》。他深知，没有范希文公这个伯乐，就不可能有他今日的成就。

只是，他不明白，《左氏春秋》是史家笔法，秉中持正，为何通晓古今的范希文公却被一群同样嗜读《左氏春秋》的言官们打翻在地？

难道，从这书里，武将们看到的是精忠为国；而文臣们则只看到尔虞我诈？

三

皇祐五年，正月。狄青班师回朝，大获全胜，举国欢腾。

主帅狄青提为枢密使，大获人心。上元灯节，皇上龙颜大悦，特恩准狄青随行伴驾。

往日门可罗雀的门庭，近来总是挤满了道贺的官员；往日朝堂上颇不受重视的武将，近来却成了君臣朝议的主角，上表为他请功的折子不断。这一切，狄青感到无所适从。

为国尽忠，本是将士职责，可大臣们的做法无疑把他推到了风口浪尖。

于是，他上奏折请求外调戍边。不想，皇上仁爱有加，竟不予批准。他出兵剿匪，解除了朝廷的心腹大患，天下又是往日歌舞升平的样子。边疆有的是将领，也不少他一个。不外调，也是情理之中。再说，枢密使作为最高军事长官，本就不该再风餐露宿那般辛苦。

就这样，狄青每日上朝下朝，机械地重复着。然而因为长时间缺乏军事锻炼和闲居京中的养尊处优，小腿倒粗壮了一圈，这让狄青苦恼不已。

朝堂上是文官们的温床，哪是武将的用武之地呢？况且自己读书不多，圣上垂问，都没有几次能像旁的官员一般对答如流。好在圣眷优渥，体谅他常年带兵打仗，读书不求甚解，也不怪罪。可狄青还是终日如履薄冰，生怕文武百官们认为自己倚功自傲，目中无人。要知道，文人的嘴和腹中的圣贤书会让一切理由看上去都冠冕堂皇。

一日，因圣上龙体欠安，休朝。狄青便牵着马，乔装打扮以后来到集市。集市上人声鼎沸、熙熙攘攘的景象让他倍感高兴。是边疆战士们浴血奋战外敌和将士们迅速平定内乱才会有百姓们的安居乐业，这里面也有他的一份功劳，他自然是高兴的。

一个说书人的摊子引起了狄青的注意。说书人面露激动、动作夸张、慷慨陈词，一旁的听众们也兴高采烈。狄二侧着耳朵听了片刻，告诉他的主人说：

“将军，说书人在说您昆仑关一战定胜负呢！”

什么?！昆仑关?！看来他平定叛乱的事迹已是妇孺皆知。一年以前，要不是他下狠心处死陈曙，软禁监军任守忠，整肃军纪，宋军就会狼狈而归，如今恐怕也听不到“一战定胜负”的评传了。

“狄将军率部冲锋在前，他自己一马当先、身先士卒，抢占有利地形，一举攻下昆仑关，把个叛军打得落花流水、四处溃逃！”说书人似乎亲身经历似的，激情四溢，煽动着周围的人群。

“狄将军好样的！”

“狄将军威武！”

人群中喝彩声、叫好声此起彼伏。

“他日我也必定如狄将军一样驰骋沙场！”

说话的少年，眉宇间英气逼人，引得人群纷纷侧目。那说书的，忙不迭地跑到他跟前，拍了他的肩膀以示鼓励。

"好！好！有志气！"

狄青站在角落，看别人讲他的故事，并着意看了那个少年一眼。良久，才悄悄离去。

四

嘉祐元年，七月，黄河决堤，中原几成泽国。

一日朝议。

"有事启奏，无事退朝。"满脸倦容的皇上过问政事实在有心无力，偏头示意，掌事太监张全自然不敢怠慢。

"臣有本启奏。"参知政事欧阳修从群臣列队中走出来，手持笏板，一脸凝重。

"哦？呈上来！"不想半路杀出个程咬金，皇上的语气有些不耐烦。

"启奏皇上，臣以为黄河决堤，当与阴阳五行有关——。"

"哦？细细说来。"这个看法比陈词滥调要新鲜得多，皇上直了直身子，饶有兴趣地问。

"夫水者阴也，兵亦阴也，武将亦阴也。今黄河决堤，实属阴阳失衡，武将位高权重是主要原因。"

话音一落，群臣众说纷纭。谁都知道这句话的矛头所指，因为狄青是大宋开国以来，以军功卓著而位列枢密使的先例，狄青不得不直面群臣指摘。

"启奏皇上，臣狄青对我朝忠心，日月可鉴，望皇上明鉴！""哐当"一声，狄青弯下身子，匍匐在大殿之上。这情景仿佛是那么熟悉，当日他受命出征，也是跪在这勤政殿的大殿之上。而今，境况却如此迥异——

"狄爱卿是忠臣，列位臣工不可空穴来风！"

"启奏皇上，当日太祖岂非周世宗忠臣?!"龙图阁大学士文彦博一句话，君臣无言。

这一日，狄青成了众矢之的。

跪在大殿之上，他回忆起了与范希文公在韩琦的营帐里会晤的情形。

现在想来，范老先生也应是在朝堂上因新法的缘故受众人排挤才远戍边关的吧？那一日的先生，须发斑白，眼里全是刚直不阿，可心中滋味，该是如何无奈啊?!

功高震主，是武将的大忌，他知道；可他对朝廷的一片赤胆忠心，谁又能知道？

今日之事，纵使皇上明察秋毫，也难堵众臣悠悠之口。他必须对天下苍生、对朝廷有一个交代，于是，挣扎许久，他做了一个决定：

“启奏皇上，臣愿辞官回乡，在乡间了却残生，换得百姓安宁，国家安泰！”

皇上面有难色。可眼下情形，天子也骑虎难下，又有文臣们你一言我一语的参奏，无奈，只得准奏。

五

这一年八月，狄青被免去枢密使职务，但因无过，被冠以宰相衔，出知陈州。

他平静地接受了这个结果。圣旨一道，鲜红朱批，便已盖棺定论。他不想让皇上为难，可他心境惨淡，抑郁寡欢。武将在战场上是英雄，可在文人相互倾轧的朝堂是非之地，他到底不是他们的对手。但若为黎民百姓的平安，个人得失本也是身外之事。好在此前已将妻儿老小先行安置，不然这一路的凄风苦雨，怎受得了？

他读史时知道，南朝宋时大将檀道济，因名声太大，左右部将又骁勇善战，颇受朝廷猜忌，再加上一些大臣的挑拨离间，竟被骗到建康欲除之而后快。遭受缧绁之苦的檀道济恼羞成怒，斥责一众官员把他处死是自毁长城。

而今想到这个故事，他从檀道济身上看到了自己。虽说狄青从不居功自傲，也不敢以长城自喻，可他明白檀道济最后的那一声怒吼里包含的重大冤屈：那一吼，是在警示朝廷国将不国；那一吼，是在告诫国人国祚不长！

大宋朝的任何决议都有文人插足，有时候，还要拉上宦官。

还记得四年前，自己刚被提为枢密副使时，就遭到一干文臣的非议；当时多事之秋，满朝官员束手无策，他临危受命，毛遂自荐才获得远征机会，才会一举击溃叛军，保卫国家的安宁。可即便是这样，朝廷依旧担心他狄青是一介武人，恐来日功高权重不好驾驭，还特派任守忠当监军，监视他的一举一动。做出决定的是皇上，天子是没有错的，可谁知道不是那帮文臣在他背后向皇帝进献谗言呢？在他看来，打仗本就是武将的事，派一个文臣也就罢了，却还要听一个太监的胡乱指挥！阉人就是如此，没见过大世面，天高皇帝远，任守忠每日胡吃海喝，遇上战事就纸上谈兵，狄青忍无可忍，他下令将任守忠软禁，自己力挽狂澜。

“好你个狄大将军！竟敢软禁本官，就不怕皇上怪罪吗！”

“将在外，君令有所不受！任公公，得罪了！”他吩咐手下对任守忠严加看管，不得出门一步。

“狄青！总有一天我要让你知道我的厉害，让你跪在我面前求饶！”任守忠气急败坏。

到如今想来，任守忠那咬牙切齿的嘴脸，格外清晰。他在心底微微哂笑，自己落得今日地步，任公公定是“出了不少力”吧！

从京师去往陈州的路上，他突然想取道回乡，去祭拜他的长兄。他站在长兄坟前，竟想当年代兄充军的决定是否正确。这个念头只在心中一闪而过。因为，他不后悔当年的决定。

几十年戎旅生涯，他只希望为国尽忠。可谁知，却在朝廷和众臣的猜忌中狼狈出京！

可怜他对朝廷的一片赤胆忠心啊！

六

陈州的差事很清闲。狄青颇有失落的心绪便稍有好转。虽然他被外放出京，但凭他狄大将军的威名，又是平定广西叛乱的英雄，陈州的百姓对他很是敬重。老百姓素来不知官场中事，质朴醇厚，在狄青看来，要比远在千里之外的朝堂上钩心斗角的士大夫们好许多。

那些个富贾乡绅们，也对他礼遇有加。吟风弄月一类风雅事，凭他肚里的墨水，不敢造次；至于雪中豪饮，因他的好酒量、大肚量，却是主角，好不惬意。

不知不觉，在陈州的时日已过了大半年有余。仲春时节，鸟语花香，已没有开春时的料峭寒意。可朝廷依旧不肯放过他。每月，不拘初一十五，几乎都有特使从京城赶来。表面来“问候”，实则“监视”。这让他几乎惶惶不可终日。

一日午饭后，狄青在院落里的藤椅上闭目养神。狄二跑进来禀报：

“禀大将军——”

狄二的话还没有说完，他早已吃惊地睁开双眼，问道：

“可否又是朝中的哪位‘贵客’驾临？”

“禀大将军，李员外家打发小厮来传话，说是请大将军前去赏花喝酒！”

“嗯？真有此事？”狄青心情一瞬间大为舒畅：赏花他是滥竽充数，喝酒却是行家！

“狄二，请他稍等片刻，我这就去！还有，把那壶上好的剑南烧春也给我拿来！”

李员外府上离得不远，不多时便就到了。一进门，花香四溢，狄青仿佛有置身花海之感。浓烈的花香让狄青禁不住打了一个响亮的喷嚏，和着甘冽的酒香扑鼻而来，狄青觉得还真是不虚此行。

“狄将军，老夫今日倒要考你一考！”

“可是要汉臣说出今日员外家拿出了什么好酒？”

李员外摇了摇头，不紧不慢地说道：“你可知，这院里都是些什么花？”

这一问倒真把狄青难住了，犹豫片刻，他说道：

“汉臣虽是一介武夫，牡丹富贵花却是认得。满院都是牡丹，只是颜色各异。”

“哈哈！”李员外爽朗一笑，倒让狄青觉得难为情，“这分明是芍药，哪来牡丹一说？”

“芍药？”

“正是。不过也难怪你不认得，无论从香味、层色，芍药都极似牡丹。只不过世人大多闻牡丹富贵之名，却以芍药为花妖。唐刘孟德之诗云‘庭前芍药妖无格，池上芙蓉净少情。唯有牡丹真国色，花开时节动京城’。可见，芍药、牡丹极似，地位却有如此不同！难道芍药真比牡丹输上一筹吗?！老夫唯独钟爱芍药，而不媚俗喜欢那华贵的牡丹！”

是啊，牡丹和芍药外形酷似，就连花香也无二致。那么世人为何都对牡丹趋之若鹜？观之当下，大宋朝文人治国，就好比是牡丹；而武将的地位却如芍药，虽然不可或缺却最终只是配角，衬得那帮文臣在朝中耀武扬威！

七

当日街头的少年，而今已是宫里一品带刀侍卫。当他站在自己面前，狄青竟有些错愕。

此前狄二禀报说宫里侍卫前来求见时，他大吃一惊：能有何等大事，皇上居然派皇家侍卫亲自前来？看来，远在陈州的狄青，依旧是朝廷的心腹大患。难道非要除掉不可吗？话音刚落，狄青手里的书就失神掉在地上。可是，天家来客，他又没有办法避而不见。于是，他缓缓吐出一句：“让他去花厅等候。”

花厅里，侍卫手拿圣旨，朗声读道：“奉天承运，皇帝诏曰：兹有陈州知府狄青被贬后仍有叛逆谋反之心，特赐白绫一条，自行了断，钦此！”话语间，当年的英豪之气已不见踪影，冰冷得让人脊背生凉。

狄青面无表情地跪地谢恩，然后自尽。家人尽数披甲为奴，身败名裂。

只是狄青不知道，那日侍卫是与已晋升为掌事太监的任守忠合谋，矫诏将其赐死。

八

时隔半月，任守忠和侍卫一事，东窗事发。二人被处车裂之刑。

而于狄青，皇上下旨厚葬，并赐谥号武襄。吩咐史家记载：“帝发哀，赠中令，谥武襄。”

寥寥数语，狄青却当得起。

一生戎旅，一片赤忱心肠，终于昭雪。

将士离去，死亦哀荣。

桃之夭夭·灼灼其华

■ 亦倾颜

百年前，它不过是一株桃花树，桃红满目，花满枝头。

百年前，他不过是一位翩翩公子，只因生的俊美，桃花树下青峰凌舞，笑如春阳暖人心，一袭白衣不知揽获了多少女子悄然绽放的心。

他却对院里的桃树宠爱有加，爱对着它说些风花雪月、悲欢离合。他本就是浪漫的才子，却无适心佳人能搏他真心一笑，他总爱捧着被风吹下的片片落红，落寞的喃喃道："我的卿本佳人，到底何时才肯现身？"

那时它已初具灵性，只能模糊听见他温柔的低语，却为了他的身影能映在眼前，日夜吸取天地精华，努力修炼，繁花似锦，灿烂夺目，连他也惊叹，从未见过这般绚丽到极致的桃花。

富家公子被逼的刚过门娘子一直对他芳心暗许，整日茶饭不思，下人指指点点，令富家公子颜面尽失，带领数十人上门挑衅，他就不信一介儒雅文人还能有多难对付。

院内数十人将他连着桃树团团围住，一哄而上刀剑无眼，他确实将砍向桃花树的一刀刀硬生生接了下去，眉头微皱，清冷的声音随风而起："这般美绝的桃花，你们的刀还不配接近！"哪里还有平日的温文儒雅，一道剑气逼得数十人连退十几步落荒而逃，却也是逼出了一口鲜血洒向桃花树的根，桃花终于勉强修炼成精能暂时聚出人型。

富家公子见自家兵败如山倒，袖口一甩一枚剧毒暗针直直朝他体内射去，桃花妖霎时一声惊呼："夜痕……"她只知道他叫夜痕，她只沉沦于那对着桃花树满是温和如玉的脸庞。

青峰直指富家公子，拼尽最后的力气冲上前一剑结果了被吓得直哆嗦的废人，似是听见了身后的娇呼，转身对着桃花树微微一笑便软了下去。

内伤加剧毒，让他半月来昏迷不醒气若游丝，桃花妖夜夜期盼天明时能看见他那一袭白影，却也是日日终得痴梦醒。终于在半月后冲破本体的束

缚，一道娇小的倩影自桃花树中一跃而出，贝齿轻咬红唇，秀眉紧皱，明亮的眸子晶莹练练泛起，好生惹人心疼。拉起粉色的长裙直奔里屋，趴在一脸苍白的夜痕身边止不住地抽泣。

沉重的眼皮缓缓撑开，便看见了身旁那正低着头不断含泪的娇俏女子，冰凉的手覆上抓着膝盖的纤纤玉指，惊得身旁人儿一阵轻颤。

“你可是那株桃花树中的精灵？真好，原来梦也可以做的这般真实，我一直感觉，其实那株桃花树中，是住着灵魂的，我的卿本佳人，终于肯现身了。”

说完双眼渐闭，表情宁静而安详，覆着的手缓落，斯人已逝。

桃花妖只听见他用微弱的声音唤出了自己的名字：“莫离，莫离，纵使轮回之后再相见，我也不要再分离，而后我们厮守终生，可好?”

她逼出修炼灵丹，塞进夜痕口中，至少今世，我也想让你活下去，现在就去阴曹地府报到，你也未免太年轻了些。

含着泪扯出了一丝淡笑，在灰飞烟灭前，顺手便封了他的记忆，绝美的一笑倾尽天下，至少离开前，他得到了他赐予的名字，莫离。

他当然会觉得那株桃花树熟悉又温暖，他本是统领万妖的妖王，堕天紫翼金龙，唤名夜痕，偶遇天庭桃花仙子莫离，被俏皮可爱的莫离吸引自此不可自拔，莫离也是将整颗心都送给了虽身为妖却妖气全除的翩翩贵公子，天庭本就视夜痕为眼中钉肉中刺，恰好借此机会发动屠妖令，一黑一红两道身影靠背而立，在众天兵天将的包围下已快被逼上绝路，众多小妖死的死伤的伤，各路神仙也损失惨重，就算夜痕再通天，又怎能凭一己之力抵抗万兵?

“玉帝，我夜痕若拼上了全力怕是今日你天庭要死伤无数，我今日就自废修为尽断妖筋，望仙妖两族自此休战。”

玉帝掂量了形势，夜痕一除妖族再无势力能威胁天界，便点头答应。

“我玉皇大帝一向言出必行，今日只要你紫翼金龙自废妖力，我便保你众妖平安回归。”

“好，爽快!”说罢千年修为在一道凄号声中化为虚无。

身旁的莫离见此情形便也自断仙根，夜痕紧握住莫离的手，心急地问她想要干什么。

莫离的手轻轻覆上夜痕惊恐的面容，喃喃道：“你觉得天庭会放过我吗?不会，那我还留仙根有何用！我自断仙根，化为一粒桃花种子，相信我，以后我们必能相见。”

已敲开死神之门的夜家公子一夜之间起死回生，院内四季常盛的桃花败落了满地残红，见此情景的夜痕自此归隐山林，终生未娶，无人知晓那桃妖的法力救他已是极限，哪里还等得住记忆，既然今世无缘，那边轮回之后再相见。

百年后，京城才子夜痕摇着折扇在林间悠然漫步，一粉衣倩影自林间飞蹿而出，与夜痕撞了个满怀，盯着那双灿若星辰的眸子，脑海中突然闪过一颗桃花树，桃红满目，花满枝头。

“我叫莫离。”面前娇美人儿红唇微启，不自觉便出了声。

“我知道你叫莫离，而你也知道我姓甚名谁，对否?”

娇小身影纵身一跃朝夜痕扑来，紧紧搂着夜痕的脖子一遍遍呢喃：“夜痕，夜痕，自此我们再莫离。”

烟花葬若笛声里

■ 灵府七少

一

自三月上山以来，江烟已经有五个月没有下山了。此时正值八月，飘香的桂花开满了整个烟岚山，沿溪席地而坐，手里抚摸着一把古琴，白色纱衣随意躺在草地上，将人的柔美显现得淋漓尽致。

“我道是为何这僻静的山上怎么会有如此好听的琴音，原来有佳人在此抚琴。”

一句戏谑的声音从身后传来，自然的转过头，只见一名白衣男子手拿折扇，斜靠在一旁的柳树，讪讪地看着江烟。

心里暗自奇怪，这烟岚山可是自家私产，除了附近的樵夫，一般很少有外人来，更何况是这烟岚山上的别院呢。

江烟全然不理来人，只顾自己抚琴，一曲落定，琴音还在回荡，抱起古琴，直往别院走去。

“江小姐就是这样对待山中客人的吗？”

男子不满的声音在后面响起，江烟停下脚步，没有回头，淡淡地说一句：“公子是客人还是什么，想必比我更清楚。”

男子微微一愣，暗道：难道被她知道了吗？

浓浓的桂香乘着晚风在整个院子里飘荡，一阵风吹来，呼吸着空气中好闻的桂香，江烟放下手中的笔，抬头看着窗外还不是很圆的月亮，不禁叹了一口气。

“小姐既然想家，为何不回去呢？”窗外又传来那人的声音，他一身白衣，在月光下显得灵灵动人。

江烟怒瞪一眼那人，将窗户“砰”地关紧。

“小姐既然讨厌那人，为何不将他赶出去？”侍女如意说道。

江烟看了一眼如意，冷冷地说："要是需要我们赶，那人也就不会出现在这里了。"

"可是别院里出现一名陌生男子，要是如夫人知道了"……

如意的话还没有说完，江烟就已经向内房走去，"她想怎么说就怎么说，反正我已经在这，还会干扰她什么？"

"可是小姐。"

如意还想说什么，江烟早已不见了人影，她只好无奈地摇摇头，轻声将书房的门关好，走了出来。

"你知道你家小姐是被人冤枉的，为何不替你家小姐申冤，却甘心陪她在这别院之中？"男子对如意说道。

"你怎么知道？"如意诧异地看着男子，眼里满是怀疑。

"不知你说的是哪件事？我知道的事可是很多。"男子嘴角轻轻上扬，手中的折扇轻轻地扇动，一副世外仙人无所不知的模样。

"唉。"如意叹口气，竟不理男子，走开去。

因为没想到如意会如此不关心，男子一时愣在那里。

"没想到堂堂江府大小姐身边的丫鬟居然不顾主子的死活。"男子幽幽地说着，不禁叹了口气。

悠扬的笛声在晚风中传来，笛声悠扬婉转，实是好听。

"吱呀"一声，窗子打开，江烟冷冰冰的脸出现在窗格之间。

男子放下笛子，欣喜道："小姐可是被我的笛声所吸引？"

江烟冷眼看了一眼男子，说："你吵着我了。"

男子一时语塞，只能眼睁睁地看着窗子关紧。

"只是吹吹笛子而已，这样也不可以？"男子抱怨地说。

房内，江烟就着烛灯，看着手里的书，心里却有点微微的欣喜，这个男子给她一种十分熟稔的感觉，那感觉很好。

"小姐，晚上看书对自己的眼睛不好，更何况小姐的烛火不是特旺。"

窗外，男子的声音又响起，江烟皱起眉头。

"这小子在这都好几天了，每天打扰小姐。我这就去叫护卫将他赶出去。"如意说道。

"你觉得那些护卫是他的对手？"江烟轻轻地翻过一页，头也不抬地说。

"小姐的意思是？"

"他想怎样就怎样吧。"江烟淡淡地说。

“可是他整日打扰小姐”。

江烟忽而嘴角一上扬，将手里的书放下，说：“他说的没错，光线暗了，对眼睛实在是不好。”

二

烟岚山的菊花开得很早，江烟一早就去了后院看那几株罕见的菊花。质朴的菊花一簇簇开着显得格外动人，令她忍耐不住想要去摘一朵。

“爱花之人是不会随手摘花的。”

江烟缩回手，怔怔地看着眼前的菊花。

“菊花向来就有山中隐士之称，小姐独爱这菊花，难道真的想要一辈子待在这烟岚山中？”

“不待在这还有什么地方可以去呢？”江烟悠悠地说。

“小姐自是被冤枉的，为何不向令尊说？”

“冤枉？公子可是会相信生母对自己的儿子下杀手？既然她愿意拿自己儿子的生命做赌注。我这么轻易回去，不是可惜了他儿子的一条手臂。”江烟冷笑道。

“这”。男子哑口无言，小声说道：“那小姐甘心待在这里？”

“甘心又如何？不甘心又如何？这里又有什么不好的？”江烟无所谓地说道。

“真是怪人？真没想到像你这种无欲无求的人，怎么会惹上那位凶婆娘。”男子说道。

“呵，命中注定的，我也没有办法。”

江烟无奈一笑。坐在不远处的凉亭上，在那里可以看到所有的菊花。

“小心。”

江烟被腾空抱起，在空中绕了一圈后，稳稳地落在男子的怀里。

“放开我。”江烟用力推开男子，她哪里推得动。

“别动。”男子低声喝道，抱着江烟的手丝毫没有放松的样子，“你被蛇咬了，不要乱动。”

男子轻轻撩开江烟的裙摆，左脚上两个鲜红的印子，狰狞的伤口处渗出几滴乌黑的血液。奇怪的是江烟完全感觉不到疼痛。

“你没感觉？”男子看江烟完全没有疼痛的感觉，担忧地问。

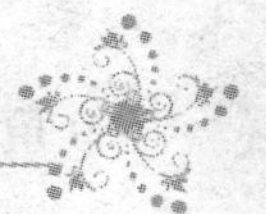

江烟摇摇头，若不是看到了伤口，和地上被截成两段的蛇，她实在不敢相信自己被蛇咬了。

“想来是有毒。”男子紧皱着眉头说。

听到有毒，江烟心下一紧，脸上的表情极为复杂。

“你忍着点疼。”

说罢，男子取出一把小刀，在江烟的伤口处划出一道小口子，乌黑的血顺着白皙的皮肤流下来。男子抬起江烟的左脚，直接用嘴将江烟体内的毒血吸了出来。

江烟将这一切看在眼里，冷冷地说道：“你是如夫人派来杀我的，现在又何苦为我解毒？直接让我死了不就得了？”

听到这话，男子微微一怔，手里的动作丝毫没有停下来，“你早就知道了？”

江烟冷笑一下，说道：“这里虽然偏僻，但也不是什么人都可以来的，既然你可以悄无声息的来，自是如夫人早就打点好了一切。想要杀我于无形，于你来说，想必是游刃有余吧？”

男子从自己衣服上撕下一块布，包扎好江烟的伤口，说道“既然你早就知道了，为什么不揭穿我？”

“你并没有对我不利，为什么要揭穿你？”江烟反问道。

“你怎么笃定我没有对你不利？”男子狡黠一笑。

江烟也一笑说：“那不就能说明？”江烟指着地上截成两段的蛇，说道。

“不知道什么意思？”男子诧异地看着江烟。

“别院虽然建在烟岚山上，但却不会有蛇进来。”看着男子诧异的样子，江烟继续说道，“烟岚别院建造时，将院墙的石头浸在雄黄酒中足足两个月，直到雄黄渗透到石头里面。你说，现在会有毒蛇在院子里出没吗？”

“原来是这样，没想到江小姐如此蕙质兰心。”男子将江烟放下，一手还是抓着江烟的手，由衷钦佩地说。

“我倒是很好奇，你为什么不遵从如夫人之命杀了我呢？”江烟问道，却也不挣脱男子的手。

“当年她救我父亲一命，父亲已过世，自是我来报恩。”男子说道。

“可你还是没有回答我的问题。”江烟说道，显然对男子这答非所问感到厌恶。

“本来就不是我的恩人，为什么还要我来报恩，我不是她的手下，自然不会听她的调遣。”

“你就不怕别人说你是忘恩负义之人?”江烟眼睛一挑，说。

“那算什么？要是别人知道我滥杀无辜，想是会唾骂我了。忘恩负义和滥杀无辜相比，我想还是让别人说我是忘恩负义的小人吧。”男子浅笑道。

“呵呵，谢谢你，楚离。”江烟说。

男子一怔，看着江烟，眼睛闪现着光，显得很激动，“你怎么知道我叫楚离？难道你想起了什么?”

江烟“扑哧”一笑，说：“看你这紧张的样，你的扇子早就已经暴露你的身份啦。”

“原来是这样。”明显地看到楚离的眼神黯淡下来。

三

“楚离，不能因为你救了我一次，我就得天天和你出去玩，我可是被禁足的。”

江烟抱怨地对楚离说，眼里却是数不清的快乐。就算是在江府的时候，自己也没有这样好好地玩过。

“放心，有如意在那里帮你掩护，没有人知道的。”楚离老奸巨猾的说。

“真的？我怎么感觉我又被你坑了?”江烟嘟着小嘴，说道。

“非也非也，你是要多出来透透气，所以啊，我是带你来好好玩的。”楚离说道。

“那你说，今天，你要带我玩什么?”江烟问道。

“骑马。”

楚离牵出一匹枣红色马，江烟忍不住抚摸着这匹马，马儿似乎有灵性一样，看到江烟亲近，腮帮子亲热的蹭蹭江烟，像是在讨好一样。

“楚离，你看，这马儿好像认识我一样。”江烟开心地说。

楚离将这一切看在眼里，说：“对啊，巡风好像认识你一样。”

“巡风？是这马的名字吗?”

楚离点点头。

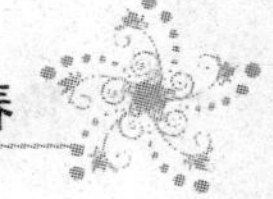

“楚离，快教我骑马吧。”江烟兴奋地说。

楚离一把抱起江烟，只一瞬，江烟稳稳地坐在马上，楚离也迅速地坐了上来，勒住马缰，双腿轻轻一夹，马儿向前奔去。

风呼啸在自己耳边，江烟穿了一件小夹袄还是显得有点冷，不禁紧了紧自己的衣服。楚离像是察觉到了，靠近江烟，顿时一股热力传来，江烟转过头，看了一眼楚离，露出可爱的微笑。

“楚离，为什么我觉得这感觉很熟悉呢?”江烟在楚离的帮助下下了马，亲切地抚摸着巡风。

“是吗?”

楚离放下马缰，任由巡风随处走动。

“楚离，你说要是可以永远都是这样，该多好啊。”江烟躺在草地上，仰望着蓝天，感慨地说。

“你要是愿意，一定会这样的。”楚离坐在不远处淡淡地说。

“楚离，你吹笛子好不好?”江烟看着楚离，说道。

“嗯。”

悠扬的笛声传来，江烟听着笛声，陷入到深思中。早在楚离第一次吹笛子时，江烟就似曾相识，只是不知道在哪听过而已。

一曲毕，楚离脱下外衣轻轻地披在江烟的身上，把江烟脸旁的发丝轻轻地撩到耳后，手指不经意触碰到江烟的脸，嘴角轻轻上扬。

“烟儿，什么时候你才会记起我呢?”语气里满是伤心。突然楚离眼神一凌厉，冷冷的朝不远处说道:“既然来了，又何必躲躲闪闪?”

“不想楚公子武功这般高强，居然知道我在暗处。”从不远处的大树后走出来一名青衣男子，手里握着一把长剑，眯着眼睛看着楚离和熟睡的江烟。

“看来那人真是想要置烟儿于死地了。”

楚离轻轻地放下江烟，让江烟斜躺在草地上，又将披风向上拉了拉，确定江烟不会受冷后，才站起来，拔出佩剑，冷冷地对男子说:“既然来了，就速战速决吧，我不希望烟儿醒来之后看到满地血腥。”

青衣男子嘴角上扬，一阵嘲笑，说道:“没想到你还是怜香惜玉之人，只是，你怜的香，不适合罢了。你可不要忘记了如夫人对你有恩。”

“如夫人有恩的，是家父，并不是我。”楚离冷冷地说道。丝毫不将眼前之人放在眼里。

"那你是要自讨苦吃了?"青衣男子凛然说道，此时剑已出鞘。

"不是我要自讨苦吃，而是你自寻死路。"

剑亦出鞘，寒光一闪，剑与剑之间相撞的声音在空旷的草地上响起。

"本来没有你什么事的，既然不想伤害她，找个理由消失就是了，为什么还要待在她身边?"青衣男子冷笑道，手里的动作还是没有停止。

"凡是想要伤害烟儿的人，必没有好下场。"楚离眼里满是杀意，凌厉的眼神足够给对方杀伤力。

飞身而过，青衣男子的剑上滴着鲜红的液体，青衣男子嘴角轻轻上扬，眼睛眯着，刚要开口，一口鲜血就吐了出来。

好闻的檀香弥漫在整个居室内，江烟从迷迷糊糊中醒来，蒙眬间看到楚离背对的身影。习武之人，哪个不是身材高大，有着黄金比例的身材。

江烟轻轻的穿上鞋，悄悄走到楚离身后，趁其不备地拍了一下肩，楚离转过身，笑着看着江烟，说道:"你醒了?"

"是啊，楚离，我是什么时候回来的啊?"江烟坐下，随手到了一杯水，抿了一口，说道。

"看你睡着了，就直接送你回来了，醒了，饿不饿?"楚离淡淡地说。

"你一说，我还真有点饿了。"江烟笑笑说。

"我去看看有什么吃的。"

说罢，转身走向门外，关上房门时，正好对上江烟的眼睛，四目相视，江烟浅浅一笑。

关好房门，楚离深深地吸了一口气，拭去额头上的汗水，脸色顿时苍白起来。心道:"肩上的伤，估计又裂开了。"

简单的菜摆放在餐桌上，江烟看着楚离用银针在每道菜扎一下，确定没有异常后才让江烟吃。

江烟看着楚离的举动，笑着说道:"不需要这样小心吧?"

楚离看了江烟一眼，说: "防人之心不可无，要是有人投毒了，怎么办?"

江烟浅浅一笑，说:"不是有你在我身边吗?"

楚离深深地看了江烟一眼，说:"要是我不在你身边呢?"

江烟身形一怔，低下头，声音低落的说: "你不会的，你不会离开我的。"

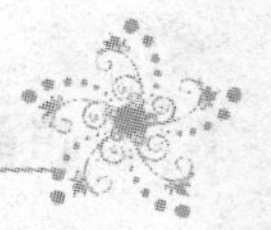

看到江烟落魄的样子，楚离一阵心动，宠溺地说：“好啦，吃饭啦。”

江烟完全不动筷子，盯着楚离，说：“楚离，你要走了，是吗？”

“我会一辈子保护你，永远都不会离开你。”楚离说道。

“那好。”江烟赶紧动筷子，夹起菜来放到嘴里，狠狠地咬了一口。

这句话在十年前，她也听到过一次。

四

雪白的雪花从天空降落下来，江烟穿着淡蓝色长袍，下罩白色散花裙，鬓发随意的低垂在耳边。一片雪花滴落在肩上，仿佛淡蓝色天空下的一朵白云。

“天气这么冷，只穿这么少，就不怕着凉？”楚离脱下披风，搭在江烟的身上，口气听起来很生气，但眼里却满是疼爱。

“楚离，你看这些雪好漂亮，我还没有在山里看过雪呢。”

江烟伸出自己的手，让雪花掉在自己的手上，往眼前凑了凑，仿佛雪花会飘香一样。跑到雪地当中，张开双臂，任雪花掉在自己的身上。

“每一朵雪花都是仙女的衣裳，在雪花下的你，很美。”楚离低声说道。

望着在雪中翩翩起舞的江烟，仿佛回到了十年前那个雪夜，女孩蹲在墙角，偷偷哭泣，那时候，女孩的母亲刚过世，在大人面前没有流下一滴泪的女孩，却在下雪的夜晚，一个人躲在墙角哭，男孩看到女孩后便发誓，这一生都不会让女孩再流泪。

时隔十年，昔日的景象还清晰在眼前，只是女孩早已不知道，在那个雪夜，还有一个人站在雪地中，陪了自己整整一夜。

雪，越下越大，恰似鹅毛从天上下来，江烟闭着眼睛，雪花滴在脸上，不一会就融了，眼角流下一滴泪，楚离心中一惊，走到江烟身旁，正想开口，却不想江烟已经开口。

“七岁那年，娘去世了，那天下了好大的雪，房里面好多人，当看到如夫人幸灾乐祸的笑脸，本来要掉下来的眼泪，强硬的没有流下来。到了晚上，我偷偷地跑到院墙，哭了整整一夜，将我这一生的眼泪都流光了。”

江烟悠悠地说，仿佛在对楚离说，又仿佛是在对老天说。当然她没有说那一晚，那个一直陪着她的男孩，那是她心中永远的秘密。

“烟儿，以后，我再也不会让你流泪，再也不会让你一个人了。”楚离深深的拥着江烟，说道。

雪花依旧在下着，悄无声息地落在头上，肩上，地上。白白的一片，很是漂亮，素裹的大地，银装的山庄，这里仿佛人间仙境一般。

“楚离，今天是除夕，应该好好地待在房里，你拉我出来做什么?”虽然不想在除夕夜出门，但还是任由楚离拉着在后院中行走。

“抱稳了。”楚离说道。

只觉身子一轻，等反应过来时，两人已经站在了房顶。雪还没有完全融化，但是两人所在的地方却是干干的，没有一丝雪的痕迹，就连雪融化时的水也看不到踪迹。

江烟深深地看了一眼楚离，猜到准是楚离用内力将这里的水和雪全部融化了。

“楚离，你带我来房顶做什么?”江烟看着楚离，疑惑地问道。

“我们必须马上离开这里。”楚离说道，带着江烟坐了下来，紧紧地握着江烟的手，害怕她会掉下去。

楚离说话间，已经抱着江烟跑出了三十丈之外。

“为什么?”

“不走你会死的。”

江烟看着楚离：“是如夫人吗?”

楚离没有说话，而是一路狂奔，江烟有点害怕，紧紧搂着他的脖子：“你放我下来，我自己走吧。这样子你不累吗?”

“不累。”楚离简单回了两个字，但江烟知道事情比自己想象的还严重，她从来没见楚离如此神情凝重过。

“为什么如夫人一定要杀我?”

“这个，等我送你回去，见到你爹，你自可以问个清楚。”

“那这次派来的是谁，为什么你这么紧张?”

楚离将江烟轻轻放下：“活死人!”

江烟惊愕道：“江湖第一杀手活死人!”

“是的，只要他想杀的人，那人哪怕还没死，都已经是个死人了。所以他被人称为活死人。说实话，我斗不过他。江烟，一会儿我和他力拼的时候，你就继续往前跑，在前面有我安排的人接应。你马上回家，将这个事情说与你父母听，你父亲能解决这个事。”

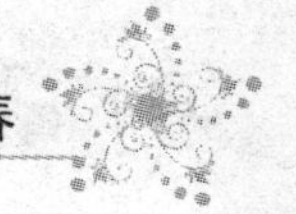

“力拼？他来了？”江烟四处张望。

“是！”

这时候从远处传来了怪异的笑声：“哈哈，江阴侯之子果然名不虚传啊！说实话，其实我还真没把握一定能杀了你。不过看到你对这个女子动了真情，我倒是有信心了。”

“走！”楚离一推江烟，她便飞出了数丈远。江烟忍不住回头，刚想说话。楚离又喊道：“只要你能安全，我才能全心一战！”

江烟明白过来，强忍眼中的泪水，疾奔而去。

楚离静静地站着，拿出一支竖笛，吹奏了起来，一切都好静谧，一切都好和谐。

过了许久，什么都没有发生，楚离只是静静地在吹笛子，远处的江烟听到这个笛声，忐忑的心情也安定了下来。无论自己在什么样的心情下，楚离的笛声，总是会让自己开心起来，总是会安静下来，静静地听着笛声。

“若是我能活着回去，我再和你合奏一曲，江烟。”一曲毕，楚离淡淡地说道，随即起身暴喝：“看剑！”

五

有美人兮，见之不忘，一日不见兮，思之如狂。
凤飞翱翔兮，四海求凰。无奈佳人兮，不在东墙。
将琴代语兮，聊写衷肠。何日见许兮，慰我彷徨。
愿言配德兮，携手相将。不得於飞兮，使我沦亡。

——《凤求凰》

一曲《凤求凰》毕，江烟还沉浸在曲音之中。只是一首《凤求凰》而已，就已经将两人的心思彰显出来，不是琴瑟和鸣，而是琴笛相应。

江烟看向夜空下，绽放着好看的烟花。原来自己站在房顶，只是想要看一场美丽的烟火。

“好美啊。”江烟感慨地说道，望着夜空中美丽的烟花，显然早已迷乱了双眼。

三个月前，楚离战死的消息早已传遍武林。

楚离，如果没有这一切的姻缘纠葛，我们或许此刻可以一起看着这迷人的烟花呢。

江烟无力地坐在梳妆台前，如意熟练地为江烟绾起头发，脸上早已掩藏不住笑意，说道："老爷已经在处理如夫人的事情了，我听说这事是老爷当年负人在先，不过我想老爷一定可以处理好的，小姐不用担心。"

江烟苦笑一下，即使是和自己一起长大的贴身丫环，都不知道自己心中到底是作何感想的吧。

江老爷此时走了过来："烟儿，是为父不好，差点连累你丢了性命。"

恩恩怨怨，自己又能如何呢，江烟心中猛地抽痛了一下，自己就算不原谅这一切，难道就能挽回楚离的性命了吗？

不过江烟心中还有不明白的事。

"父亲，我只想问你一个问题，父亲和江阴侯是什么关系？还有，那个如夫人到底是谁？"

"啊？为何有此一问？"

"因为我始终想不通。自从父亲您罚我去了烟岚山，我就开始被如夫人追杀，然后就出现了一个人救了我，最后那人还为了救我而死了。怎么想，我都觉得这件事背后没有这么简单。"江烟说出了心里的疑问。

"这个……"江老爷不知该如何回答。

"这个还是我来帮老爷回答吧。"一个声音从门口传来，江烟望去，却见那是一位雍容华贵的妇人。

"你是……"

"我就是如夫人。"

江烟大惊，马上扑到父亲身前："如夫人！你怎么混进我家的，你想干什么？"

"哈哈哈。"见到江烟的样子，如夫人抿嘴笑了起来，"瞧你紧张之状，看来江老爷对此事隐瞒得很好，你还蒙在鼓里，对此事一无所知呢。"

"啊？"江烟望向父亲，"爹，你瞒了我什么？"

"我……"江老爷低下头。

"哎，江老爷既然无言以对，不妨就由我来说吧。"如夫人姗姗然走上上座，一低身坐下，随后笑道，"其实一切都是江老爷的计谋。"

"其实我要杀你是假，我要杀楚离是真。这江阴侯一家，早先一直听

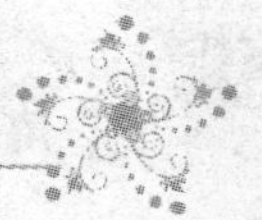

命于我，可自从楚离成为少主后，对我一直阴奉阳违，我早就想借机除掉他了。恰好，你父亲和我有同样的目的，于是我们就安排这样一出戏。果不出所料，楚离愿意用生命来保护你，这就给我了我们杀他的机会。”

“爹！这是不是真的？”江烟怒问江老爷。

“这是真的。”

“为什么……为什么你要杀楚离？我们和江阴侯没什么瓜葛吧？”

“没瓜葛？怎么没瓜葛？如果不杀了江阴侯的儿子，那才是天底下最大的错误！”江老爷抬起头，满眼泪水。

“为什么，为什么会是大错？”

“这个还是我来说吧。我看江老爷也说不下去。你还记不记得十年前，那个大雪天？”

江烟当然记得，那个大雪天，是母亲离开的日子，自己一个人在大雪中哭了整整一晚。那一晚，陪伴她的，只有雪花和一个男孩的背影。

“你一定记得那个男孩吧。你是不是还在等那个男孩？”

“嗯……”

“其实那就是楚离！不仅如此，他还是你的未婚夫！”

江烟惊呆了，难怪第一眼看到楚离就会有那种熟悉的感觉，难怪他愿意付出一切来保护自己不受伤害。

“当时你母亲背着你爹和江阴侯私通，你爹不知，还以为江阴侯是自己的好兄弟，稀里糊涂地答应了你和他儿子的婚事，说是长大后两家结为秦晋之好。后来你爹得知了真相，原来你母亲一直要促成此事，是因为她自己无法和相爱的人在一起，所以想通过你和江阴侯儿子的婚事，来弥补自己的遗憾。你父亲大怒，你母亲最终畏罪自杀了。”

江烟听的潸然泪下，难道这就是真相？

“是的，这就是真相！所以烟儿！我怎么能让你和那江阴侯的儿子成婚呢！我怎么能够！烟儿，你原谅爹吧。”江老爷跪倒在地上。

“哈哈。”如夫人笑了起来，“还真是父女情深呢。”

“爹，我不怪你。”江烟已经泪若梨花，她好不容易才止住了哭泣，“但是，如夫人，我一定会为楚离报仇！”

“好啊，我等着。”如夫人笑道，“我在外面等你。”

如夫人说完就走，江烟看了父亲一眼，跟着走了出去。

江老爷大喊："烟儿！不要！"

江烟走了两步，回头说："爹，有些事你当年没有勇气去做，却只会等到若干年后以伤害女儿的方式来达到目的。但我不一样，我现在就要为我最爱的人报仇！"

江老爷："我……"

"爹，以后……你自己保重！"

江烟说完，走出了大门，外面的雪下个不停，和那晚一样宁静和谐。

江烟突然听到了一阵笛声，她抬头望向房顶，霎时间泪如雨下。

启　事

本书编选时参阅了部分报刊和著作，我们未能与部分作品的作者取得联系，在此深表歉意。请各位作者见到本书后及时与我们联系，并提供相关作品著作权证明以及本人身份证复印件，以便按国家相关规定支付稿酬及赠送样书。

地址：湖南省长沙市天心区芙蓉南路和庄 A 栋 3118 室

邮箱：bjljwh@ 126. com